献给我的双亲和他们的父母——阿嬷、阿公和婆婆、公公；他们为子孙付出了很多，更让我在他们多彩多姿的故事、智慧和各色中国食物中成长。

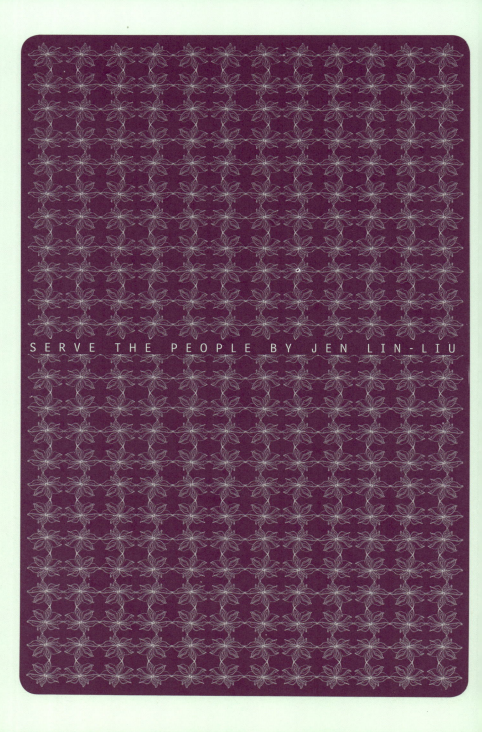

SERVE THE PEOPLE BY JEN LIN-LIU

寻味中国 [美]林留清怡 著 胡韵涵 译 重庆大学出版社

写给中国读者的话

　　当我着手写《寻味中国》这本书的时候，我感兴趣的不仅仅是中国的食物，更是这个国家的历史。尽管我的父母原籍是中国，但我是在美国出生长大，对中国大陆所知甚少。通过这段美食之旅，我了解了一些历史事件，比如中华人民共和国成立、"文化大革命"、改革开放。我忠实地记录下在 2005 年到 2007 年这两三年间，我所看到的中国。或许很快，我所观察到的一切也将成为历史。

　　最明显的细节——那就是价格。2005 年，我去菜市场买菜，活虾 16 元一斤，香菇 3 元一斤。现在这些价格早已翻番，甚至翻了三倍。在书里，我曾写到一位顶级的厨师可以拿到 4 000 元的月薪，但现在，这只是北京厨师的平均工资而已。那时，1 美元可以换 8 元多人民币，而现在，1 美元只能换到 6 元多。

　　从开始写这本书起，我和我的烹饪引路人王主任和张师傅一直保持着紧密联系。2008 年，这本书在美国出版以后，我在北京创办了一所专门面向外国人的烹饪学校，学校就开在我住处附近的胡同里。王主任和张师傅都曾在我的学校工作，向外国人传授怎么做中国菜。因为在这间烹饪学校授课，他们两人都得到了出国的机会。一位美国明星厨师雇张师傅担任他在拉斯维加斯的餐厅的客座大厨，王主任应邀去印度尼西亚的巴厘岛上培训厨师。

　　我与两位烹饪老师也加深了私交。张师傅带我去了他的老家山西，去拜访他的家人，祭扫他养父的墓，品尝了无数种山西面食。我也跟着王主任去了当年她下乡插队的村子。尽管我现在不住在北京了，但只要一回北京，头一站就是去烹饪学校看张师傅（他还在那里工作），以及去王主任胡同里的家做客。

　　我曾经的住处，也是我学习烹饪的地方所在的那条胡同发生了翻天覆地的变化。附近很多胡同都被拆掉了，只有南锣鼓巷幸运地躲过了推土机。但是，它也不再是那条安静的居民小巷了，现在的它成了一个兴旺的商业区，里面充斥着新生文化和外国食物。现在，胡同里鲜有磨刀匠蹬着自行车驶过了。每到秋天，堆在街角的大白菜垛儿没有过去那么高了。在过去买羊肉和白菜的地方，你可以买到墨西哥吉拿、美国热狗和日本寿司。

　　随着这个国家的日益国际化，更多的中国人能够更好地理解我了。作为华裔美国人，过去我经常觉得自己像个另类。随着中国与西方世界和美国的接触愈发频繁，越来越多的中国人去美国留学、定居，我的祖籍国和祖国的纽带在增强。

　　也有一些东西没有变，比如中国人对钱的态度——还是爱问别人挣多少钱，某个东西花多少钱买的；比如中国人的智慧——正如我在张师傅和王主任身上所看到的——依旧闪光；再比如，北京人对饺子的热情也一如既往。我也有同样的热情。我永远不会对擀出完美圆形的饺子皮、包猪肉茴香或者羊肉南瓜馅儿的饺子感到厌烦。我希望，这份热情将永远持续下去。

中国　成都

2013 年 6 月

目　录

第一部分　烹饪学校

第一道小菜　　味精，味之精华

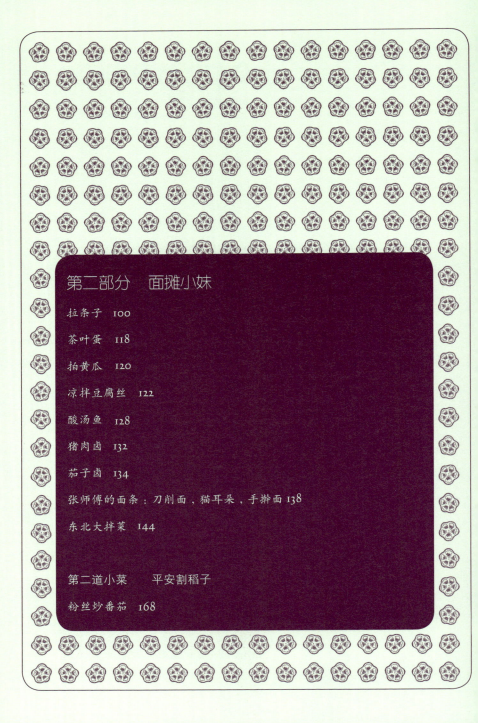

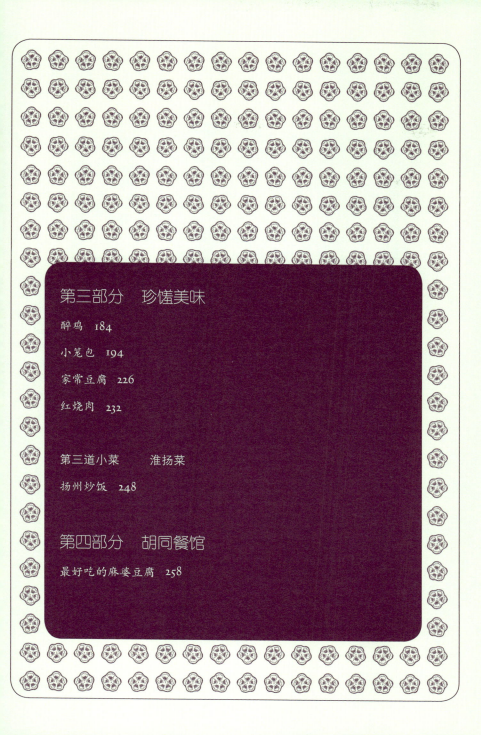

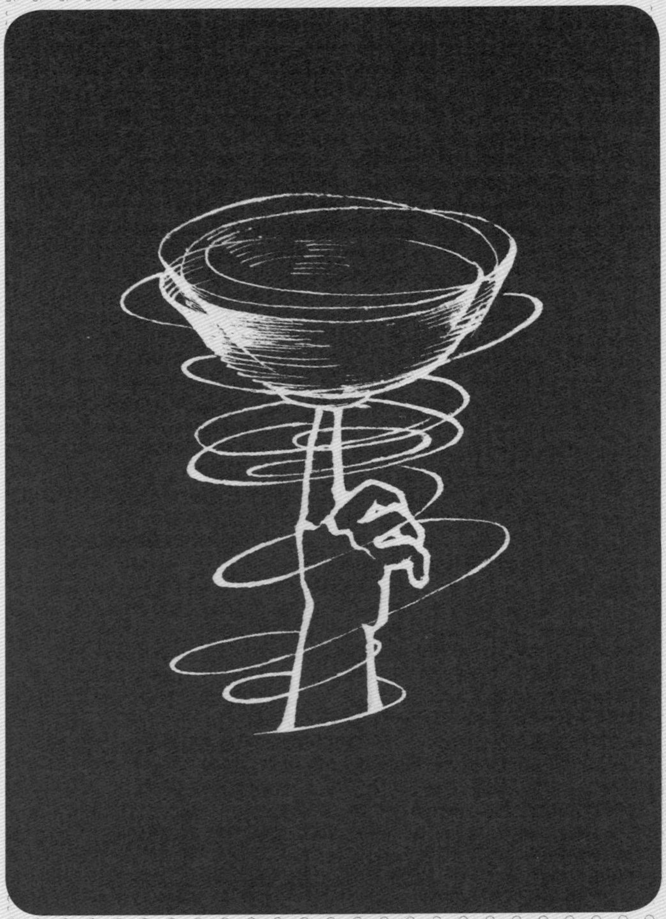

第一部分 烹饪学校

初来乍到，我不止对这里的人，也对这里的食物感到陌生。

一上来，我的味蕾就被各种味道压垮了，这些味道太混乱太强烈了。在餐馆点菜如同探雷，菜单上的菜名冠冕堂皇，端上桌才发现是内脏、爪子或者舌头……

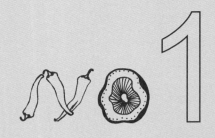

　　在烹饪学校，我领教了一大堆耸人听闻的说法，诸如：吃鱼头可以修复脑细胞；吃辣气色好；味精最好在起锅前再放；美国人胖是因为他们吃面包；中国人苗条因为他们以米饭为主食；如果你在美国干三年厨师，回国就买得起房子。

　　我骑着自行车在一条窄巷里穿行，路过一个公共厕所，穿过一扇大门，守大门的保安板着一张脸，就到了烹饪学校。来到中国的第五年，也就是 2005 年 10 月，我在这所烹饪学校报名入学。学校租用了一所中学的教室来授课，房间里没有暖气，越坐越冷。大家已适应公立学校里糟糕的供暖系统和隔热设施，他们都裹着厚厚的羽绒服，只有我缩在薄外套里直打哆嗦。

　　同学们没精打采地坐在位子上，看上去百无聊赖，手里松松地握着一支笔。其他同学都是男性，年龄大概在 20 岁到 50 岁。大部分没有念完高中。张老师毫不介意他们在课堂上接手机。有一次，我甚至还听到有人在剪指甲，一下又一下，富有节奏感的咔嚓咔嚓声回荡在教室里。张老师讲课时，不时把目光投向我，他不喜欢我跟别人不一样。

　　我经常提问打断他。用不着举手，因为这儿不兴举手提问——也不兴有问题要问。所以，我只需要扯开嗓子尽量大声问出来。"麻烦您把字写得清楚一些，好吗？"我经常如此要求。

　　张老师嘀咕一声，用手背抹去黑板上的字，用正楷重新写一遍，粉笔擦出刺耳的声音。

有时候，我忙于记录张老师所说的话，而顾不得发问了。课后温习笔记时，我发现记下来一些混杂了心理学和中式陈词滥调的内容，好不奇怪。

"人的味蕾受许多不同因素的影响。"张老师说，并一一举例：年龄、性别、职业和精神状态，我一一记下来。他解释道，比如女人喜欢较清淡的食物，男人更偏辛辣。女——清淡，男——辛辣，我用英文草草记下。

"如果你是在田里干活儿的农民，干苦力的，你的味蕾一定跟常年坐办公室的人不一样。"他补充道。我一边抄着这个知识点，一边在心里肯定地嗯了一声。等到再翻看笔记，却后悔没有请他就这一点再展开说明一下。

每当我发问时，张老师总是不大情愿地瞄我一眼，其他学生则很不舒服地在座位上扭扭身子。最终，我学会和其他人表现一致：听课，点头，抄笔记。

如果我们不在教室里抄记着张老师的对这个世界的见解，就是在厨房里。厨房设在另一间教室里，里面安装了炉子、煤气罐、料理台、水槽和冰箱。因为有了这些简单的设施，这间教室看起来就像一间典型的中国家庭厨房，只是更宽敞些。虽然空间更宽敞，但你不会想在这里四下张望，因为谁也不想瞧见瓷砖上的污垢，这里的墙壁至少五年没有清洗过了。我估计在厨房里学到的真东西，或许能弥补在课堂上浪费的时间。我还从来没进过中餐馆的厨房，那里可是食客的禁地。现在，我发现周围满是菜板、炒锅、砍刀以及装着辣椒油和蚝油的各种瓶瓶罐罐。很快又发现即便身在厨房，很多事情学生也只能看不能动手，包括烹饪本身。

我们并没有动手做菜，而是坐在教室另一端的板凳上，观察高师傅的一招一式。高师傅是老派的厨师，曾经供职于一家国营宾馆，计划经济时代结束之后，这家宾馆风光不再。高师傅延续着经久不衰的中国烧菜传统，豪爽地往菜里放味精和酱油——或许正是这个原因——他烧的菜好吃极了。

我们看高师傅烧菜,纤细的手臂不断挥动,像一只蚱蜢。我们听他用一口京片子叮叮咣咣地解说菜谱,一边写板书。他将材料分为:主料、配料和调料三大类。他偶尔会在主料旁边注明分量,不过大多数时候全凭感觉下料。反正这间厨房里面也没有量杯和量勺。

我们细细审视高师傅的装备,一口铁锅,一块菜板,一把刃长八寸、高四寸的菜刀,而已。有时,他会拿出一些更复杂的工具,比如油炸用的网篮。"大家看,这篮子和把手是一体的,所以永远不会断掉。我是在 60 年代买的这个篮子,工厂早就关门了,如今谁还做这种篮子!"抱怨中隐现出他认为那个一穷二白的时代更美好。

高师傅在铁锅前大展身手,我们全神贯注地看他表演。他把腌过料酒的里脊肉薄片下入铁锅,大火快炒,转锅,让汁液均匀散布,待肉的一面熟了,他举起铁锅一翻,就像翻煎饼似的,一下子铁锅里的肉片统统翻了个面。他重复着这些手法:转锅、翻面、转锅。最后加入大葱和姜调味,这道又香又嫩的锅塌里脊就出锅了。这道菜展现了中式烹饪的要义:**新鲜和简单**。

当一天的示范菜都做好之后,我们就可以行动了。大伙儿从凳子上一跃而起,围在灶台边,举着自带的筷子向菜肴发起策略统一的进攻。最小盘的菜最先被吃光,尤其是海鲜这类昂贵菜品,然后进攻热气腾腾的菜,再吃其他的菜。不出三分钟,所有的菜都被一扫而空。有一次,我好不容易打败另一个人,抢到最后一串炸贝肉,他只拿到一根空竹签,因为贝肉被我一撸到底全贪了。我已经学会,不能候在那里等着别人把食物递到手上。

当我用谷歌搜索"北京烹饪学校"时,出来了 129 000 多个结果,"华联烹饪学校"是其中一个。我选择这所学校,最主要的原因是它离我在北京市中心的住处不远。这一点很要紧,要知道北京面积大得吓人,交通又差得可怕。我只想有烧菜的经验,并没有雄心勃勃想当大厨。只要我能较为熟练地烹饪中国菜,烧得出像样的大餐招待宾客,就心满意足了。

和京城的千百所烹饪学校一样,华联也是一所职业学校,旨在培训有意从事餐饮行业的人。学生们进进出出,没个定数。在中国很多地方,人们也是像这样频频地更换工作。课程一期期地滚动设置，学生们随到随学，可以免费试听几节课。我打电话过去咨询课程时，对方语气轻快地说："我推荐你报中级班。"我好生奇怪，她怎么知道我的水平够格上中级呢？到校之后真相大白：学校就只开了中级班。课程一期三个月，周一到周五上课，每天两小时课时。

连我在内，与我同期参加学习的大约有十个人，在国家烹饪考试前夕结课。这种国家资格考试一年举办好多次，通过的人便可拿到国家职业资格证书，并以此谋事。

课程设置主要围绕中国的主要菜系：华北沿海的鲁菜、上海周边地区的淮扬菜、广东的粤菜和来自内陆的川菜。这四种地方特色烹饪在清朝后期就被定为"四大菜系"，却从来没有一位专家或大厨能给我一个满意的答案，说明为什么人们至今仍沿用这四种地方菜来界定中国菜。它们并不能反映中国人的饮食现状。我就很少在馆子里吃到鲁菜；比起淮扬菜，我的中国朋友更爱吃香辣的湖南菜和受泰国风味影响的云南菜，而这两种菜并没被列入菜系。中国人说，淮扬菜清淡，讲求食材的原汁原味，所以更适合老年人。（我在课堂上提出这些问题的时候，不可避免地遭到了老师的白眼，我忘了自己的本分是：听课、点头、抄笔记。）

对我来说，学费并不贵。可别的学生一般都先权衡支出和收益，再决定是否入学。两个月的课程收费约合 100 美元，结业后在一般餐厅当厨师，平均每月收入 150 美元，在厨房里干个几十年，说不定可以爬到我们老师那样的大厨地位，月赚 500 美元有余，按照中国的收入标准，算是相当丰厚的了。在中国，当厨师算不上光鲜体面，地位和汽车修理工差不多，是厨房里可以随时被替换的齿轮。厨师往往受教育程度不高，鲜有机会能升到高位。中国的餐馆老板们有大把的生意经，却鲜少精通厨艺。他们的地位在中国已经开始受到肯定，逐渐晋升为社会名流，而厨师还只是坚守厨房重地，得不到外界的关注。同学们的目标并不高远，相反非常切实：通过当厨师朝着生活梦想漫漫跋涉，有朝一日能住进带电梯的高楼——在当代中国，这种住房水准相当于美国有白色栏杆围墙的郊外别墅。

我在北京上烹饪学校的时候，碰巧赶上了厨师职业化在中国大陆的

PAN-FRIED PORK TENDERLOIN

锅塌里脊

猪里脊肉340克，逆着猪肉纹理切成薄片

料酒2汤匙

盐1/2茶匙

鸡蛋2个

中筋面粉1/2杯

菜油1/4杯外加一汤匙菜油用来淋锅

清鸡汤2汤匙

大葱一根只取葱白部分，纵向剖开之后切成葱末

拇指大小的姜2块，去皮切末

香油2茶匙

将猪肉用一汤匙料酒，1/4茶匙盐和1/4茶匙胡椒腌上10分钟。鸡蛋打散成蛋液，备用。

将面粉倒进盘子里，腌好的肉两面拍上面粉，再抖一抖，去掉多余的面粉，放在盘子里，置于蛋液旁边，备用。

架上锅，开中火，加入1/4杯菜油，晃动铁锅让锅底各处都沾到油。油热了之后，迅速将肉片蘸上蛋液后下锅，让肉片一片一片整齐地排列在锅底。用锅铲轻轻将肉片分开，不时沿着锅边洒一些油下去，以免肉片粘锅。当肉片朝锅底的一面变成金黄色，翻面。（如果不能一口气将所有的肉片翻面，也别担心，一片一片来，只要每片肉都翻过面，就行。）将剩余的油，一汤匙料酒，剩下的盐和胡椒还有清鸡汤都加进锅里。将葱末和姜末撒在肉片上，淋上芝麻油。待肉片另外一面也烘焦了，将锅子从灶台上拿下来，让肉片顺着锅边滑进盘子里即可。趁热食用。

复兴阶段。一些美籍华裔朋友不无傲慢地劝我，如果"真想学做正宗的中国菜"，那么去香港或者台湾好了。我的家人不赞成我冒这个险。家父是一位物理学家，他把我送进常青藤名校念书绝不是要培养我当厨师。在他眼中，这可是中国社会地位最低的职业。我的外婆在 20 世纪 40 年代曾在华南开过餐馆，时间很短，"千万别相信厨师"她摇着头说。外公外婆选择了最不利的时机进入餐饮业，当时的中国兵荒马乱。不过外婆并没有把餐馆关门归咎于时局动荡，她宣称这全是因为厨师偷走了储藏室里的鲍鱼罐头造成的。

不管怎么说，中国大陆是中国菜式的起源地，而中国菜在全球遍地开花，我在北京学到的烹饪手法或许比不上我和外婆在台北吃过的高档餐馆的那么娴熟精妙，但是大陆的大街小巷里的饭菜却同样能令人一饱口福。北京是中国的政治经济文化中心，又正风风火火地奔着现代化，天南地北的人们纷纷涌来，在这样的北京学习烹饪肯定会非常有趣。我很好奇半个世纪的风云变幻再加上当前的经济迅猛发展，会对食物产生什么影响。

在进烹饪学校之前的两年里，我已经开始写美食专栏文章。我从采访一些老一辈的厨师入手，他们大多是 20 世纪 60 年代中后期入行的。我问他们为何对烹饪产生兴趣，但很快便发现这是个多么愚蠢的问题。答案很统一："不是我感兴趣，是没得选择啊。"在当时的计划经济体制下，工作由政府来分配。我采访过的两名厨师，他们入行时连菜刀都不会拿。

不过现在，活力十足的年轻厨师自己决定要做这一行，他们逐渐取代了当年不得不下厨烧菜、反应迟钝的老厨师。食物配给制度在 1980 年告终。肉类曾经是奢侈品，而今已是寻常物。大约就在同一时期，过去一律国营的餐馆也渐渐改由个体经营。计划经济制度终止后，厨师边做边学的情况随之消失，像华联这样的烹饪学校涌现出来，培训个体餐馆所需的厨师。

我进入华联学习时，餐饮业早已出现餐馆和厨师过剩的情况，我住所方圆五百米之内，就有超过 50 家餐馆。北京几乎每条马路都是食街，有厅堂华丽的宴席式饭店，有装修平实的、家庭经营的小餐馆，卖各种小吃的外卖窗口夹杂其中。在餐馆请客吃饭的做法非常普遍，以至于许多中国朋友不由感叹请朋友到家里吃饭的传统正逐渐消失。曾经，中国的村镇人口居多，在外就餐并不普遍，就算在外面吃，也多是小摊子。开在城市的大饭店更多局限于一小撮精英阶层。改革开放之后，经济蓬勃发展，传统意义上必须在家吃的年夜饭，如今都可以去餐馆解决。过去乡村地区的结婚喜宴大多简朴，后来也慢慢转移到餐馆大摆酒席。

从前人们常用的问候语"吃过了吗"，也已过时，尤其在大城市。**人人都吃过饭了，而且吃得很好。**

我和张老师的关系颇有些紧张。大多数时候，他讲一口京片子，可向我提问时，却字正腔圆地讲一口标准普通话。"林小姐，"语带揶揄，好似在奚落我。然后他稍作停顿，要么从满是茶叶的玻璃杯里啜一口茶，要么用滑雪衫的衣袖擦擦手，这才接着问，"食物和菜肴有什么区别？"有时候他会用犀利的目光盯着我，轻笑两声，摇摇头。老师和同学们都不理解我何以自称"华裔美国人"，在他们的脑子里这个概念太模糊了。他们似乎无法理解这意味着我的英文比中文好，而不是我得长得像美国人。

我的普通话不算差，可离完美还差得远。我的音调不太准，但仍可以比较流利地与人对话。来到中国一年后，我渐渐忽略了训练自己的中文读写能力，之前的中文基础又完全不足以讨论鱼内脏的细微差异。当同学们照抄板书时，我经常是一个字写了一半，笔悬在空中，不知道接下来该怎么写。比如"酱"和"蒸"之类的基本烹饪词汇，我都没法儿完整写出来。

上了一个月的课，在张老师问我"懂了吗"大约 15 次、并换回我呆滞的目光之后，他终于恍然大悟："林小姐，中文不是你的母语，是吧？"

真相大白，大家都为之惊愕。其实我在报名时就已经清楚告知校方我的身份和入学目的。上课的第一天，校方的一位管理人员就得意地宣布："林小姐是华裔美国作家，她要向美国人民宣传中国菜。"——

地道的中式官方腔调。

我在填写入学登记表的时候就需要有人指点，因此想当然地认为我上课发问时，张老师和同学们应该能体谅我的大脑需要一段将中文转换成英文的时间差，可显然他们认为这是我智商不足罢了。

在发现了这个惊人秘密之后，张老师宣布课间休息一会儿。他背靠黑板，两腿分开，跨坐在椅子上，打量着我。有位同学上来擦黑板，有位敬了他一根烟，渐渐地，大半同学都开始抽烟，教室里一时烟雾弥漫。

"这么说，你在美国住了很久，对不？"张老师问。

"我生在那里，长在那里。"我回答道。

他眯起眼睛，"那你怎么长得像中国人？"

"我的父母从中国过去的。"

"那么中文怎么会不是你的母语呢？"

我又重复了一遍：我生在美国，长在美国。

这时人称小潘的同学来了劲。这个"小"是指他年纪小，而非腰围小，他吃了太多高师傅做的示范菜，腰围见长。"如果美国男人跟中国女人有了孩子，小宝宝会长成什么模样？"

我正思索着如何作答，张老师又问开了："你的父母是哪里人？"

"广东和福建，至少他们的祖上是那里人。"我回答。父母在台湾长大，二十多岁时移居美国。但我不想再制造惊悚了，台湾是个敏感话题，我一般都绕过去，免得引发听者的长篇大论。

张老师和同学们吞云吐雾，烟灰落在地上。他们满脸困惑地盯着我看。美国人意味着白种人，那片土地上的人应该长得像布什总统。中国意味着中国人，而我长得像中国人。我的解释似乎缺乏说服力，他们的目光中流露出疑惑。林小姐为什么要冒充美国人？

我需要有具体的证明，恰好随身带着护照，可我又犹豫到底该不该把护照拿出来。对部分中国人而言，美国护照是身份地位的象征，意味着这个人是世界上最强大国家的一分子。有些美国人也这样认为，在海外旅行时，尤其是在发展中国家，美国护照就是他们的护身符，对此，我无法苟同。我觉得在中国炫耀美国护照，就好比维多利亚时代手握地契的乡绅，向一屋子工人炫耀自己的身份。

但我别无他法，只好把那本蓝皮小本儿递给张老师。他一页页地翻阅着。同学们围了过来，对护照上的入境章大加赞叹。"哇，她去过泰国呢！"有人惊呼。同学们打量我的眼光转变了，不过几分钟光景，我从一名笨学生摇身一变成为了挥舞着护照、如假包换的美国人。

然而，在忍受了张老师数周的高傲嘴脸之后，这个插曲只会引燃我的怒气。"我上这课真的很不容易，"我说，"你们大伙儿或许觉得简单得很，可是试一试用另外一种语言上课的感受呢。我一直在美国念书，什么课都没这难。"激动之余，我不禁脱口而出："就连研究生课程都没这么难。"

我的话恐怕没有多大意义。面对着教室里这群劳动者，他们从烹饪学校毕业之后，大概得在厨房里一连数月的卖力打杂，或许永远不会有机会上大学。但没有人意识到这些，反而一副沾沾自喜的表情，仿佛我这番话印证了他们脑子里的一个观点：烹饪学校的课程比美国研究生课程都难。

"从林小姐走进教室那一刻，我就觉得她长得漂亮。"秦刚说。他在铁道部当临时厨工，理了个平头，挺着啤酒肚。他毫不掩饰对我有意思，每天课后都等着我，我走到哪儿，他就跟到哪儿。我对秦刚并无好感，其他同学却都很佩服他，当他宣称自己已经是厨师，来上课只是为了通过国家高级烹饪考试时，便成了同学中的领袖。

我脸红了。"那你们呢？"我将问题抛向其他人，"你们都是哪里人？"

"北京。"坐在我后面的人说。他是个当兵的，总带着一副倦容来上课。

"北京。"有一位头发蓬松、挑染成红色的小个子同学说。

"北京。"小潘说。他在一栋办公大楼的物业部工作。

"东北。"一位高高瘦瘦的男同学说。他在一家高档商场当保安。总算有了个外地人，虽然一夜火车就能到东北。

"可你的根，"张老师插了话，特地磨尖了"根"的音调，"你的根还是在中国。"

"对，所以我来了这里。"我说。

他微微一笑，"美国人不懂中国历史，除了你们自己的历史之外，其他国家的都不读，而且你们也只有两三百年的历史。"

"你们在中国读不读美国历史？"我问。

"当然读。"他说。

"美国是哪年独立的？"我考他。同学们个个惊讶得睁大了眼睛，我居然敢向老师挑战。

"我们回去上课。"张老师咕噜着说。从此以后，他讲课时总要掺杂点儿中国历史，引经据典地提一提历代君王、诗人、菩萨什么的。每次讲到这些，他都会朝我这边瞄一眼，窃笑着说："可林小姐搞不懂的……"

2000 年我来到中国，那时刚从新闻学院毕业，初出茅庐开始写作。我在北京学了一年普通话，又来到上海，以自由撰稿人的身份为美国报纸杂志写稿。中国经济涨势见好，美国意识到这个新兴大国可能要取代自己的地位，因此需要更多有关中国的报道。上海是我事业发展的好起点。

可上海的生活工作经历并不十分如意。我躲进外侨的圈子里寻求慰藉，但我长得不像一般的"老外"，跟他们的生活方式也不一样。上海滩有很多美国人、欧洲人和澳大利亚人，手边有花不完的钱，他们因为在这边工作，除了正常的工资之外，还有一笔不菲的生活补助。他们住的是豪华公寓或者别墅洋房，一般不在中国境内度假旅游，宁可坐飞机出境，到巴厘岛或者泰国。他们大多不会说中文，还常常取笑中国人的种种风俗习惯。我一脚踏在这些外侨与世隔绝的小圈子里，一脚踏在圈外的中国世界中，两头不着边。说来真是讽刺，我直到来到中国，才头一次迫切感到需要自称为华裔美国人。这是我平生首次意识到需要解决种族、身份认同与归属地等问题。

正是这种疏离感深深地强化了我对中国菜的兴趣，我想我潜意识中的想法应该是这样的：就算无法与人交往，至少可以与食物发生联系吧。来中国以前，我算不上美食家，但因为渴求摄取中国元素，于是怀抱着仅次于对写作的热情，一头栽进美食的世界。

　　我在南加州长大，从小没少吃中国菜。我的妈妈原本是一位生物学家，后来改行当软件工程师。她没多少时间做饭，但她有几道经久不衰的拿手菜。她用浅盘放入电饭锅蒸肉饼，当饭和肉饼都熟了的时候，她将蒸肉饼的汁儿浇在饭上。她也会用蚝油炒一些简单的菜式，用火腿、鸡蛋、青豆和胡萝卜丁炒饭。逢年过节，妈妈便会拿出电火锅，我们在锅中烫切得纸片儿一样薄的肉片和青菜，这便是中式火锅。偶尔，我们全家人，包括偶尔来家里住一阵子的外婆，会在周六或者周日花一整天时间包猪肉香菇馅儿饺子，或水煮或油煎的饺子就像土豆泥一样，具有抚慰身心之功效。

　　虽然对中国菜已习以为常，但儿时的我却不大待见中国菜。家里飘着的那股菜味令我感到脸上无光，担心我那些非华裔的同学来我家玩的时候，会被这股味道熏跑。我们一半时间吃自己做的中式菜肴，另一半时间有时吃外卖的披萨，有时吃我妈妈偶尔大胆试做的西式菜肴（通心粉，奶酪，肉丸意面，肉卷），要不就是下馆子。如果去外面吃饭，选择一般简化为两个：安东尼鱼餐厅（Anthony's Fish Grotto）或者一家中国餐厅。当父母怀念儿时的饭菜时，一家便挤进丰田旅行车，开上百公里路到洛杉矶附近的华人聚居区蒙特利尔公园。我讨厌这样的长途跋涉。路程太遥远了，有时候，父亲开了两个多小时，好不容易开进公路边大卖场的停车场，却发现一个车位也没有了，这时，他就会发火。餐厅永远很吵，菜上得很慢，有段时间我不喜欢吃鱼，可偏偏店家用塑料袋装着活蹦乱跳的鱼，拿给我们过目之后再拿去蒸。相比之下，我更想吃麦当劳，或者塔可钟（tacobell）*。直到后来，我离开家到纽约城上大学，才开始拥抱我的文化之根。快上大学前，我已不再为家里的气味感到难堪，也爱上了清蒸鱼那细腻的烹饪手法。

---

* 塔可钟（tacobell）是目前世界上规模最大的提供墨西哥式食品的连锁餐饮品牌，隶属于百胜全球餐饮集团。塔可钟在美国的 50 个州有超过 7 000 家的连锁餐厅。

MOM'S STEAMED PORK PATTY

妈妈的蒸肉饼

猪绞肉 340 克

水 2 汤匙

料酒一汤匙

酱油一汤匙

芡粉一汤匙

糖一茶匙

米醋一茶匙

盐 1/4 茶匙

生米 3 大杯

准备一个带蒸格的电饭锅和一个安全耐热、不粘材质的蒸碗。将除了大米之外的所有材料都放入大碗里，混合均匀，然后放入不粘材质的蒸碗中。将米放入电饭锅，将装有猪肉糜的蒸碗放在蒸格上，按说明书的操作开始煮饭。饭煮好了的时候，肉饼也蒸熟了，可将肉饼的汁儿浇在饭上。

虽然吃过这么多中国菜，我却并没有为吃在中国做好准备。我花了近二十年时间才接受了美国的中国菜，现在，我人在中国，面临一系列全新的挑战。初来乍到，我不止对这里的人，也对这里的食物感到陌生。一上来，我的味蕾就被各种味道压垮了，这些味道太混乱太强烈了。在餐馆点菜如同探雷，菜单上的菜名冠冕堂皇，端上桌才发现是**内脏、爪子或者舌头**。有一次，我点了一道看上去很安全的开胃菜，叫作"醉虾"，完全没有想到真是菜如其名。过了几分钟，服务员端来一只扣着盖子的玻璃碗，晃了晃，放在桌上，二三十只醉醺醺的虾子泡在料酒里，有的还试图爬出来。我头一回品尝正宗的宫保鸡丁，咬到一粒花椒粒，整张嘴顿时就麻木了。这次经历让我始终将川菜馆和牙医联系到一起。就连我最爱吃的饺子也是那么不一样，不蘸酱油，而是用醋配上一大堆蒜泥一起吃，包的又是韭菜之类的气味浓烈的蔬菜。这些莫名其妙的食物就是正宗又地道的中国菜？

不管怎么说，我逐渐接受了这些一开始觉得怪异的口感和味道。等到开始上烹饪学校时，我已经变得无辣不欢了。我爱上了四川花椒那股刺激的感觉，那感觉，就好像一口气喝下双份特浓意式咖啡。我发现有专门的字来形容这种感觉，那就是"麻"——中国七大基本味道之一。饺子馅儿品种繁多，比从小吃到大的那几种美味多了。我努力克服对姜的非理性恐惧，我以前只要一吃到姜，哪怕只有一丁点儿，都会觉得恶心反胃。

我开始津津有味地大啖当初唯恐避之不及的菜品，比如醋拌海蜇头、煨海参、蒸凤爪和发酵豆腐（中文菜名真是名副其实，就叫臭豆腐）。我爱上了肉感十足的中国茄子，它的美国表亲可不大受我待见。我还为柚子着迷，它是葡萄柚的表亲，很甜。我还爱吃小金橘，这是一种橘黄色的椭圆形小果子，果肉质感像布朗李，带有柑橘类果实的酸味。

尽管我对中国菜的热情不断增加，但在上海待了三年，我待腻了，于是决定去北京。我念大学的时候曾经在北京上过暑期班，研究生毕业后又在那里学习过一年，这个城市有良好的学习环境。这里有中国最好的大学，胡同小巷令人身心放松，外侨的圈子也没那么封闭。我曾在北京学习中文，现在又即将在这里学习烹饪了。

曲曲折折，直到进了烹饪学校，我才第一次感到融入了中式生活。说来也怪，尽管有文化差异和种种挫折，我仍乐此不疲：我照抄张老师不知所云的板书、目不转睛地看高师傅烧菜，争抢免费的示范菜。我的普通话越说越好，学会了许多新词汇，我终于成为这个充斥着矛盾、变幻莫测、日益强大的国家的一分子。

我甚至还领略了一些中式烹饪的基本手法，迫不及待地想要动手亲自做菜。其他同学似乎不像我这么急迫地想要开始实践。他们似乎对填鸭似的中式教学法习以为常了，我后来才知道，大部分人纯粹是为了得到资格考试笔试部分的点拨，才来上课的。校方向学生们保证，上课六周后，会有两堂课时间专门用来提高我们的刀工和炒工，但我不愿意等那么久。我问了学校里好几位老师，碰了几鼻子灰，他们显然不肯把时间耗在一个妄想学做宫保鸡丁的外国人身上。有天下午下课后，我决定请教王主任。"主任"这个头衔有点儿费解，这不过是个钱少事多的职位，只是叫起来冠冕堂皇。一人身兼登记员、校长助理、助教、食材采购员和门房等等工作。简而言之，所有别人不肯做的事情，都由主任一人全包了。在示范课上，王主任在教室里慢吞吞地走来走去，跟在高师傅后面替他收拾东西，及时帮他点燃灶火。她身上有一股威严的气场，但偶尔也会猛然大笑出声来。她总是穿着一件蓝色的实验室外套，配上她的眼镜和爱因斯坦式的冲天花白头发，看起来就像一个科学狂人。

"你想学做菜？"王主任问，仿佛这是一个不适合在烹饪学校提出的荒谬要求。她继续擦地，不管怎么擦，这地板好像永远都那么脏。我看不出来她到底有没有把我的要求当真，就此而言，我也不确定王主任和学校里的其他人把我当怎样一回事儿，毕竟我是个外国人，还是个女的。

餐馆的厨房是女人的禁地这个说法令我非常吃惊。不管怎么说，是毛主席极大程度提升了女性的权利。新中国成立后，彻底废除了缠脚、禁娼，给女性平等的上学和就业机会。在中国，我几乎没遇到过不工作的女性。可我也逐渐了解到，两性平等还未普及到厨房。

　　"你想当厨师？"张老师问过我。

　　您觉得有机会吗？我问他。

　　"你可以做西点师。"他冷冷地说。

　　"你可以在西餐厅工作，"也有同学给我这样的建议，"女人生来就不适合做热炒师傅。"

　　可是中国家庭不都是女人主厨吗？

　　"没错，但家里的炉火小多了，"这位同学指出，"厨师这活儿可辛苦了。"

　　王主任停下擦地，透过厚厚的镜片看着我。

　　"好，"她说，"我教你。"

　　我们的第一堂课，王主任让我自己选择想做的菜式。我买了做炸虾仁的材料。不过学费还没谈。我穿过学校的篮球场，往厨房走，琢磨着该如何提起钱的话题才好。

　　"我真的非常感激您肯花时间教我，我想付您学费。"我说。

　　王主任抿着嘴，一言不发，那两片厚厚的镜片背后在拨着什么算盘？她当然不会免费教我，对吧？

　　在中国，钱是一个奇怪的话题。中国人往往会直截了当地问别人买东西花了多少钱，收入多少，就算对方是陌生人也照问不误。人们买食品杂货、衣服或自行车时，都爱讨价还价。可眼下这种情况，谈钱好像又成了禁忌。

　　我们走进厨房，三位同学尾随而入。理论课刚刚上完，同学们听说王主任要给我开小灶，都来了兴致。我没有跟任何人说起过这事儿，可几位八卦的老师硬是将这事儿传开了。我很尴尬，因为我觉得即便是在摆脱了计划体制的当代中国，这样的小灶也未免太小资了。但同学们的反应却大大出乎我的意料。"我们也想学。"小潘说。可我知道他们已经为烹饪课程缴了一笔不菲的学费，恐怕不会愿意再额外花钱上小课了吧。负罪感取代了尴尬：我花得起钱请老师，他们却花不起。可是，我对王主任也有独占心理。

　　"这是我和她特地商量好的课，"趁王主任去后房拿围裙时我小声说，"要知道，我是付钱的。"

　　"多少钱？"三个人不约而同地大声地问。

　　"还没谈呢。"我说。

菜刀多少钱？他们想知道。（30多块钱，我说。）主任回到厨房后也提出同样的问题，接着又问我花多少钱买的虾仁。（10块钱。）每次回答这种问题，我总会被责备买贵了。我人生地不熟，又不善于讲价，注定挨宰。（不过我们的收入水平倒是差一大截。我替美国媒体撰稿，稿费让我跻身中国的高薪一族。我很快学会不告诉别人我赚多少钱，付多少房租，尽管以美国的标准算下来，这些金额都不高。）

王主任看了看我的菜刀，转身冲进办公室，蓝色实验室外套的衣角在她身后飞扬。她带回另一把菜刀："你这刀挺好，但今天不能用，还没有磨呢。"

"不能马上磨吗？"我问。

王主任解释说，厨师专用的菜刀出厂时，刀刃是钝的。烹饪学校的师傅们平时用来磨菜刀的磨刀石不够坚固，磨不了从来没有磨过的刀子。"你得找个磨刀匠，跟他说，这把刀得开开口。"

王主任教我做菜时，这帮同学相互挽着手在一旁围观。这让我觉得有点儿囧。在中国，男性并不羞于公然展示彼此之间的友情，换作在美国，这种举动绝对会招来异样眼光的。

"你看你，这虾仁滑来滑去的，真不像样。"班里的老大秦刚走出围观人群，过来对我指手画脚了。他一把拿过我手里的菜刀。"右手切菜，左手必须固定住不动。"

这帮同学好不容易看腻走人了。王主任继续从我拿刀的姿势（拇指和食指得像捏着大刀片似的捏住刀背）到站姿一一纠正。我的烹饪水平只限于做意大利面、热炒等基本菜式，也会烘焙饼干和布朗尼——现成的配料买回来加加工而已。成长过程中，烹饪从来不是家庭教育的重点，因为父母期待我长大后做医生或者律师。而来到中国之后，下馆子便宜又方便，我的厨艺也因此止步不前。

我看过高师傅做这道炸虾仁，看上去挺容易，而且似曾相识。可现在轮到自己动手却怎么也做不对。我试着模仿王主任的站姿，右脚与操作台平行，左脚外翻并与右脚呈直角夹角，好似立定的芭蕾舞者。

"肚子别靠着菜板。"主任指示。我马上收腹，活像舞蹈课上笨拙的小女生。

虾仁上浆之后，王主任开小火。我试图单手举起炒锅，举不动。"不能用把手，支撑力不够。"王主任指示。

我再试，用叠好的厨巾包住锅沿儿，想垫着厨巾把锅举起来。王主任多次指正未果，干脆把我推到一边，亲自抄起了锅和铲。我退居二线，偶尔丢一只裹了面糊的虾仁下锅。这哪里是烹饪课，分明是六岁的小孩在帮妈妈打杂。

出锅的虾仁儿金黄酥脆，就是老了点儿，我用刀背拍打这些该死的家伙时该再使点劲儿。"还行，"主任评价道，好像这全是我一个人的功劳，"做菜好比开车，学个套路而已。就那么简单。"

"难道烹饪不是得靠有天赋，不是一门艺术吗？"我问。

她扬了扬眉毛，似在对我的天真无知表示诧异。好吧，她到底会开车么？

"不会，"她说，耸了耸肩，冷不防又冒出一句，"我可不想骗你，这课我得收费的。"

"当然，"我说，屏住呼吸，"请告诉我价格。"

"嗯，很多老师的要价都比我高，我只要30元就可以了。"

2个小时的私人授课，学费折算下来不到4美元，这价格着实令我惊喜。我高高兴兴交了学费，问题解决了，我们俩都松了一口气。两人一边聊天一边收拾残局。

"你结婚了吗？"她问。

一如金钱，这是中国人很爱贸然相问的另一个话题。每次有人得知我已经28岁却还单身时，都会流露出怜悯的神色。我一直没适应。有时我索性少报两岁，因为记得26岁时，我的未婚身份还不这样惹人大惊小怪。

但王主任知道我的年龄。对此她的反应是："没事，我33岁才结婚，我丈夫大我6岁呢。"

我们相视一笑，这是前大龄姑娘在安慰新大龄姑娘呢：我的时间还有很多。

DEEP-FRIED SHRIMP

炸虾仁

较大的虾子12只，去壳去虾线

白胡椒粉1/2茶匙

盐1/2茶匙

料酒2茶匙

葱2根，只取葱白部分，切成葱末

姜末一茶匙

鸡蛋一个

蛋黄一个

中筋面粉一杯

芡粉2½汤匙

菜油约1000毫升

将每个虾子对剖切开，但不要切断，剖开后用刀背拍拍，把虾肉拍松。将剖开的虾仁一片一片铺在盘子上，抹上胡椒粉和1/4茶匙盐，淋上料酒，撒上葱姜末，盖上保鲜膜放入冰箱冷藏30分钟，最长不超过2个小时。

拿一个碗，放入鸡蛋和蛋黄，再放入半杯中筋面粉、芡粉和剩下的1/4茶匙盐，搅拌均匀。和好的面糊应该比平时用来做煎饼的面糊稍微稀一点，如果太稀了，就再加一点儿面粉和芡粉（面粉和芡粉的比例为3：1）。将剩下的半杯面粉倒在盘子里，将和好的面糊、装着面粉的盘子和处理好的虾仁放在灶台边，备用。

将油倒入锅中，加热油，一边加热油，一边将虾仁逐个蘸上面粉放在盘沿，待油温足够高，但还没有冒烟时，提起虾尾蘸面糊，蘸好面糊后稍微甩一甩，甩去多余的面糊，然后轻轻将虾仁滑下锅，小心别溅起热油。当锅中飘满虾仁（看锅有多大，如果锅不够大，可以分两批炸）开大火，将虾仁炸至金黄色，约5分钟后将虾仁捞起来，放在纸巾上吸吸油后即可上桌。

烹饪学校让我见识了北京生活的旮旮旯旯，这是之前在外侨圈子里无法领略的细微层面。我开始和普通北京百姓一样，骑自行车来回学校。尽管小汽车在中国日益普及，但对大多数人来说，私家车依旧可望而不可及。我所住的公寓门口有个修理摊，从收音机到旋转椅，无所不修。我从摊主手上买了辆上海永久牌自行车。没准儿是辆赃车，不过看在区区 10 美元成交价的份儿上，我没问。弯曲的车把有助于我挺直脊背，车篮里装些日常用品什么的很方便。北京地形平坦，没必要买带变速挡的自行车。更妙的是，就算我忘了上锁，车也不会被偷（小偷们往往只对车棚里那些新款车型下手）。即使有朋友送了我一辆十倍价钱的十八挡变速自行车后，我仍旧骑这辆旧车。

我的住处离烹饪学校大约 3 公里，是一幢公寓的最高两层。公寓没有电梯，我把自行车停在院子里，邻居们在那儿种了番茄和青椒。我常常拎着两袋蔬菜水果和杂物爬六层楼。这是一片新建的中产家庭住宅区，是几排灰蓝色的公寓楼。就在几年前，这里还是一片迷宫似的巷弄，叫作胡同。在城市改造的旗号下，这种老旧又没有私用厕所等现代化便利设施的巷道住房被拆除，在原址上建起了这些低矮的楼房。

西侧，也就是烹饪学校一带，还残留着一些旧式街坊，那是老北京人文气息的见证；东侧则是摩天大楼群。我的住处刚好位于二环路内侧。二环路是北京老城墙的旧址，新中国成立后，城墙被推到了，取而代之的是这条宽阔的马路。

更多的变化就发生在我眼皮子底下。2004 年我刚搬回北京时，这片小区周围还满是空地，如今建筑工人正在为一排排摩天大楼做最后的扫尾工程。再往东走，出了二环，无数高楼如雨后春笋般拔地而起，包括中国中央电视台的新大楼，这座建筑好像两座古怪的斜塔，由一溜封闭的平台在空中相连。刚铺好的大道空空荡荡，刚建好的楼房的尘土还飘浮在空中，给人超现实的感觉。我就住在全世界最大的建筑工地中央。

我骑车离开这片开发区，进入这个城市传统意义上的中心地带，就来到了烹饪学校。赶时间的话，我就选宽敞的新路；当我想愉悦悠闲地骑车时，就穿胡同。

　　较之在美国，在中国骑自行车是另一番情形：林荫道下，自行车成群结队。人们互不避让，倒也不会相撞。到了十字路口，车群渐渐壮大，任凭交警在一旁吹哨子、摇旗子也不顶事。汽车大鸣喇叭，一寸一寸地往前蹭；摩托车加大马力，呼啸而过；电瓶车则淡定地徐徐前进。起初，每当有公交车或汽车窜到我前面，我就火冒三丈，觉得自己的路权被侵犯了，但很快我就学会和本地人一样，在机动车之间穿梭而行，目标是要让一切保持一种微妙的动态平衡。

　　骑自行车穿胡同的人越来越少，因为巷道很窄，骑不快。有天下午，我穿行在一条砖墙的小巷子里，有一群人在围观下象棋。老人在尘土飞扬的巷子里散步；肤色黝黑、衣衫褴褛的男女踩着脚踏车，拉着一车垃圾破烂，不知在吆喝什么，听着像是棒球比赛中的大喊大叫。可我顾着看路，无法分神听个明白。骑车穿胡同虽然比走大马路舒适点儿，可胡同里的交通也是一团混乱。自行车横冲直闯，路面坑坑洼洼，务必全神贯注。有个朋友晚上醉醺醺地骑着车回家，结果掉进一条正在开挖的沟渠里。

　　有天下午我又穿胡同了，因为即将做一件特别的事。烹饪课程终于进入实际操作阶段了，我们要学刀工了。头几节课我已经学了许多如何用刀的"理论"。衡量一位中国厨师的厨艺高低，首当其冲就是刀工，又曰切菜技巧。据我所知，中国各地厨师用的刀子是根据各个传统菜系量身打造的。上海师傅用的尖头刀形似鲨鱼头侧面；在四川，最常用的菜刀刀刃呈钟形；广东的菜刀刀刃较窄，刀头尖，像西式刀具；北京的师傅用的菜刀刀刃呈矩形，又宽又厚，让我联想起恐怖电影的道具。

　　我还了解到，中国厨师从不会将一棵蔬菜、一块肉切开就算完事。他们谈到食材的分量时或许会语焉不详，但说起刀工来却力求精确，比如给鸡、鱼和鳗鱼去骨，就各有完全不同的方法。刀工的术语有几十种，比如根据切的角度可以分为直切、推切、拉切、锯切，根据下刀的动作，又可以分为片、剁、拍等等。我看过一位厨师朋友示范"滚刀切"，将菜刀置于苹果和菜板之间，在刀上转动苹果，削下果皮。

　　刀工对于备料准备尤其重要，因为中式餐桌上是不摆刀子的。中国菜的每一样食材都已经切成可入口的大小，用筷子来取食。"我们吃饭时，手里可不会握着刀子，"我的爸爸曾如是说，"野蛮人才用刀吃饭。"（他显然不觉得用两根细棍吃东西很原始。）

关于菜刀，尽管我已经学了不少，还是有一些基本的东西我始终没有弄明白。首先，我不知道该如何下刀。王老师给我上小课时，看着我用学校的菜刀切出一堆大小不一的葱、姜和猪肉，下了如此评论：我要是到饭店打工，一个月能拿到350块钱算我走运啦。她透过那副厚厚的眼镜片又看了一会儿，口气变大方了些："如果不要食宿，说不定也能拿到600多吧。"

另一件我没想明白的事情是，哪儿能磨刀。我问过王主任，她说："到处都有。"我以为她的意思是在路边摊或者附近的小卖铺很容易找到磨刀匠。于是，某个下午，我用报纸包好菜刀放进双肩包，跨上自行车，出门找磨刀匠。可是骑了好几条胡同，磨刀匠的影子都没有。

我看到一个男的蹲在四合院墙边修什么东西。我问他这附近哪里有磨刀匠，他一脸歉意："我还真不知道。"

回家的路上，我直奔小区街对面那家我最喜欢的小川菜馆，午餐高峰期已过，厨师和女服务员懒洋洋地坐在杯盘狼藉的桌旁。

我拿出刀给他们看，问道："哪儿能磨这刀？"

一位厨师拿过刀，"还行，在家用用挺好，"他说，又在空中比划了一下切菜的动作，"花多少钱买的？"

这是家个体经营的小餐馆，女老板三十多岁，因为得大声报菜，嗓子总是沙哑的，她说："唉，我们有三天没有见着磨刀匠了，应该快来了。"她解释说，我之所以找不到磨刀匠，是因为磨刀匠不开店也不摆摊，他们骑着自行车走街串巷，每隔几天重走一遍同样的线路。如今，磨刀匠越来越少，因为大多数家庭买现成可用的刀子。她告诉我，得留意听刀子哐当声。磨刀匠把刀片穿成一串挂在自行车上，一路骑，一路发出丁零当啷的声音。

"呃，"我说，"可我从来没有注意到呢。"

她眼神讥讽地看了我一眼，仿佛暗示说，那当然啰，对于你这样的人来说，他们就像隐形人。"你可以把刀留这儿，下次他来的时候，我让他磨。"

"谢谢，但我今天就得用这把刀。"我说。

去学校的路上，我顺路去了一趟当初买这把刀的厨房用品商店，没准儿他们能帮忙磨刀呢。

"对不起，"柜台后面的营业员说，"没办法，帮不上忙。"

"您的意思是，你们店卖没法儿用的刀子？"

"你到街上去找人磨呗。"他耸了耸肩说道。继而看到我满脸不悦，他又改口说道："要不这样，我没法儿给你磨刀，不过可以换一把现成可用的给你。"

我就这样换了一把轻便、现成可用的台湾刀，骑车到学校。我把刀子从双肩包里拿出来的时候，同学们对我刮目相看，好像我从一辆笨重的凯迪拉克升级到了光芒四射的跑车。"多少钱买的？"有人问。

准备好工具，战斗还只算进行了一半。我仍然不会切菜。准备参加高级资格证考试的秦刚无疑是刀工最为娴熟的。这个痴心汉依然每天都等我下课，邀请我去他家上"私人"烹饪课。我看着他秀刀技，差点儿后悔拒绝了他的邀请。他切起胡萝卜来又快又富有节奏感，嗒、嗒、嗒，就像节拍器打拍子一样。而我切起菜来像切分音，而且不带任何节拍：嗒、嗒……嗒、嗒……嗒。就在我乱劈乱砍时，秦刚悄悄走近，在我的菜板上放了片薄如神工的胡萝卜，又意味深长看了我一眼，才回到原位。

切菜切了一两个月之后，我感觉中式菜刀用起来比之前用惯了的窄刃刀更为得心应手。中式菜刀用起来感觉更安全，因为可以用指背抵住刀面，刀身的重量让它切起菜来比西式刀具更稳当、流畅；食材切好之后，顺势推到刀面上，便可一股脑儿地推进锅里。

有天下午我在家里厨房练习切菜，窗外楼下传来陌生的哐当声，像是几十只锡罐在碰撞。我探头张望，只见一个男人踩着自行车，沿着新铺的大马路骑着，车把上挂着的刀子哐哐当当地拍打着。那一刻，我真恨不得还留着那把没有开刃的刀，请他给磨一磨。不过，就算刀还留着，等我好不容易下到一楼，他应该早就走远了。他骑着斑斑锈迹的旧自行车在大马路上穿梭，货车和锃亮的轿车纷纷超过他。我没看到有人叫住他，请他磨刀。

王主任真是一位很棒的老师，她放手让我自己来。同样的步骤就算示范几十遍，她也不会不耐烦。她如实评价我的烹饪成果，亦不太严苛。如果某道菜还能吃，她会说"还行"。她还会时不时插播点儿有趣的往事来活跃课堂气氛。她的嗓音轻柔悦耳，一口点缀着儿化音的地道京腔。

"你在餐馆里工作过吗？"有天下午我问她。我正切着里脊肉，准备做鱼香肉丝。我左手按着猪肉，右手握刀与菜板齐平，先将肉块割成像三明治火腿般厚薄的肉片，再改刀切成细丝。

"没有，那个时代不能自由选择职业，我们一辈子都按照党的盼咐行事。"王主任在这所烹饪学校工作十二年了，十二年前，她从北京市第一糖果厂下岗。她进厂那会儿还是自行车厂。她当时主管厂里的食堂，工人们三餐都在食堂里吃。有一天，上级部门下达命令：该厂停止生产自行车，改生产糖果。数年过后，上级部门再次下达命令：该厂关闭。王主任运气好，当时她还不到 50 岁，可是由于中国劳动人口数量庞大，女工在这个年纪便可以退休，开始领退休金。她的丈夫原来是小学老师，也退休了（男教师通常 60 岁退休），夫妇俩的退休金加起来，足够过日子了。可王主任工作了一辈子，一旦没事儿做反而闲不住，碰巧有朋友的朋友开了这么一所烹饪学校，需要帮手，所以王主任就过来工作了，工资微薄，还没有她的退休金高。

过后的一次课上，我们谈到大白菜。秋意渐浓，天气转凉，蔬菜越来越少，直到 11 月的某一天，大堆大堆的白菜出现在街头巷尾。这些白菜来自近郊农村，一斤只要几分钱，一个个沉甸甸的，白色的茎，碧玉色的叶，椭圆的轮廓。不少市民会一口气买上足够吃整个冬天的大白菜，堆在自行车后座载回家。这些大白菜要么堆在户外，要么排在窗台下，要么放在门边，在北方的严寒天气下，可以保存好几个月。做菜之前，北京居民只需伸手出去，剥下几片菜叶就得了。大白菜可以加虾仁或者猪肉炒，包饺子，或者用盐水腌成酸菜。

我问王主任是否打算储藏大白菜过冬。

　　"没这打算，"她说，"以前储存过。1983 年我们从四合院儿搬进了楼房，没地儿放了。放屋子里的话，太热，会烂掉。再说，大部分时候我只烧菜给我和我那口子吃，用不着买那么多白菜。我儿子吃单位食堂。那么大个儿的白菜，就我俩，一个月都吃不完一棵。现在别的蔬菜也便宜了，不见得非吃大白菜。豆角当季的时候，才几毛钱一斤。"

　　有一天，我们正在做拔丝苹果，她说："想不想听一个关于苹果的好玩儿的事儿？我嫂子有四个孩子，都是在'文化大革命'期间出生的，当时毛主席鼓励多生孩子嘛。没啥别的事儿好做，除了不停地生孩子。不知为什么，她偏心老二和老四，有一天老四生病了，她出门买了个苹果，当时大伙儿都穷，一次只买得起一个苹果。回到家，把苹果切成两半，生病的孩子分到大的那一半，小的一半给了老二，苹果皮给了老大，老三什么都没有分到！可如今，四个孩子中，就数老三最会赚钱，他去了南方，发财了。好笑不，到头来只有老三寄钱回家。"

　　她用一把大刀削苹果，苹果皮如缎带般悠长地垂下。在我听来，这个故事并不好笑，而是具有讽刺意味，苦涩又悲哀。即便如此，我还是期盼着下一节课，听到更多故事。

FISH-FRAGRANT
PORK SHREDS

鱼香肉丝

猪里脊肉340克，逆着猪肉纹理切成薄片，再改刀切成肉丝

盐1/2茶匙

酱油1/4杯

料酒1 1/2汤匙

芡粉2茶匙

菜油1/4杯又2茶匙

醋2汤匙，糖一汤匙

大葱切末一汤匙，姜末一茶匙

蒜末一茶匙

清鸡汤一汤匙

干辣椒8个，切末

干木耳3片，泡发后切丝

笋丁1/2杯

取一个碗，依次放入切好的猪肉、1/4茶匙盐、2汤匙酱油、一汤匙料酒、一茶匙芡粉和2茶匙油，搅拌均匀后放在一边。

再取一个小碗，以温水化开剩下的一茶匙芡粉，加入1/4茶匙盐，2汤匙酱油，1/2汤匙料酒，还有醋、糖、葱姜蒜末和清鸡汤，调好后放在灶台旁。

将剩下的1/4杯油倒入热锅中，油烧热之后，放入干辣椒，在油里煎一分钟后将肉丝下锅，翻炒2～3分钟，将肉丝炒散，且不要粘锅。此时将木耳丝和笋丁下锅，炒一分钟后加入事先调好的料汁儿，再炒2～3分钟。起锅，上菜。

CANDIED APPLES

拔丝苹果

中筋面粉一杯

发酵粉一茶匙

水2杯

大富士苹果一个，削皮后切成2.5厘米见方的小方块

菜油一000毫升用于油炸，

另外还需1/4杯菜油用于制作糖汁儿

白糖一1/2杯

取一只碗，放入1/2杯面粉，一茶匙发酵粉和1/4杯水，和成面糊。将剩下的1/2杯面粉放入另外一个碗中，切好的苹果块儿放入面粉碗中滚动，让苹果块儿的每一面都蘸上面粉，再将其放入面糊中。

在锅中倒入油，加热油，若放入一点儿面糊就作响，这样就表示油温够热了。将蘸过面粉和面糊的苹果块儿轻轻放入油锅，炸至淡淡的金黄色；当油炸苹果块儿时，外面裹的面糊会膨胀。炸了大约3分钟之后，捞出苹果块儿，放在纸巾上吸油并放凉。将锅中的面渣捞干净，再次热油，把苹果块儿放回锅中再炸一分钟，炸至焦黄，捞起来放在干净的纸巾上吸油。

干净的炒锅先加热，锅热之后倒入1/4杯菜油，晃晃锅子，让锅底部都沾到油，放入白糖和1/2杯水，煮到冒泡儿，一边煮一边不断搅拌，泡泡会逐渐缩小，糖汁儿变得越来越黏稠，可以加少许油以防糖汁儿粘锅。当糖汁儿不再冒泡泡且变得又黄又亮时，就表示糖汁儿熬好了，把炸好的苹果块儿加入糖汁儿中，用力搅拌，让苹果块儿上均匀地沾上糖汁儿。关火，将沾上糖汁儿的苹果块儿倒在抹了油的盘子上。

立即端上桌，旁边还要放一碗水。夹起苹果块儿后要在水里蘸一下，让糖汁儿变硬了再吃。

最近我迷上了逛传统菜市场，穿过我住的那条街走到尽头就到了。路上会穿过一个小公园，那里有老人带着孙儿们玩耍，没系狗链的胖脸京巴跑来跑去。我撩起菜市场门口的塑料门条走进去之前，向来无法预料今天会有些什么菜。

就在我发现传统菜市场的同时，北京人也在逐渐接受西方的大型超市。市政府决定在 2008 年奥运会开幕前，关闭三环以内的许多露天市场。市场要么搬进室内，要么被家乐福和沃尔玛之类的大超市取代。法国连锁超市家乐福已经开始植入这座城市。超市的确有它的优点，比如走道宽敞，有大型冷冻食品柜，还出售意大利橄榄油和红葡萄酒等洋货。但我觉得传统菜市场里的菜更新鲜，味道也更好。大多数传统的中国人坚持用最新鲜的材料来做菜，所以得天天买菜。

我呢，去菜市场既是为了买菜也是为了看人买菜和卖菜。老太太轻轻推开我，伸手去拿细长的茄子和表面疙疙瘩瘩的苦瓜。摊位相对的水果贩经常打口水战，指责对方降价抢生意，诅咒对方的妈妈和妈妈的妈妈。到了下午，当买菜的人潮逐渐散去，有些摊贩会聚赌，用各家的秤搭起临时的赌桌。不过，更多的摊贩们还是在菜堆或者肉案后面忙活，吆喝着以斤为计的菜价，叫卖他们的商品。"豆角，豆角，两毛五！""西红柿，西红柿，六毛！"价格之低，令我震惊。我和王主任烧两大盘菜，所有的材料往往还不到二十块钱。

"杀了不？"有天下午，鱼摊老板娘抓着一条鲤鱼问我。鱼槽里鱼头攒动，她抓出一条来，手捏着鱼肚子给我看，等我点头，那鱼在她纤长的指间奄奄一息。

我犹豫着点了头，她便使劲将鱼往地上一摔。别看她个头娇小，却不知哪儿来这么大手劲儿。我不由得畏缩了一下。她好像职业摔跤选手一样，接着又是一摔，然后将鱼扔在磅秤上。那鱼在秤台上有气无力地抽动。

"8 块钱。"约合 1 美元。

她用一把带钉子的小刷子替鱼去鳞，间或又敲了鱼几下，以防这条鱼经历了方才这一番酷刑还小命犹存。她把鱼装进黑色塑料袋，递给我。

"慢走。"她微笑着说。中国人这么说是请人"保重"。

我常在一位年轻的鸡贩那里买现宰的鸡。他总是在埋头看书。有一天，他和他的书还有鸡全不见了，我问鱼贩怎么回事。

"禽流感。"他说。据报道，中国某些地方有个别人感染禽流感的病例，卫生专家担心传统菜市场的活禽区卫生条件差，可能导致禽流感大规模传染。"这阵子政府抓得严。他可能过几天就回来了。"

"你不担心禽流感吗？"我问。

"不担心，"他说，"我吃鱼。"

后来，鸡贩并没有回来。市民们只能在超市里买冷冻鸡肉。那摊位空了几个月，后来由一家做豆腐的接手。这家人早上用机器磨黄豆煮豆浆，装在塑料袋里出售。剩下一部分的豆浆中加入内酯，注入模子，做成一块块方正、新鲜的豆腐，卖不完的豆腐压干、调味、切成长条。我发现从这家摊子上买的豆浆应该没有加防腐剂，两天没喝完，便在我的冰箱里凝固成了豆腐。

再往里走，有卖面条的，他们用手工做出硕大的面团，然后用机器压成扁平的宽面条。隔壁是卖芝麻酱的，摊位上有一口大缸子和电动磨子，将芝麻榨成香浓的芝麻酱，用这种酱拌凉面，可真是让人流口水的美食啊。以前，这些装着酱料和香料的瓶瓶罐罐对于我来说简直是一个谜，但现在我已经慢慢认识了它们。川菜中那一粒粒小小干干的花椒，散发着火热、麻麻的滋味；八角强烈的味道可以去除羊肉和鸭肉的腥味儿；抽真空包装的泡菜能帮我的鱼汤和豆角提味。

酱料和香料摊旁边是肉摊，上面吊着大块大块的猪肉、牛肉和羊肉，还有整副的排骨、猪蹄、牛腱肉等等。肉贩们在木头肉案上将它们分切成小块，就这么摆在摊位上，在室温下售卖。直到有一天，我走进菜市场，发现有工人正在安装和美国一样的肉类冷藏柜。但是，肉贩们依然用没有戴手套、沾着血的手切肉、收钱、找钱。

"你要半斤还是一斤？"有天下午我走过肉摊，卖肉的笑嘻嘻地说，"我切不了那么准，多一点儿没问题吧？你无所谓的，是吧？"

这往往是肉贩们的促销伎俩，总说没法儿切那么准，可切下来的分量总是比你要的多。

他割下一大块猪里脊肉，放到秤上。"正好一斤！"他说。（我要是不相信，可以把肉拿到市场一角的公平秤上去复核。）他又割下一小块，一起装进塑料袋里，交给我。

或许有朝一日，我会异常想念美国超市那亮铮铮的地板、保鲜膜包好的鸡胸肉和一排排巨大的冷冻食品柜，不过那一天至今为止还没有到来。

我问王主任，比起超市，是不是更喜欢传统菜市场。她耸耸肩，不置可否。她是机会均等主义的消费者：她去传统市场买新鲜蔬菜和肉，至于干货，哪里便宜就在哪里买。一般说来，整洁美观的大超市里面的东西比较贵，但偶尔也会搞降价促销，这时她便一排排的货架扫过去。要是碰上卷筒纸之类的商品打折，她会一口气买回一年的用量。

我虽然爱在传统市场里买菜，却并不精于此道——起码王主任这么觉得。每次上课，她都先视察我买了什么，问我花了多少钱，要么点头认可，要么窃笑一番。她偶尔会仔细地看着塑料袋里面的菜，说"唔，你买了那种白菜？"或者"你应该买北豆腐才对，不是南豆腐。"

于是王主任自告奋勇教我买菜。隆冬时节一个寒冷的周五，我同她约好在她家附近的菜市场门口碰头，她在这个市场买了二十多年菜了。市场围绕一座通风良好的货仓而建。说来也巧，过了那个周末，这座市场就会被关掉了，这块地将建起高楼。有些摊位已经空了。

尽管末日将至，市场内依旧繁荣一片。这座菜市场的规模比我家附近那座要大。在卖肉的区域，一条条走道两边挂着宰好的猪和羊，肉贩们在他们的货品周围踱着步子，活像狮子在新捕杀的猎物边逞威风。穿着黑胶鞋的摊手手里拿着夹纸笔记板，清点厚厚一捆钞票。餐馆买主推着小推车，鼓起的透明塑料袋里游着活蹦乱跳的鱼。即便在零度以下的严寒中，户外摊位的人气也很旺，卖家买家在一摞摞蔬菜水果面前讨价还价。实在难以想象，过不了几天，这副情景就将不复存在。

我们从禽肉区逛起。摊主说鸡是今天清晨时分才宰杀的，一只只鸡已经被拔了毛，头还留着，爪子僵直。通常整鸡先售罄，接着是鸡的各个部位——鸡腿最抢手，然后是翅膀、头、颈、爪子，鸡胸肉因为没什么味道，往往要等到最后才卖完。

"得选毛已经拔干净的，"主任说，"另外还得检查一下，确定没有瘀伤。"

"为什么今天鸡肉那么便宜？"有位顾客问，"是不是染上禽流感了？"

"不可能，"主任说，她曾在上课时说起她对禽流感的看法，"我觉得非典之后用不着担心了，政府现在会说实话。"我不管那么多，我爱吃鸡肉，特别是宫保鸡丁、任何方法烹制的鸡翅和广式蒸凤爪。我们将禽流感抛在脑后，两人各买了几块鸡肉。

市场出售的肉类有一半是猪肉，它的地位在中国菜里面举足轻重。几乎每一顿饭、每一张餐桌上都少不了猪肉。肉案上放着粉红的里脊肉、大理石纹路的五花肉和深红色、泛着光的猪腰。猪头看上去出奇的安详，嘴角向后咧开，如在微笑，露出两排整齐的牙齿。

"这是你女儿吗？"有位摊贩看了我一眼，问主任。

"不是，"她说，"她，嗯，是一位朋友。"

我们在一个卖牛下水的摊子前面驻足了一会儿，牛筋又白又硬，像干丝瓜络，牛肚像褐色的人工草皮。主任翻来拣去挑了几块，又都放回去了。似乎没有人在意。

"如果你想买牛肉，得一大早来，因为最早卖光。"王主任说。整座仓库都弥漫着羊肉的骚味，羊肉和羔羊肉在华北供应量较大，因此不算贵。

我们在酱菜、腌制品的摊子前打量笋子。这些笋子色黄近白，底部有我大腿那么粗，往上逐渐变细，笋尖儿很嫩。笋以冬笋为佳，到了春天就没那么嫩了，而且也会长出叶子。笋子带有细腻的泥土味，用来炒猪肉很美味。"笋子要选宽一点儿，短一点儿的，因为我们爱吃的只是笋尖儿。"主任说。

在豆制品区，我看到一只大塑料桶装着颜色奇怪的豆腐，红褐色的。"那是血豆腐。"王主任解释说，是掺了猪血以增添风味和口感的豆腐。

我了解了，北豆腐较结实，切块以后能保持原形，适合烧川菜里的麻婆豆腐。南豆腐就是绢豆腐，适合煎炸。

王主任细致地解说每一样东西的价格。"糖价上涨了，一旦涨上去，就降不下来！"今天的鸡蛋很便宜。"今天一斤两块多，有时要三块的。"小贩将鸡蛋装进塑料袋。起初，用塑料袋提鸡蛋令我无比紧张，在中国鸡蛋很少用硬纸板装。但很快便习惯了，几乎从来没有打碎过装在塑料袋里的鸡蛋。

当我们来到蔬菜水果区时，王主任掏出一个随身带的弹簧秤。"千万别相信这些小贩儿。"她给我如此建议。"有没有看到那边那个人？"她朝其中一个摊位眯起眼睛，"有回买番茄他多算了钱，我再也不在他那儿买东西了！"

虽然在这座买了二十年菜的市场买不了几次菜了，但她似乎并不伤感难过。她挨个儿询问摊贩打算迁至何处。

有些摊贩耸耸肩，有些则表示将在不远处的批发市场另设摊位。

"估计我也得上那儿买菜，"主任叹了一口气，"是不太方便，不过骑骑自行车，就当是多运动一下了。"

在寒风中逛了两个小时，我开始流鼻涕。出乎意料的是，王主任邀请我到她家吃午饭。"当然好呀！"我说，能去一个暖和的地方真好。

我们来到二环路边上的一排塔楼，王主任家就在其中一栋公寓的二楼。这些塔楼建于 20 世纪 80 年代初，当时中国经济体制改革刚刚开始，如今这批楼中有不少已经拆除重建。

"不必脱鞋。"我们进屋时，她说，她自己也没有脱。室内很暖和，但谈不上舒适。三居室的公寓铺着廉价的油地毯，水泥墙没有刷过漆也没有贴壁纸，一根晾衣绳贯穿黑漆漆的走道。

王主任的丈夫身材清瘦，满头白发，胡茬灰白。他轻声跟我打招呼。夫妇俩身高差不多，但他的骨架却比较小，做妻子的反而是一副大块头。

王主任后来提到她一向比他重将近七公斤。他把我领进右边一间采光充足的房间,他们在这儿招待客人、吃饭和睡觉。一张双人床、衣柜和桌子占了大半间房。我拿不准该坐在哪儿。"坐床上。"他拍了拍被子说。他坚持让我坐在那儿,他自己则回厨房帮妻子准备午饭。他们的儿子比我小一岁,在当保安,这会儿正在上班,他和他的女友住在另外一个房间。

饭菜准备好了,我们将两条长凳拼到一起,盖上一块大塑料桌垫,充当餐桌。三人蹲坐在矮凳上,就着豆腐、炒蘑菇和炒蛋下饭。我注意到三个菜的用油量都比烹饪学校的师傅用的少多了。

"家常菜和学校教的酒席菜不一样,"主任解释道,"我不放味精,炒蘑菇时或许会撒一点点。"阳光洒在床上和盆栽植物上,在这样的环境下吃饭真是愉快。

从此,我定期拜访王主任家,他们开始让我用他们的厨房练手,教我做他们在家吃的菜式,这些菜和我在学校做的花哨菜式完全不同。王主任家的厨房设备简陋,他们没有料理台,而是半蹲就着一张矮桌子切菜、备料。煤气罐齐腰高,连着两个炉口。煤气罐放在窗边,为了防止煤气泄漏中毒,这扇窗户从来不关。厨房外面的走道两侧各有一台冰箱,更好看的那个银色新冰箱是夫妇俩春节前才买的。另一个绿色冰箱矮一些,是他们的第一台冰箱,1986 年买的,舍不得丢掉,如今拿它当橱柜使,里头塞满了调味料、水果和各种干货。王主任夫妇和不少苦过来的中国人一样,习惯储藏食物,从飞机餐的小包辣酱到在家乐福拿的巧克力威化饼干试吃装,只要可以吃的东西,无所不储。

我刚进入烹饪学校时,觉得自己在王主任心目中是个麻烦分子,这会儿我成了她家的常客,她似乎对收我做学生还蛮自豪的。"年轻人已经不会做饭了,"有天我们一起吃晚饭时,她说,手朝她儿子和女友的房间一指,"他们不会做饭,小两口每周有几天在其中一人的父母家吃饭,另外几天就上另外一方父母家吃饭。他们连最家常的菜都不会做,可悲啊。"

STIR-FRIED MUSHROOMS

炒蘑菇

香菇一一四克
金针菇一一四克
平菇一一四克
油一汤匙
蒜末1／2茶匙
料酒一汤匙
酱油2茶匙
盐1／4茶匙

香菇去蒂后切片；将金针菇褐色底部切掉，撕开，分成小束；平菇切成一口能吃下的大小。

炒锅烧热后倒油，油热后放入蒜末，蒜末开始作响时，放入香菇片和平菇，翻炒3分钟后加入酱油和料酒，再放入金针菇，加盐后继续翻炒，5分钟后可以出锅上菜。

NO 3

虽然在王主任那儿开小灶，烹饪学校的固定课程我还是照上不误。张老师依旧时不时在课堂上说一些不知所云的话，不过我发现通过上烹饪课，我的中文读写能力有了长进。尽管没多少实际动手做菜的机会，但大厨们魔术般的厨艺百看不厌，每节课后和同学们一起抢吃示范菜也让我乐此不疲。

同学们渐渐不再把我当新奇人物。原本对我穷追不舍的秦刚终于发现他的死缠烂打毫无进展，也就慢慢对我视而不见了。我的中文进步很大，张老师也就不怎么取笑我了。又有一位女同学报名入学。

赵太太一头烫卷的短发，带着一副大框眼镜，看上去像一位中年图书管理员，但举手投足间更像一位被宠坏了的小女生。她第一次到厨房上课的那天下午，一边用吸管吸着一瓶酸奶，一边趾高气扬地到处溜达，随兴地四处打断别人。王主任和我的私课刚刚结束，同学们相继来到教室，准备上观摩课。我对她微笑示意，可她好像没有注意到。

她明确地表示自己对烹饪一无所知，来上课纯粹是为了好玩，谢谢。

"王主任，我看这些课对于我来说太难啦。"赵太太说。

"那可不一定。"主任面无表情地说。

赵太太停下来，看着我切猪肉。"说真的，我觉得我切得比她好。"她又回过头，继续和王主任念叨，"如果我下次交学费，能不能参加？" "王主任，你的电话号码是多少？我可以给你打电话吗？哪儿能买到菜刀？两百块钱能买一把菜刀吗？"

"三四十块钱足够了。"王主任敷衍道，不再搭理赵太太。赵太太却并不知趣，转身和另一位同学搭讪。

接下来的课程中，赵太太始终很惹我讨厌。她四处炫耀自己是家庭主妇。在中国大多数女性都得外出工作挣钱养家，家庭主妇这样的身份实为罕见。她开着黑色轿车来上课，把车子停在自行车棚附近。她为老师往菜里加味精的分量大惊小怪。可是有一事实我不能忽略：我与她的相同之处，多于我与其他同学的共同点。我不也和她一样，接二连三地向老师抛出各种问题么。而且，我不也是出于个人爱好而来上课的么。

但我自以为我不像她那么惹人讨厌，因为我总是拼命隐藏我与其他同学之间的差异。除非课后有重要的事要办，我都穿着旧牛仔裤和羊毛衫来上课。仅有一次我亮出了护照，也就是那次我穿了件羊皮外套——其余时候我都保持低调。不过，我又想起，有天下午我带了苹果笔记本电脑来上课，因为刚从维修店取回电脑，没有用电脑包装好；还有一次，我带了一位外国朋友来上课，她那白皙的皮肤和一头金发让她像摇滚明星一样醒目。最后我不得不承认：有意也好，无意也罢，我比赵太太还爱现。

赵太太来上课的第一天对我视而不见，但之后，又想方设法要和我交朋友。她多次邀请我去她家做客，可是她令我浑身不自在，我很烦她，因此都拒绝了。虽然我们同桌，我却从不肯向她请教笔记中的问题。她打电话问我下一次回美国时，能不能帮她带维生素片，我告诉她这事儿有难度。在中国，你得像这样委婉也拒绝别人。

入学一个多月之后，我决定和其他同学一道参加国家厨师资格证书考试。参加考试可以帮助我树立学习的目标，迎接毕业后的第一次智力挑战。对我而言，这个考试还关系到尊严。我想证明我不逊于其他同学，尽管如张老师所说，中文并非我的母语。

专业能力部分我并不太担心，跟着王主任上课以来，我学会了不少菜式，可以轻松做出清蒸鱼、干煸豆角和香辣豆腐。我担心的是笔试部分，这部分考题照理说应该测试学生了解多少烹饪基本原理，但从模拟考试的出题方式来看，我怀疑其用意是要考验我们把教科书内容背得多熟，问题细得不能再细，而且迷惑人。举个典型的考题为例，其题干直接出自教科书中的一段文字，请学生填空：

蟑螂在零下五摄氏度的环境中可以存活＿＿分钟。
A 5   B 10   C 15   D 30

当我想方设法用排除法解题时，脑子里却冒出一些奇怪的念头：如果遇上原子弹爆炸，蟑螂能不能存活？厨师是不是得经常兼职杀蟑螂？

我强耐着性子把教科书从头翻到尾，正确答案是 D。可是找出正确答案还不算困难，当我坐下来，想要认真地通读一遍模拟试卷时，光是读懂前 20 道题就花了我 3 个小时，别说作答了。从那之后，我随身带着教科书和模拟试卷，却怎么也无法勉强自己重复那痛苦的答题体验。于是我给王主任打了个电话。

考试前一个月，每周有几天下午，她在烹饪学校的厨房中间支起一张摇摇晃晃的桌子，我们并排坐在桌前，桌上摊满了模拟试卷和教科书。主任带来她的破旧的新华字典，我则带着一本又大又厚的汉英词典。我直面一个又一个的谜题：

蛋白质不具备以下哪种功能？
A 预防水肿
B 产生抗体
C 构成骨骼和牙齿
D 保持大脑正常、愉快

一定是 D。D 听着太荒谬了，依我看，选 D 肯定没错。

"错，该选 C。"王主任说，"没想到吧。我吃了蛋白质以后，并没有变快乐。"

当我又答错一题时，她跟我一道发泄。

"不搭嘎！"她喊道。这句北京方言的意思是"不可能"。

许多问题与寄生虫、死亡和排泄物有关。我学到超过 3 克的化学嫩肉剂可以致人死亡。我学到杀鳗鱼应该用滚烫的开水烫死。我还学到绦虫不需要借助宿主便可致人感染。

"现在还有绦虫问题吗？"我问。

"早没有了，"主任说，"我们当孩子那会儿，绦虫的确是个大问题，我想这跟那时用大粪施肥有关。现在人们觉得那样不卫生，但以前的蔬菜确实好吃很多。黄瓜都没黄瓜味儿了，因为现在用的是化肥。"

我死记硬背描述猪、牛和羊肉各种部位的专业术语。我得弄清楚哪儿是肥肉，哪儿是瘦肉，哪儿的肉嫩，哪儿的肉老，有没有软骨，肉多还是骨头多。我记住了哪些部分适合做饺子馅儿、咕咾肉或是炖汤。中国人把一头猪分为包括尾、颈、头在内的 16 个部位。光是猪屁股上的肉就分了好多种。

在模拟考卷中，有这么一道填空题：

堆叠法用于食材中不含骨头、质地 ____ 或酥脆的菜肴。
A 软　　B 很软　　　C 有韧性　　D 坚硬

我查了词典，"韧性"是指"柔软但结实；坚韧的"。

"啊，"我说，"人是有韧性的。"

王主任喜欢我造的这个句子。"没错！我们三天不吃饭，也死不了。人是坚韧的，我们可以挨过非常、非常艰难困苦的时期。"

这次考试可以考验我是多么有"韧性"。我需要在 100 道题目中答对 60 道才过关，80% 的试题为多选题，剩下的是判断是非题。是非题表面看起来简单，其实陷阱重重。主任建议，为节省时间，是非题我最好一律选"错"。根据她的经验，答案为"错"的往往多于"对"。这么一来，我就可以全力以赴应对需要兜圈子的多选题了。

她一定是看到了我那沮丧的神情。

"别担心！又不是高考。"她指的是那著名的、令人生畏的大学入学考试。"就这么去考试就可以了。"她调整了一下坐姿，挺胸抬头，将教科书随意地塞在腋下，"别太明显，稍微遮掩点儿，免得有人拿走你的书。答题时把书放在地上或腿上。"

我好一阵子才明白过来王主任的话中真意。她该是在和我开玩笑吧。

她继续描述作案场景，好像劫匪在谋划银行抢劫。"考试时间90分钟，考试开始半个小时后，劳动部派来巡考的官员就会离开，留下两名监考老师，其中有一位是我们学校的行政人员，当他们开始聊天时，你就可以开始行动了。我敢保证，十位监考老师中有八位都会让你抄别人的考卷。"

她见我一脸惊讶，又说："当然，作弊是不应该。"可是当下的中国资源紧缺，人们争得头破血流，学生们可不想赌运气。考试费高达320元，考不过的话，得再付将近90元的补考费。

"有些学生从来没有接受过正规教育，所以非作弊不可，"主任说，"有些人来自穷乡僻壤，有些人在窑洞中长大，有些人天生就是笨。只能让他们抄。"

北京曾是外来人的福地，王主任继续说："90年代初，外地人来了就能发财，现在不行了。什么都稳定下来了，机会越来越少，不是每个人都找得到饭碗。这年头，人人都宁为鸡首，不做凤尾。""饭碗"指代赖以为生的稳定工作。"鸡首"喻指平凡无奇的事物，"凤尾"则是超凡卓越的象征。

"有些学生是下岗工人，"主任补充说，"过去他们在服装厂缝扣子，缝了一辈子了，可突然有一天工厂关闭、南迁了，因此政府替他们付学费，他们来这里学一门新技术，好再谋活路。"这些下岗工人可以从一系列职业培训学校中选择，比如修理汽车、插花或者按摩等等。

我们回过头来继续复习，我连珠炮似的发问。

"您觉得我有希望通过考试吗？"我问。

主任思索片刻，"你干脆请一个枪手算啦。到教务处去，跟他们说你很用功，想省点力气，请人代考。"枪手是指受雇替人参加考试的人，考试产业如此腐败，不难请到枪手。

我暗自揣摩，王主任这么说，不过是委婉地表达，我想凭自己的能力通过考试，门儿都没有。

我拼命打造完美的圆，手里的擀面杖在面团上滚来滚去，滚出来的饺子皮有桃心形的、有澳洲大陆形的、还有心理学家爱用的那种水滴图表形的。就是没有一张圆形的。

我在王主任家，复习累了，想通过包饺子调剂一下，首当其冲就是要学会擀饺子皮。我在美国加州和家人一起包饺子时，用的是速冻饺子皮。王主任家可容不下这个异端。

首先，她往一个大碗里加入面粉和水。

加多少水？我问。

"不好说。你做过面条的吧？那就对了，掺的水要比做面条和面时的多点儿，饺子皮面团要更软一些。"

我们忙活时，夕阳渐渐西下，厨房没有通电，屋里光线越来越暗，越来越看不清手上的活儿。最后，就在即将陷入漆黑一片之前，王主任的丈夫带着一只灯泡走进来。他将电线缠在厨房墙壁上的一根铁钉上，然后把另一端的插头插进外面走道上的插座，灯泡软绵绵地垂下来，在小厨房里散发出微弱的光芒。

王主任擀好一张皮，举起来对着灯光。"看到了吗？这张皮儿擀得好，因为对着光看，一个黑点儿都没有。"这张皮像灯罩似的，透出柔和的光芒。

王主任家每周包一两次饺子，每包一次至少能吃两顿。"饺子经饿，米饭不饱肚子。"王主任的丈夫说，"米饭吃下去没多久，我又饿了。"

"我喜欢包饺子，因为比起煮饭炒菜，包饺子更省事儿。"王主任说。可在我看来，才不是那么一回事儿呢，包饺子得和面、擀皮儿、拌馅儿，最后还得把饺子包起来。

"去馆子里吃饺子不是更省事？"我问。

"省事是省事，但没那么好吃，"王主任说，"自己家包的饺子最好吃了。"

我看着她往一只装满绞肉的大碗里倒酱油。

"要加多少酱油？"我问。

"看着办，"她说，"如果想让味道重一些，就多加点儿，想淡些，就少加点儿。只要别加太多，让肉馅变得黑乎乎的就行。"

她撒了点儿鸡精，又加了不少虾米。她每加一样，我都问她分量是多少，好记在笔记本上，她的回答总是很模糊：看着办。想让某种味道重些，就多加，反之，少加。我开始意识到，在中国人眼里，我这样关注精确分量的美式作风，压根儿是在钻牛角尖。

王主任补充道："每个人的口味不同，看个人口味而定。"

唯一一样用量稍微精确一点儿的材料，那就是水。"这要看你用了多少肉，水要加到足以让肉有弹性的地步。"刚开始，她加了半碗水，然后用分好几次加了少量的水，每加一次水，就用筷子使劲儿搅拌肉馅。

PORK, FENNEL, AND SHIITAKE MUSHROOM DUMPLINGS

饺子皮 大约可做 80 张的分量

中筋面粉 4 杯

水 2 杯

取一只大碗，倒入面粉，加入一杯水搅拌，然后分数次用手加水，慢慢把水揉入面粉里，每次约加入 1/4 杯水，直到水都进入面粉了才能再加水，揉 3～5 分钟。用湿布将面团盖起来，至少饧 10 分钟。

把面团分成三等份，将每一份面团揉成直径大约是 2.5 厘米的长条。再将长条分切成 2.5 厘米见方的小方块。在面块儿上撒上面粉，用手掌一个一个压平，看上去像小银元。

用擀面杖擀面皮，一次擀一张，从压平的面团中间向外擀，再从外向里擀，一边擀一边转面皮，直到转完一圈。这时，面皮应该已经成扁圆形，比手心稍大。第一次擀饺子皮的时候，恐怕无法把饺子皮擀成完美的圆形，多加练习，就会有进步。

将擀好的饺子皮叠起来，盖上湿布以免变干，再继续擀剩下的饺子皮。饺子皮最好即擀即用。

猪肉茴香香菇饺子

鸡蛋3个

菜油1～2茶匙

猪绞肉340克

水1/2杯

酱油1/3杯

盐1/2茶匙

芝麻油1汤匙

蒜末一茶匙

姜末一又1/2茶匙

大葱末一汤匙，只取葱白部分切末

茴香一个，切成细末

切碎的卷心菜一杯

香菇4朵，切成细丁

虾米1/4杯（选择使用）

饺子皮80张

做饺子馅儿： 取两个鸡蛋打散，热锅中倒入油，将鸡蛋炒熟后切碎，放在一旁备用。取一个大碗，放入绞肉和水，用力顺着一个方向搅拌，至少搅拌50下，搅拌好的肉馅儿质地就像蛋糕糊一样。打入一个鸡蛋，接着搅拌20～30下。加入酱油、盐和麻油，再搅拌。加入鸡蛋碎、茴香碎、卷心菜碎、香菇丁和虾米，搅拌均匀。饺子馅儿就做好了，可以开始包饺子了。

包饺子： 将一张饺子皮放在掌心。舀一小匙馅儿放在饺子皮中间，将皮对折，在半圆形的顶部捏一下，让上下黏合在一起，然后从一侧开始，沿着饺子皮边缘先捏一下再捏，让饺子封口，呈新月形。

煮饺子： 一边包饺子，一边用大火大锅烧水，一次下20个饺子，当水再次沸腾后，再煮5分钟就可以出锅上桌了。

我继续和饺子皮搏斗，决心擀出像样的饺子皮。擀皮儿成了对完美的追求，以恰到好处的力度转动擀面杖，擀平小面团。我擀起皮儿来就停不了手，沉迷其中无法自拔。面皮擀得越薄，手感越像柔软的皮革。王主任拿过我擀的饺子皮，几秒钟便包出一只饺子，然后一边等着我擀出下一张饺子皮，一边兴致勃勃地和我拉起家常，我呢，一边挂着半边耳朵听她说，一边擀着勉强够格的饺子皮。

王主任在学校相当沉默寡言。在示范课上，她大半时间都待在里间，坐在桌前弓着背看小说。她对待学生一向温和有礼，但保持一定距离。在家则平易近人多了。她时常穿着打底的毛裤应门，时常咧着嘴笑，露出一口整齐、雪白的牙齿。她抱怨政府腐败，八卦学校老师们的是非，渐渐地，也开始更多地谈起自己。

我们包饺子时，她说起自己不久前刚过了 60 岁生日。

"早告诉我就好了，我请你吃饭。"我说。

"反正我这个人也不爱过生日，不过我还是为自己买了一副耳环，想看看吗？"

她走进卧室，出来时拿着一副金耳环。不过她并没有把它们带上耳垂，而是放在手心里把玩。

"生日对我来说意义不大，"她说，"我不想活太久。跟你说实话，人人都讨厌老年人。"

可是尊敬老人不是中国的传统吗？

"唉，谁真的信那一套呢。说实话，人老了就变成了负担，没有人喜欢负担。老人自己都不喜欢自己，没有人待见老人。"

主任对很多事情的想法都很悲观，甚至宿命。她认为中国越富裕，社会风气越差。她记得，在 50 年代，街上没有人随地吐痰。在经济改革之前，人们在公交车上会主动让座给老人。

"腐败不止，就越没人性。"她如是说。

饺子煮好以后，我和王主任在厨房外面的走廊上拼好餐桌。王主任的丈夫端了一盘饺子到卧室，我听到他打开电视机。我夹起饺子，先蘸了盛在小碗里的醋和辣椒，再一口咬下去。这些饺子就像热气腾腾的面皮枕头，在熟悉的味道之外，还爆发出一种我从未尝过的鲜味。这感觉就好像吃了一辈子速冻饺子，第一回吃上现做的。我狼吞虎咽，一口气干掉12个饺子。王主任比我还多吃了几个，然后回到厨房，盛了一碗"原汤"——即煮饺子的水。

在烹饪学校，我们已经开始接触餐馆管理和会计。我们一边吃饺子，一边根据王老师买原材料的总金额，计算每个饺子的成本。我们包了92个饺子，材料费为25块钱，那么每个饺子的成本就是两三毛钱。王主任估计平均一个人一顿要吃20个饺子，那么一顿饭的成本就是5块钱。

"再添几毛钱就能在饭店吃顿饺子啦。"王主任笑着下了结论。接着又耸耸肩说："我还是喜欢在家里包饺子，好吃些，也比在外面吃干净。"

王主任夫妇一日三餐都在家里吃。我问过王主任他们在家烧一顿饭一般得花多少钱。

"很难说。"她说。

"那你们一个月花多少钱在吃上？"

"不知道。每个月都不一样。想看看吗？"

她走进卧室，拿着一个蓝色小笔记本回来。每页一月，每月下面是用铅笔写下的一连串数字。她一丝不苟地记录下所有的家庭开支，精确到分。王主任在烹饪学校的工资加上两人的退休金，每月总收入有3 000多元，这使得他们在中国稳居中产阶级。他们每个月的家庭开支大约在1 500 ~ 3 000元，多半花在食品上，这已经比许多中国人的月收入还高了。但他们没有其他固定开支，房子当年已经用现款买了下来，所以没有房租和房贷的支出。王主任比一般中国女性的块头高大，不好买衣服，因此都自己做衣服，最近甚至开始自己缝制鞋子。自行车坏了，她自己修。除了食品和日用品之外，公交费和水电气费是主要支出。

"您一直都这样记账吗？"我问。

"不是，从前我一个月只挣几十块钱的时候，没这个必要。"——也就是在改革开放之前。"我是从'非典'期间开始记账的，那段日子很无聊，无事可做。"疫情严重的时候，包括烹饪学校在内的很多机构都关门了，王主任就去超市打发时间。"我买各种各样的食品。然后我想，既然在花钱了，那么就把花钱的明细记录下来吧。"

夫妇俩不久前决定不再存钱，大把花钱购置高档商品：两千多元的数码相机，两千多元的新冰箱，两人还花了五六千去海南岛玩了一圈。

他们前一阵子还被骗了六七百块钱。王主任的丈夫因身体一侧闷痛去看医生，不幸碰上一个贪钱的医生，一个劲儿地诓他做不必要的诊疗，诸如照 CT、照 X 光、还开了很多药。

王主任摇摇头，皱着眉头说，中国的医保糟透了，理论上说，人人享有医保，但个人一年的医疗费要高于 1 200 元，医保才给报销，而一年的报销金额也是有上限的。"一个人要是得了癌症，医疗费肯定超额，所以假如真的病了，干脆死了算了，别上医院。"

我认识的中国人，大多把钱存在银行，有的已经开始投资房地产和股票。我问王主任为什么不做点儿投资，她解释说："我们的钱本来也不多，不如拿来享受算啦。儿子不需要我们的钱，这套房子也会留给他。我们这一辈子吃了太多苦。我婆婆和我父母还在的时候，我们一家六口人挤在这里住。有时候，我们只买得起五个鸡蛋，除了我以外，一个人吃一个。我忍着不吃，因为我比其他人都壮。"

王主任夫妇熬过了艰苦的年月，终于进入了黄金的晚年，落得一身轻松了。攒钱治病对于他们来说毫无意义。他们一年度一次假，其他的钱就花在菜市场、像沃尔玛那样的大超市和街边的食品摊上。

"有些人想法不一样，"王主任补充道，"他们说我在吃上面花太多钱了，太浪费。他们宁可买只花瓶，搁在架子上装饰房间。他们喜欢花瓶，因为花瓶永远都会在那里。但吃带给我很大的享受，我喜欢尝试各种不同的食物。我喜欢吃什么就买什么。"

她指了指厨房外面黑漆漆的走道，那儿没有任何摆设，就只有一架子食品，上面有一包速溶杏仁茶、一袋面包和一包川味辣饼干。

"这些都是让我快乐的东西，"她说，"什么叫作财富呢？在我看来，能吃、能喝、能动就是最大的财富。"

　　我和王主任在一起包饺子的次数越多，两人相处起来越自在，这项传统的家务劳动好像有一种特有的力量，打破了我们师生之间的藩篱。

　　一天下午，王老师来我家包饺子。我家的厨房虽然不比王家的大多少，但有瓷砖墙面和橱柜，装了顶灯，因而显得现代许多。我们不必半蹲着，而是可以站在黑色的料理台前揉面，做羊肉南瓜馅饺子。我切南瓜，王主任在拌羊肉馅。这时我蓦然问起"文化大革命"时的生活情况。她简要地回答："我们在搞革命。"

　　"什么意思？"我问。

　　她耸耸肩，"没有什么意思。"

　　我换了个问法："你当时具体在做些什么呢？"

　　"我在大横幅上写革命口号，"她一边往肉馅里加水、搅拌，一边说，"革命刚开始的时候，我刚高中毕业，还住在学校里，任何人都不准离校。我们的工作是留下来'搞革命'，要是谁偷偷跑回家去，就会成为反革命分子。"

　　她看着窗外，目光有些缥缈。"那年月很黑暗，人变得很可怕。老师叫学生殴打不积极参加革命的老师。有些地方甚至有老师遭到杀害。"

　　她停止拌肉馅，平时温和的声音变得有些颤抖起来。"我们学校有位老师家庭成分不好，父母是知识分子，她刚生了小孩，在食堂里理应比我们吃得好一些，可就是因为她吃得稍微好一些，红卫兵用这个借口批斗她，他们给她剃了个阴阳头。你知道什么是阴阳头吗？"

　　我摇摇头。

　　她哀叹道："他们把她半边头发剃光，脑袋看起来就像一个阴阳图案。又给她挂上牌子，上面写着她的诸般反革命罪行。比我年纪小的孩子轮流用皮带抽打她，当着众人骂她。"说到这儿，王主任平时面无表情的面孔不见了，激动得眉头紧皱。

　　王主任说激动了，就停不住嘴。"我当时如果要当红卫兵，可以当，"她说，"我根正苗红，可我做不出那些人做的事儿，只好尽量保持沉默，大伙儿往右，我就往右，大伙儿往左，我就往左。我想当医生，也考上了好学校，本来下一年就要入学，但'文化大革命'来了，所有学校都停课了，我失去了上大学的机会。"

　　"中国失去了两代人。我上一代的科学家和知识分子遭到了迫害，而我们这一代连接受良好教育的机会都没有。"

　　王主任本应是"革命"的受益者，因为她父母是工人，是"正确"的阶级。可她没有当上医生，最后来到这所烹饪学校，干一些厨师们不愿干的琐碎杂务。

　　我希望她讲下去，但此时此刻我们俩的情绪都很激动，一种很中国式的直觉出现在我脑海，我不再问。"嗯，我们是不是该刨南瓜丝了？"我说。

LAMB-AND-PUMPKIN
DUMPLING FILLING

羊肉南瓜饺子

羊绞肉 340 克

水 1/2 杯

酱油 1/3 杯

鸡蛋一个

芝麻油一汤匙

蒜末一茶匙

大葱末一汤匙

姜末 1/2 茶匙

新鲜南瓜刨丝 2 1/2 杯

取一个大碗，放入绞肉和水，朝同一个方向搅拌 50 下，加入酱油后再搅拌 50 下。打入鸡蛋，加盐、芝麻油和葱姜蒜末，加入南瓜丝，再搅拌 10 下。按照前面描述的包饺子的方法操作即可。

　　那天在我家厨房里，我们虽然没再继续谈往事，但那只是暂时的。我们后来再见面时，王主任继续之前的话题，一说起来就停不住嘴。我总是忍不住问，她则关不上记忆的闸门，就好像水闸出现裂缝，一条封不住的裂缝。每一次我们聚在一起烧菜或者复习功课，她的故事就从裂缝里一点一滴流出来。

　　冬去春来，王主任家那幢楼的走道也不再阴冷难耐。再过几天就是端午节了。我敲了敲王家的房门，王主任穿着家居裤和胸罩来应门。我从来没有见过这种胸罩，奇大无比，可算是背心和胸罩的结合体，前面有一排纽扣，吊带包裹住她宽阔的肩膀。我还未曾注意到王主任原来这般丰腴。

　　"你好。"她说，在我身后关了门。

　　粽子是端午节的传统食品。我们蹲在她的厨房里包粽子。先将芦苇叶折成锥形漏斗，填入生糯米和葡萄干，然后用芦苇叶盖住顶部，最后像包礼物一样，用细线缠紧。这些小包裹的形状介于圆锥形和金字塔形之间，我们一口气包了几十个，穿成一串。王主任在锅里加了水，扭开煤气罐，开火。

就像美国人感恩节吃火鸡，国庆日吃露天烧烤，中国人逢年过节也都有应景的食物。王主任告诉我，端午节是为了纪念几千年前一位名叫屈原的大诗人，屈原品行高洁，对朝廷忠心耿耿，却因为不愿与人同流合污遭到放逐。他绝望之余投江自尽，附近村民得知，纷纷划船到江上（这种船叫龙舟，古代中国人相信江河由水龙王统治），将米投进江里喂鱼，以免鱼儿吃了屈原的遗体。

粽子煮好之后，王主任问我想不想看她当年的一样东西。她走进儿子的卧室，在塞满了东西的柜子里翻箱倒柜找了半天，抽出一串形如粽子的锥形小饰品。

"我上高中时做的，"她说，这串小粽子在空中飘荡，"那时也没有其他事儿可做。"

王主任的父亲年轻时曾在一艘往返欧亚间的英国货船上当劳工。"记得他说起过马赛之类的地方，"主任说，"他说得一口流利的英文，可一个英文单词也不认识。"

她的父亲在结婚后，改行修自行车。她的母亲是典型的家庭主妇，生于1912年，也就是清朝被推翻，几千年的封建帝制随之终结的那一年。妇女不必裹小脚，也不必再去给人当姨太太，可是民国初年仍有许多妇女不识字，直到1949年新中国成立之后，提高妇女识字率和就业率成为政府的工作重点。王主任说："新中国成立后毛主席成立了'扫盲工作小组'，小组人员深入百姓，教像我母亲这样的妇女写自己的名字，读一些简单的材料。"她补充道，毛主席的这一贡献持久地影响了中国。

王主任的母亲第一胎生了个儿子，几年后又生了她。王主任记得在她小时候一项叫作"土法炼钢"的运动。20世纪50年代后期，毛主席号召全国人民携手提高钢产量。王主任和同学们放学后四处转悠，在泥土路上寻找锈铁钉和破铜烂铁。"谁找到的铁最多，老师就表扬谁，大伙儿受此激发都在努力地找铁。"铁锅统统充公，熔化炼钢，人们被打发到公共食堂吃饭。王主任说，北京的食堂也就维持了一两周，可炼钢的热度不减，校园里挖了大坑，好开采可能埋在地底下的铁。坑里没有挖出铁，倒成了学童们玩土的游乐场。

"我们没有像样的玩具，"她说，"不过我们跳橡皮筋，用羊骨做骰子，用纸折玩具。"

主任还回忆了小时候在北京的老城墙上玩耍的情景。"出了城墙就出了城，"她说，"我记得看见过鸦片鬼在城墙附近晃荡。"王主任长在城墙以内，没有尝过城墙外农村的困苦，比如三年自然灾害。她给我看她少女时期的照片，照片上她带着厚厚的眼镜，留着两条辫子，穿着棉袄。我听过当年不少人饿肚子、吃不上饭，看到照片中的王主任胖嘟嘟的，营养不错的模样，很是惊讶；过后得知原来首都在很大程度上幸免于难。"我运气好，当时家里没有为吃发过愁。"同时她也承认大部分人并不这样幸运。问题不在于量，而在于质。在她长身体的时候，面条和蔬菜的供应还算充足，肉和蛋则算是奢侈品。

1966 年，天安门前的一系列的大型活动，标志着"文化大革命"的正式开始。王主任和其他十几万学生在天安门前聚集，手里挥舞着毛主席语录。

"我那时 19 岁，激动得不得了。可后来，我慢慢意识到，这股激动的情绪并非发自内心，而是受到周围的人的感染，"她说，"我周围的人都激动极了，我也一样。"

王主任并不认为自己是红卫兵，红卫兵来自非知识分子、非地主阶级和非官僚家庭，是家庭成分好的孩子松散组织的队伍，四处摧毁庙宇、书籍、乐器和其他一切被认为是"资产阶级"的物品。红卫兵有时会分派系，彼此打斗。

虽然王主任不是红卫兵，可她是学生，是学生就不得不参加一些对党献忠心的活动。西式的舞蹈是不准跳的，但有一段时间，一日三餐前都要跳革命舞蹈。有天下午在我家吃过饭之后，她示范了一小段这样的舞蹈。她假装自己一手拿着红宝书，双臂和双脚做出机械式的摆动，她努力保持严肃的表情，但还是忍不住笑出声来。

"我从来没有想到自己回顾往事，还笑得出来。"王主任说，"荒唐归荒唐，可在那个时候，我们一点儿不觉得好笑。我们就像机器人，"紧接着她修正了一下自己的说法，"说真的，那是在疯人院。"

1967年，王主任跟着大串联的红卫兵周游全国。政府让学生免费搭火车，以便学生们将"文化大革命"推进到偏远的城镇和农村。王主任与最要好的三个朋友虽无意去改造别人的思想，但她们觉得能免费旅行这个主意不错，于是就去了火车站。

"到了售票窗口，想去哪儿就要到哪儿的票。如果去那个地方的票没有了，就要去别处的票。"她们去了北京以西的数个城镇，包括后来发现了兵马俑的古都西安。火车进站后，学生们得从车窗爬进爬出，因为车厢里塞满了人。"站在车厢里，你要是抬起一只脚，就再也找不到地方把这只脚放下。"几周过去了，新鲜劲儿渐渐耗尽，其中一个女孩病倒了，她们怎么也弄不到一张回北京的车票。最后总算找到一位官员，帮她们写了一纸文书，她们才踏上了回家的列车。

折腾了两年之后，红卫兵运动开始受到压制，但大多数学校依然关闭，包括王主任在内的千百万城市青年"上山下乡"，与农民一同劳作。这由不得他们挑选，而且谁也不知道何年何月才能到头。"政府没有告诉我们得在乡下待多久，我们也没问。"她说，"我当时想，我们恐怕一辈子都要待在乡下了。"不过，学生们对于目的地可以发表一点个人意愿，这或许算是稍稍令人欣慰的一点。王主任不愿意去东北，太冷了；到内蒙古放羊，对她也没有吸引力；云南省在西南边陲，得坐好几天火车，所以她决定跟随整列火车的青年一道去了北京西边的山西。

她深情地谈起当年在田里辛苦劳动的时光，颇令我意外，在她口中，那段时期简直像是悠长的夏令营。"我们生产队一共30人，村民为我们盖了两排房子，我们三个人住一间。我们种小麦、大麦、棉花、小米和高粱。山西的土不好，是黄土，我们又在高原上，所以没法儿种稻子。我有两年没吃过大米，又不大爱吃小米，直到现在，光想到小米就想吐。我们吃了很多窝窝头。"这是一种锥形中空的蒸玉米糕，多年后，王主任偶尔还是会蒸上一笼这种乡下主食，算是怀旧。"我们吃闲饭呢。"她无比眷恋地说，语带深意，多少有点儿"那个年月啊"之意。

"不过，也要干挺多活儿。我们分成两组，播种插秧，秧苗长出来后得把它们分散，于是一个人在前面锄地，一个人在后面弯腰插秧，然后锄地那个人再把泥土铲一点儿过去扶住秧苗。"

"不种地的时候，我们就挖水沟、挖煤、挑水。我们修路，唱革命歌曲。"说着说着，她放开嗓子唱了两句，旋即停了下来："哎呀，下面的词儿，我忘了。"

"村民对我们很好，因为我们是北京去的，他们以为我们认识毛主席本人，所以不敢亏待我们。"

学生们不拿工资，而是领工分。男生一天挣十个工分，女生一天挣八个。一年下来，当所有的棉花、小麦和其他粮食被卖掉之后，村民便和生产大队分享卖粮收入所得。"一工分大约能折合一分钱，我劳动一整天挣到的钱可以买一张邮票。"

一年之后，王主任倒欠生产队大约20块钱，因为她的食量太大了，超过了人均配给。"我一天可以吃4个窝窝头，我比绝大多数女生都壮，干的活儿也更多。"接下来的一年，她发奋干活儿，还清了债务，还结余了20块。

在农村待了两年之后，某天，一位工作小组长把她拉到一边。"他叫我对我父母和自己做一番评价，我告诉他我父亲是一位自行车修理工，也没跟他说是好工人还是坏工人。我告诉他，'如果你想知道我的为人，你可以去问问其他同志，我可没有办法评价自己。'我完全不明白他的用意。"一个月之后，这位小组长向她道贺，她即将被调往附近的铜矿当见习工程师了。她别无选择，可她还是很高兴，农活儿已经干腻了，生产大队其他人后来也纷纷调离，有的人去了相机制造厂，有的人去了化肥厂，还有少数人就地落户，和当地人结了婚。

王主任要去的那个铜矿急需工程师。大学都停课了，只能在岗培训工程师们，边干边学。王主任在实习期间，一个月挣12块钱。一年之后，就被升为正式工程师，每月收入40块钱。

"我在一年之内学会了所有的东西。我的工作是照管给矿场提供电力的过滤设备。煤从传输带上运下来，燃烧后转化为电能。我必须保证电力稳定，我们的工作就是不断查看电表，确保指针保持在正中间。"

一天六个小时，她得不停地巡视满屋的仪器。"如果指针开始摆动，我们就得赶紧检查煤，做出调整。这活儿压力很大，倘若发生故障，矿场所有的机器都会停止工作，而工人却不知情。稍不留神就会出生死攸关的大事故。"

王主任有位助手，来自北京近郊小镇的一个姑娘。她来这里上班不到一年，就给搞大了肚子。"时常见她和一位同乡青年并肩散步，"王主任说，"因为倒班的缘故，我们每个人每天在宿舍有一个小时独处的私人时间，她一定是在这种时候怀上的。"

没有人注意到这个助手的肚子越来越大；时值隆冬，人人都穿着厚厚的衣服。有一天，这姑娘一个人在宿舍房间时，肚子开始阵痛，她独自分娩生下了孩子。

"她随即闷死了婴儿，放进盒子里，塞到床下。"王主任说。

最终婴儿的尸体还是被人发现了，电厂的领导们讨论该如何惩戒姑娘。姑娘的父亲关系很硬，因此到头来姑娘没受任何处罚。可是更大的问题在于，没有人愿意跟名声这么臭的人一起工作。王主任可怜这个姑娘，就收容了她到自己这里来。

"她人并不坏，年纪轻轻的，当时压力很大。"主任轻声说。"她后来嫁给了那个男的，终于又生了一个孩子。"

王主任收这个姑娘当助手后不久，出了一起事故。有一大块煤卡在漏斗里了，女孩拿棍子想顶开煤块，棍子折成两半，弄坏了机器。王主任及时发出警报，让整个生产线上的工人停工。机器修好后，矿上的领导来询问情况，王主任知道这助手麻烦已经够多的了，就替她担了这事儿。领导似乎怀疑这是助手的错，但还是让王主任写了份检讨书，这事儿就算这么过去了。

STEAMED CORNCAKES

窝窝头

玉米粉 450 克

小苏打粉 1/2 茶匙

红糖 1/4 杯

水或牛奶 2 杯

取一个大碗，放入玉米粉、小苏打粉和红糖，加水和成光滑的面团。将面团掰成小块，每块大约有半个杯子大。用双手将面团搓成圆锥形，一个个尖端朝上，放在蒸格上。炒锅里放入半锅水，加热沸腾后放上蒸格，蒸 20 分钟即可。

王主任在山西待了七年后，终于找到了回北京的门路。她发现相关政策中有个漏洞，叫作"困退"——如果家里有困难，可以离开农村回到城市。

"我的父母年老体衰，哥哥又不在北京照料他们，"王主任说，"于是他们批准我回城了。"

她被调回父亲工作的自行车厂，在当时，这可是千载难逢的良机。在乡下插队的上千万知识青年中，她是第一批回到城市的。

王主任回北京后不久，开始考虑自己的终身大事。她已经三十出头，在"文化大革命"期间，结婚的事儿根本无法想象，她远在外地，又没有私生活可言。眼下她回到北京，"文化大革命"也已经接近尾声，终于可以建立自己的生活了。

自行车厂有位同事想撮合她和另外一位姓王的男士，他是一位小学老师，有个学生和王主任的同事是亲戚。同事开门见山地问她：男方家庭算不上富裕，但为人很正派，愿不愿意见个面？

"你对他的第一印象如何？"有天下午我问她。王主任一只脚打了石膏，坐在床上。几天前，她晚上下班回家时，在家门口新铺的人行道上摔了一跤。王先生是一位好丈夫，天天到烹饪学校代她的班。我带了一盒自己在家做的炸酱面来探望她。

王先生还行，她说。"还行"，她也是用这两个字形容我烧的菜。"当然不是一见钟情啦。"她补充说。

我翻着他们的老相册，看到年轻英俊的王先生在北京一片湖上划船的照片。我问她，对王先生的描述怎么能如此不浪漫？

"那又不是个浪漫的时代！'文化大革命'刚结束，我们不过是普通人，没有浪漫的条件。"

王先生学生的家长安排他们两人在学生家见面，在场的有那名学生、学生的父母、王先生和王主任，一群人很不自在地坐在房间里。"我们没法儿跟对方多说上两句话。他说他和母亲住在一起，父亲已经过世，因此负担不大。我跟他说，我和父母住在一起。"

学生家长开玩笑地说，既然都姓王，那就是一家人。"五百年前你们是一家人，所以这缘分是命中注定。"

他们约好下周晚上七点半在公园见面。王主任准时赴约，王先生却迟迟不见人影。她一直等到差三分钟八点，王先生才出现。她气得掉头就走，他追上来，边跑边道歉。他解释说班上有个孩子受了伤，花了很长时间才找到孩子的家长。他一直等到学生家长来了，才能离开。他问，能原谅他吗？他怕她冷，脱下棉外套为她披上。她让他走路送她回家。他们约好下周再会。

"你猜怎么着？他又迟到了！"她气呼呼地说。"他说：'这回只晚了十分钟。我这个人动作慢，这是我最大的缺点。'"

幸好，他除此没什么缺点了。他脾气好，不抽烟不喝酒，除了迟到，他只有一点让王主任不太满意：年龄。王先生比她大六岁，比她哥哥大一岁。在中国社会的亲属关系中，出生排行和年龄很重要，他的年龄导致了僵局：搞不清楚孰长孰幼了。

"他该怎么称呼我哥哥呢？"她说："是叫哥哥，还是叫弟弟？"

他们认识三个月后，在 1978 年 12 月，王先生求婚了。"怎么样？"他问，"如果我们现在领结婚证，年底以前就可以登记弄到家具。过一阵子再结，那恐怕又得等上一年才能弄到家具了。"

以他们俩的年纪，婚事用不着请示父母，他们心里明白，双方父母都会很高兴地见到孩子们终于要结婚了。王先生买了十斤羊肉片，两家一起吃涮羊肉，庆祝他们订婚。几天后，在王先生任教的学校，在同事老师们的见证下，两人喜结连理。婚礼之后，王先生回教室上课，王主任则回自行车厂上班。

BEIJING-STYLE NOODLES

炸酱面

五花肉 220 克，切成 1.5 厘米见方的小肉丁

大葱末 2 茶匙

姜末一茶匙

蒜末一茶匙

豆瓣酱（六必居的最好）一杯半

水 1/2 杯

酱油 1/4 杯

干面

黄瓜 1/2 条，切丝

香菜 1/4 杯

铁锅烧热后以大火炒五花肉（不用加油了，肉本身比较肥），当把五花肉的油煸炒出来之后，加入葱姜蒜末，继续炒到肉焦黄，关火，将炒好的肉放进碗里。

另取一个碗，放入豆瓣酱，加水搅拌，调匀。

取一口干净的铁锅，开中火，将调好的酱下锅，煮至酱变成黏稠状，不断用铁铲刮刮锅底，以免糊锅。猪肉下锅，转小火，继续翻炒大约一10分钟，直到锅中的酱变得油亮焦黄。放入酱油，再翻炒一两分钟。炸酱可热食也可凉食，做好的酱放在冰箱里可保存两周。

煮好面条，沥干水，上面浇上炸酱，再放上黄瓜丝和香菜做点缀。

　　我们即将结束烹饪考试前的最后一堂补习课，王主任透过她那厚厚的眼镜片，信心十足地看着我微笑。

　　"你一定能通过的。"她说。

　　这么长一段时间以来，她给我补课，从腌菜技术到清蒸的方法，无不倾囊相授，现在知道她终于对我有了信心，真好。我正沉浸在感动之中，她却接着说："考试时要是有什么问题，就请同班同学帮忙。"或者也可以请烹饪学校的张校长帮忙，她到时候会亲临考场，确保一切"顺利进行。"王主任让我放心，她已经把我的"情况"告诉每一个人了。

　　我叹了口气，心想，干脆作弊算了。每个人都认为我应该作弊。我那么努力地想要诚实应考，现在开始觉得疲惫了。可话又说回来，参加这个考试的意义何在？我不同于班上其他人，我不需要那一纸证书，我不靠那个找饭碗。我需要、也想要包括王主任在内所有人的尊重。而如果我不独立通过考试，就得不到这份尊重。

　　考试分两天举行。先进行理论笔试，过一周再考实际操作技能。笔试时间本来定在某个周三，可是后来我们听说推迟到了周日。考试前一周，我们又得到通知，考试提前到下周五进行。

　　周四，我打电话到烹饪学校确认考试时间。是的，张校长语气冷漠，好像我惹到了她。我和这位凶巴巴的女士只打过一次照面。

　　"您能不能帮我确认一下具体的考试地点？"我问。

　　"准考证背面不是都写了吗？"

"是的，但我不确定确切的位置，在马路的东侧还是西侧？"

"不知道，你今天提前过去看看好了。哦，对了，后天考实际操作技能。"

我表示抗议，两天时间哪里够准备好考试，如果我不打电话来问，她打算什么时候通知我呢？

"我现在不就通知你了吗。"她说。

"那是因为我打电话来了！要是我没打这个电话，我要到什么时候才能知道呢。"

"我今天就会打电话通知所有的学生。"她也来劲儿了。

别的学生都会乖乖接受这个通知，谢谢校长，再见。我知道我让她很没面子，可我仍继续说下去："这也太赶了，还有不到 48 个小时，我准备不好。"

张校长让步了，口气依然是冷冰冰的。"好吧，"她说，"我特此通融你一下，你可以下星期再考。"

虽然她答应了我的要求，我却不觉得高兴，这件事再一次证明了，我需要特殊待遇。

我没有请枪手，没有夹带教科书，也不指望同学们和张校长的帮助。但当我来到考场参加国家中级厨师资格考试时，我明白这将是一次非常独特的经历。

张校长站在考场入口处，阳光照在她苍白的脸和脖子上，这两处皮肤看上去像蜥蜴皮，又粗又皱。她一声招呼也不打，就催我赶紧入场。

监考员等在门边，一个胆小怕事的女人，穿着牛仔裤，看上去年龄和我相仿。

"这个人比较特殊，"校长说，"请您一定帮帮忙。"

我对监考员说，其实我并不需要帮助，不过我问她，我是否可以使用汉英词典。

"可以。"她一边说，我们一边走进天花板很高、通风良好的大教室。"但是不许作弊，"她一边扫视整个考场，一边语气生硬地说，"就算是外国人，也不允许作弊。"我注意到旁边有个官员模样的男人拿着一叠文件——应该是劳动部派来的人，王主任说得没错。

来自不同烹饪学校和其他职业学校的学生们各自就座，等待考试开始。我的同班同学都坐得很拢，有几个人坐在同一排，还有几个坐在后面一排。我在附近找了个位置坐下来，但刻意跟他们保持了一段距离。

"我七点半就来了。"有位同学说。

"我八点来的。"赵太太说。

我按照通知的时间，八点半才到，考试九点开始。我这人一向拖拖拉拉，而在中国，人们从来都提早赴约，这点让我颇感惊讶。但考虑到考试时间一改再改，学生们早点儿来，也在情理之中吧。

同学们在一旁聊天，而我在把最后几条知识点填进脑子里。校长走过来做考前提醒，"记得要互相帮助，"她尖声说，"哦，对了，实际操作考试提前到明天。"她昨天还说会打电话通知所有人，结果嫌麻烦，根本就没有打。

同学们纷纷点头，全然没有我昨天得知此事时的惊讶和恼怒。

"我明天开车来，"赵太太说，"有没有谁要搭便车？"

九点整，监考人员走到大教室前面，宣布考试时间为 90 分钟，最早可以在九点半交卷。她看了看旁边的劳动部官员，又说："不许作弊。"然后就开始发考卷，考卷印在花边小报厚薄长宽的白纸上。

我轻而易举做出了前几道题，忽而察觉有人从身后逼近。

"还行吗？"张校长轻声问，气息喷在我脖子上。劳动部的官员早已不见踪影。

"还好。"两个字从我牙缝里蹦出来。她在我身后停留了一两分钟，看我的答案，让我简直无法集中注意力。

几分钟后监考员过来问："需要帮助吗？需要的话问谁帮忙都行。"

第一遍检查之后，我确信至少有 48 条题目是答对了的。按照王主任的指导，是非判断题，我一律判为错。整个考试过程几乎不偏不倚地上演了王主任的预测。监考员和校长在后面聊天，考生们将教科书摊开，摆在空椅子上。他们甚至懒得压低声音，直接大声讨论答案。

"96 题的答案是什么？"

"错。"

"99 呢？"

"错。"

"100 呢？"

"错。"

"太好了，"赵太太说，"我请大家吃午饭，我们走吧。"

距离考试结束还有15分钟，与我同校的同学们一道起身，离开了考场。张校长又过来看看我的进展。

"我还有些时间，是吧？"

"是的，不着急。"她说。

其余的人也三五成群离开了考场，到最后，校长也走了，只剩下我和监考人。总算是清静下来了。

我用字典查了几个字，以便完成剩下的几道题，又检查了一遍考卷，确定所有题目都已作答，这才交了卷子。这时考试结束已经五分钟了，不过监考员好像并不在意，她告诉我过几周就能知道分数。

"到时能不能看到考卷的复印件？"我问。

"不能，考卷一旦交上去，就再也看不到了。"

"可我想知道自己哪些题做对了，哪些题做错了。"

"很抱歉，我们不能发回考卷，"她说，"这是规定。"

我咬咬牙，决定第二天和班上其他同学一起参加实际操作技能考试。我想要一鼓作气考完，并且也不想给张校长更多的理由把我当成特例处理。

王主任已经把考试注意事项从头到尾跟我们叮嘱了好几次。我们需要自带菜刀和做四道菜所需的材料。所有参加考试的人，都必须做出同一道前菜，是一道由薄肉片和蔬菜做成的凉菜拼盘。为了节省时间，我们可以事先把蔬菜烫好、腌好。我们还要做一道有肉丝的菜，剩下两道菜可以从学过的菜式中自由选择。著名的前门饭店会派一位大师傅来看我们烧菜并打分。老师建议我们选择标准的菜式，而且一定要照葫芦画瓢，照着示范课上老师操作的方法做，千万不要擅自发挥，没人会欣赏你的创意。

一大早还不到七点，我强迫自己从床上爬起来，睡眼惺忪地准备食材。

我修了手指甲，收拾好头天买好的东西，出发上阵，途中还到菜市场买齐了最后几样食材。可直到我到了学校，才想起还没腌制凉菜拼盘的蔬菜。

"可不可以马上腌？"我问王主任。

"没时间了。"她说。反正评委老师不会吃凉菜拼盘的。考生们经验不足，老师才不会冒险吃未经高温烹饪的食物呢。凉菜拼盘很能体现厨师的刀工。那些肉制品和寡淡的蔬菜倒没什么好吃的。我自己下馆子的时候，也从来不点凉菜，因为它让我联想起那种没有人愿意参加的冗长宴席。唯一的挑战是，每种材料都要切得越薄越好，围着一圈用咖喱腌过的西兰花摆出诱人的造型。

我的同学们认为，既然凉菜拼盘可以事先准备，也就意味着其他三道菜也可以在家做好了带来。他们从背包里拿出装满肉丝和切好的蔬菜的塑料袋和保鲜盒。我还注意到，他们用的保鲜盒都一模一样。王主任也注意到了。"这不是违反规定吗？"我在厨房另一头的料理台前一边切菜一边向她抱怨。

主任抬头看看他们，叹了口气，大声说："你们这些骗子，别以为我不知道你们这些小把戏。"

可是这番话与其说是威胁，倒更像是纵容。有几个同学心虚地笑了笑，其他人则压根儿不理会她，继续行骗。后来，王主任发现了其中的勾当：他们每个人出了 18 块钱，请其中一位同学采购、准备了所有的材料。

有位同学把装着鱼的塑料袋放在我的料理台上，鱼尾巴探出袋外。我偷偷往袋子里一瞅，发现是一条已经炸好的鱼。

"我昨晚在家里炸好的，"这位同学得意地解释说，"这样今天上午就能省点儿时间了。"他把鱼放进热油锅里加热，然后捞出来沥油，在鱼嘴里塞了一根胡萝卜做装饰。

王主任提高嗓门喊道："你们是要自己烧菜呢，还是由一个人把所有人的菜都烧好？"接着她拿着一个塑料口袋走过来，"你还没有切肉丝，是吧？喏，这个给你，那伙人多出来的。"

"不用，"我说，"我自己能切。"

王主任看着我切肉，我一手紧紧把里脊肉按在菜板上，另一手拿菜刀横着片肉，刀刃尽量压低。她终于明白了。

"自个儿考，"她说，点头赞许我的胆量，"你在考验自己，很好，无论是否通过考试，至少是自个儿做的。"

评审来了。他大部分时间都待在里间，等着我们把烧好的菜送去给他品评。赵太太信步走进考场，手里除了车钥匙什么都没拿。她那三岁的女儿，穿着粉色的连衣裙，摇摇晃晃地跟在她身后走进来，走到火势正旺的灶台旁边，一头扑向一个精心打造的凉菜拼盘。

"不要！不许碰！"赵太太大叫。小女孩又摇摇晃晃走开了。她笑嘻嘻地说："说实话，我女儿挑食得很，并不是什么都吃。"

"我们年轻时要是也有食可挑就好了。"张校长冷笑着说。她来看我们考试，并装了一盘子我们烧的菜当午餐。

考试进行到一半，赵太太洗了几个盘子，拉上女儿，跟大家说再见。

"你要去哪儿？"我问。

"我还有事，他们会帮我把菜做好的。"她轻飘飘地说，朝灶台前两个年轻人看了一眼。评审坐在里间，目送她扬长而去，显然不以为意。

等到这群同学齐心协力做完了菜，我这才站到灶台前，将装好材料的碗一一排好。我要做鱼香肉丝、干煸豆角和咕咾肉。在中国吃到的咕咾肉没有那么甜也没有那么软，而是更酸更脆。每道菜我都已经练习了很多次，有信心做好，可还是感到莫名的紧张。厨房里欢乐热闹的氛围已经散去，评审就等着我的菜了。

"还记得要加糖吧？要等油烧热。别忘了放味精。"王主任看着我烧菜，不时指导，偶尔还动手帮帮忙。我心里有数，拒绝她帮忙反而更费劲。虽然我本打算不加味精，但起锅前还是摇晃着锅子加了味精，也任由王主任帮我加醋和酱油。虽然有王主任在一旁协助，我做出来的鱼香肉丝的汁儿还是太少了。

"要是几分钟后盘子里没有汪着红油，会被扣分的。"王主任说。只有在中国，你会因为菜不够油而被扣分。

我尝了尝豆角，看看熟了没有，味道如何，又撒了点儿盐，这才请王主任把菜给评审送过去。我开始做咕咾肉时，评审走出里间，双臂交叉抱在胸前，站在几米外，看我烧菜。我煸糊了葱和蒜，又太晚才下青椒和菠萝块。菜起锅时，他笑着挥挥手，离开了考场。

SICHUAN-STYLE GREEN BEANS

干煸豆角

四季豆 220 克
菜油一 200 毫升
猪绞肉 110 克
大葱末一汤匙
姜末一茶匙
四川泡菜（冬菜或榨菜亦可）1/4 杯，冲洗后切末
料酒 2 茶匙
酱油 2 茶匙
盐 1/4 茶匙
糖 1/4 茶匙
水一汤匙

四季豆两头摘去，顺势撕掉两侧的筋。

锅里倒入一〇〇〇毫升菜油，至少半锅以上。用大火加热锅里的油，大约需要 5 分钟，待油温升高到四季豆一下锅就作响即可。四季豆下锅油炸，炸至表面起泡，大约需要 3 分钟。把四季豆从油锅里捞出来，沥干。

锅里加入一大勺油（就用刚才炸过四季豆的油就可以，把里面的渣滤掉），油烧热后放入猪绞肉，绞肉下锅炒一分钟之后，依次加入葱姜蒜末、泡菜、料酒、酱油、盐和糖，每放一种调料之间间隔一分钟，最后放入炸好的四季豆，焖大约一分钟，即可出锅上菜。

REAL SWEET-AND-SOUR PORK

咕咾肉

芡粉 1 又 1/2 杯，另外还需要 1 茶匙

水 3/4 杯

猪里脊肉 450 克，切成 2.5 厘米见方的小块儿

菜油 1000 毫升

番茄酱（推荐李锦记）1/4 杯

米醋 1/4 杯

糖一汤匙

盐 1/4 茶匙

葱末一汤匙

蒜末一汤匙

菠萝切成小块 1/2 杯

青椒一个，切丁

取一个小碗，放入一杯芡粉、1/2 杯水调成面糊状。再将 1/2 杯芡粉倒入另外一个碗里。把切好的猪肉先蘸一下湿芡粉，再在干芡粉里滚一圈。

架上锅，开大火，倒油。放入一小块猪肉试一试油温，如果猪肉一放下去就嗞嗞作响，油温就合适了。将猪肉倒入油锅中炸至金黄色，用漏勺将炸好的猪肉捞出来，放在纸上吸油，放凉，3～4分钟之后，开大火，猪肉下锅再炸一次，这次大约炸一分钟。再次捞出，放在纸上。

取一个小碗，放入番茄酱、醋、糖和盐。再取一个碗，用 1/4 杯水调散一茶匙芡粉。两个碗放在灶台旁边，备用。

锅里加入两汤匙刚才炸过肉的油（如有必要，过滤一下），开中火，放入葱末和蒜末爆香，再倒入调好的番茄酱调味汁，煨一分钟。再加入调好的芡粉，再煨一分钟，待锅中的番茄酱调味汁变得浓稠、红亮后，加入猪肉、菠萝块、青椒，让这些食材均匀裹上酱汁儿即可关火上菜。

"他都没有尝咕咾肉。"我抗议道。我把我烧的菜打包好带回家。这够我吃好几顿呢。

"他觉得你比其他人更会烧菜,"王主任说,"他对你有信心。"

评审对她透露了我的部分成绩:我的凉菜拼盘得了一百分——评审认为我的刀工比其他人都好。王主任很确定我会通过实操技能考试。至于笔试,在劳动部公布成绩之前,我们谁也没法知道。

一个月之后,短信捎来了我的考试成绩。没有一句祝贺,只有"请于本周五到华联烹饪学校领取厨师资格证书"。尽管如此,我还是无比欣慰:我没有作弊就通过了考试!

证书是一本蓝色封皮的小册子,封面上烫金印着"中华人民共和国"和"职业资格证书"等字样,里面贴着我的护照相片,还有一页证实我通过了中级厨师资格证考试。我的实际操作技能考试成绩是 94 分,笔试 72 分,高出及格线 12 分。这一页盖着鲜红的章,章上是官方评语"成绩合格"。

我打电话向王主任报喜,她的语气里溢满骄傲:"你为准备考试下了大力气,校长也对你刮目相看,和其他同学比起来,你处于劣势,但你的表现比很多人都好。"

当我向外国朋友分享这一喜讯时,他们纷纷问我拿到这个证书以后有什么打算。"这么说来,你要到厨房工作啦?"其中一个朋友打趣说。

我对中国职业厨房的现状多少有些了解,我知道厨师一当班就是 14 个小时,工作环境糟糕,报酬也不高。我也知道一般不鼓励女性干这一行。我曾跟王主任提起当厨师的事,她告诫我,拿到厨师资格证并不代表能正式掌勺。

"那这些学生为什么来学习?不是为了将来的工作做准备吗?"我问道。

"大多数志在当美食大厨的学生,已经为此准备多年了。"她说,"他们上烹饪职业中学,是正规军,我们呢,就好比游击队。头几个月,你恐怕只能刷盘子,然后说不定可以升职,去刮鱼鳞、切菜。几年以后,或许还能再往上爬,但是你永远也掌不了勺。"

　　我知道这绝非易事，但我仍然向往职业厨师的技能。我想要潜入中国厨房，希望我的厨师资格证书能成为我进入专业厨房的护照。

　　拿到厨师资格证后不久，我在住处举办了一场饺子派对。我请了王主任和十几位外国朋友。王主任答应早点儿过来帮忙。刚过七点，王主任就来了，打扮得非常得体，穿了一件长及脚踝的高领蓝花旗袍。她的衣服都是自己缝制的，包括这件旗袍。这比她平时在学校穿蓝色实验室外套好看太多了，我连连称赞。

　　"你今天也很美。"她说。她从来没有见过我打扮得这么有女人味。我们相视一笑，然后她问我其他客人什么时候到。

　　"八点？！"她叫起来，"但你还没有开始和面！馅儿也还没准备。"

　　我知道在中国受邀赴宴，开席时间是八点的话，客人们一定会在七点四十五之前就到，迟到意味着你阻碍了宴席准时开始。"放心，"我对王主任说，"外国人不会准时到的。"

　　可王主任放不下心。"你的胆子可真够大的！我要是你呀，从中午就得开始准备了。不过呢，要是请人到家里来吃饭也肯定不会请人吃饺子。

你知道要包多少饺子？"

我向她保证，外国人不像北京人，吃不了那么多饺子，而且外国人就算准时来了，也不会介意晚点儿开吃。

到了八点钟，她焦急地问："你的客人呢？"八点十五分，第一位客人到了，九点以前又陆续来了些，她松了口气。包饺子从一开始就进展顺利。我们做了一大盆猪肉茴香馅儿，现擀的饺子皮儿堆在桌上，等待包上馅儿、丢进滚水的锅里。

外国朋友们围在桌边包饺子时，我愈发感叹饺子所蕴含的巨大能量。童年时代，它曾是带给我心灵慰藉的一种仪式，它又让我和王主任成为好朋友，让此时此刻的聚会充满欢乐的气氛。我这群来自世界各地的朋友，组成一个迷你饺子生产线，擀皮儿、包馅儿、下锅煮，很快一百多个饺子就上桌了。Ipod 里面的歌曲响起来，我们跟着音乐唱起来，放到 Rob Base 的 *It Takes Two* 时，还有人跳起多年未见的舞步。

王主任既不唱歌也不跳舞，但看样子她和我的朋友们相处甚欢。我在厨房里擀饺子皮儿的时候，听到她和一位朋友聊天。

"哦，不是。我做过许多工作。"她说："'文化大革命'的时候，我下乡到山西……"

Kanye West 的 *Gold Digger* 不合时宜地传来，我就这样错过了这段我所熟悉的长长的故事的下文。

第一道小菜 味精，味之精华

在烹饪学校，老师上课时说到味精，就像说到盐、醋、糖时一样；教科书将味精列入调味料这一章，位于酱油和蚝油之间。老师在课堂上朗读教材上这段介绍味精的文字："谷氨酸钠，通称味精，是一种普通的日常调味品。谷氨酸钠是一种无嗅无色的晶体。"

"可味精不是对人的健康有害吗？"我插嘴问道。

老师不理会我的问题，继续讲课：味精可用于咸味的菜肴中，但不适用于带甜味或酸味的菜肴。应该在出锅前再放味精，放味精的时候，锅里的温度不能超过 200 摄氏度。否则，味精在高温长时间加热的情况下会产生苦味。

在厨艺演示课上，敞开的调料罐里是洁白如雪的味精。师傅们往往大量取用味精，以此推之，我在中国餐馆用餐多年，恐怕已经稀里糊涂吃下成桶的味精了，但也从未出现假想中的头疼、心悸等症状。尽管味精无处不在，但自从我到中国以后，好像很少考虑味精这码事儿。我自己下厨做菜的时候不用味精，并不是因为害怕会有过敏反应，而是觉得没有必要，味精会让菜变咸，还带有一股化学品的味道。我请朋友当小白鼠做了几次盲检。我的样菜分量较小，但抛开这点不谈的话，实验结果显示中国人更习惯味精，相比之下，大多数外国人分不清味精和盐的味道有何区别。

上完烹饪课之后，我想要弄清楚争议背后的真相。为什么中国人对味精从无疑虑，而我却从小就认为味精有害健康呢？

为了更深入地了解这种物质，我乘火车前往位于河南省的莲花味精厂，这是中国最大的味精生产厂之一。我晚上在北京上火车，睡了一觉醒来，农田和工厂厂房在窗外飞逝而过。将近中午的时候，火车抵达了河南中部一个叫作项城的小镇，历史学家们认为这里是中华文明的摇篮，但如今大片的中华大地都在日益兴旺发达，摇篮被远远地甩在了后面。河南省不以美食闻名，依我看，生产调味品的工厂开在这里正合适。

我换上一身白袍，戴上白色遮颈帽，套上塑料鞋套之后，在一位工作人员的带领下进入了厂房。工作台上味精堆积如山。工人们四五人为一组，把味精舀进一个塑料袋、称重，然后把袋子装进盒子。这些味精将被运往中东、非洲和美国。莲花味精厂一年出口 1 700 吨味精到美国。"有些美国人认为味精对健康不好，"前一晚我与公司发言人共进美味的晚餐时她告诉我，"但实际上，他们用了很多。"

通常人们认为味精是中餐的添加剂，然而，美国的"金宝汤"（Campbell）和"乐事"（Frito-Lay）等大食品公司都在其生产的汤料和薯片里添加了味精，令产品味道更好更浓郁。意大利帕玛干酪、番茄、火腿等食品中也含有天然形成的谷氨酸钠。

我将手伸进白色的味精堆，那触感像是粗糙、暖和的沙堆。凑近去闻：无味。回到家我试着尝了尝晶体状的味精，咸咸的，一股腐味。但如果在适宜的温度下与锅中的食材混合，味精就能带出一种主要的味道：鲜。

我未能获准进入生产味精的主厂房，不过厂方代表向我描述了生产过程。该公司制造味精的主要原料是小麦，虽然玉米、甜菜根和红薯等可食用淀粉都可以用来制造味精。淀粉加热后溶化成糖，再加入氨，形成的混合物发酵几个小时之后，经过消毒，再以离心的方式脱除杂质，接着还需要经过一系列程序，包括添加氢氧化钠，然后在 140 摄氏度的真空环境下浓缩溶液，再冷却，使其结晶。这些晶状体还需要经过一次离心处理，烘干，然后就能在菜肴里施展魔法了。

和中餐里甜味、咸味一样，烧烤味的薯片中那股让人上瘾的香味，也是基本味道之一。在烹饪学校的演示课上，高师傅在黑板上的食谱旁边草草写下一些批注，像是品尝红酒的笔记。他有时会批注写某道菜"色浓且深，味道酸甜"，或者"色清且淡，味鲜"。"鲜"的字面意思可以说是"新鲜"，可是用在烹饪的语境中，我很难找到对应的英文单词来描述。近年来，西方厨师采用日文单词"鲜味"（umami）来描述这种味道。千百年来，中国人运用富含天然谷氨酸钠的食材来为菜肴提"鲜"，比如酱油、小鱼干和海带。

直到 1907 年，科学家们才弄明白到底是什么成分令海带和酱油口感鲜美。一位名叫池田菊苗的日本化学家从浸在热水中的海带里萃取出谷氨酸结晶体，他断定这就是海带鲜味的来源。第二年，"味之素"这家日本公司开始生产销售这种物质。这家公司向家庭主妇们大力推销，其宣传词是"令晚餐美味可口的便捷方法"。后来，味之素公司在欧美注册了专利，产品行销世界各地。在热爱鲜味的中国，这个以"味之素"命名的商品一时受到热捧。

20 世纪初期，美国、英国、法国和日本等列强在中国各海岸强设港口，划分势力范围，引起中国民众反外情绪的高涨。"味之素"也遭到了强烈抵制，不过并不成功。在热闹繁华、各国势力交汇的港口城市上海，当地人吴蕴初开始研究味之素，最终试制成功。他说动上海一位酱油商投入约合 5 000 美元的资本开设工厂，他们将工厂命名为"天厨"，产品命名为"味精"，即味之精华。卖酱菜的小贩们将味精加进酱菜里，推着货车走遍上海的大街小弄，请居民们试吃，说服他们买"国货"。到了 1929 年，天厨味精的年产量超过 63 吨，不到一年时间，产量提高到 220 多吨。吴蕴初等中国商人最终将味之素赶出了中国市场。

味之素公司的注意力转移到美国，自 20 世纪 30 年代中期到 1941 年，该公司运到美国的味精量居全球之冠。金汤宝公司和美国军方是两个最大的客户。日本二战战败之后，一家美国公司开始销售自己生产的味精，名为"accent"。在中国，吴蕴初由于打赢了对日的贸易战，成了民族英雄。天厨开始走出国门，销往东南亚。在美国的一次国际展览上，天厨味精获奖，得到了认可，吴蕴初准备以此为契机进军美国市场。新中国成立后，天厨被政府接管。新中国成立初期，味精产量减小，改而集中生产其他化学制品。1965 年，中国的味精产量只占全球总产量的 4%。在中国开始改革开放之后，莲花味精等新工厂如雨后春笋般纷纷出现，味精产量逐渐提升。到了 21 世纪初，中国的味精产量占全球七成以上。

20 世纪 60 年代末期，味精在美国首次受到质疑。《新英格兰医学杂志》当时刊登了一篇华裔医生的来稿，"我只要到中国餐馆用餐，特别是中国东北菜馆，就会出现奇怪的症候群。"郭医生在 1968 年 4 月的这期杂志上写道。这篇稿子的标题是"中国餐馆症候群"，不久之后，全美各地民众纷纷开始抱怨出现郭医生所描述的这些症状，比如颈后灼热、麻痹、心悸。科学家们给小白鼠喂大量的味精，几年后报告出炉，显示味精可导致脑损伤。据此，美国联邦政府禁止在婴儿食品中添加味精。

尽管禁令生效，接下来的规定却帮味精说了话。联合国在 1987 年的一项研究中发现，味精对一般大众的健康无害，应该与盐、醋等被归于同一调味料类别。美国食品药物管理局 1995 年进行的一项研究也得出类似的结论，不过该研究进一步指出，包括哮喘病患者等少量人群在摄入味精后会出现短期的副作用。

美国的加工食品含有不少添加剂，而单单味精深受诟病，真是不可思议。不过话又说回来，人们对味精的态度很大程度上受到当时社会背景的左右。味精之所以在 20 世纪 60 年代中期到 80 年代激起强烈抵制，和当时风起云涌、要求减少食物供应链中化学添加物的社会运动有关。这一运动很大程度上是受蕾切尔·卡森的划时代环保著作《寂静的春天》所激发。同一时期，中国正在遭受三年自然灾害，之后又是"文化大革命"，没有人顾得上质疑味精，因为根本就没有几个人用得起这昂贵的调味品。

如今，这种廉价、高产的调味品已经引发了中国人民的怀疑。调味品越是充裕，食品安全问题越是突出，食品添加剂越来越叫人担心。我身边一些中国朋友担心味精不安全，改用鸡精（其实里面也含有味精的成分）。而在地球另一端，西方厨师开始有了"鲜"味的概念，味精用量随之提高。

　　河南省莲花味精厂外的街道上拉起了红色横幅，庆祝工厂年产量达到 30 万吨，差不多占全国味精产量的 1/4。我和味精厂的工作人员海华一起搭乘一辆空荡荡的巴士在城里四处参观，这辆车准载二十多人，现在却只坐了我们两个人。海华得意地告诉我，这可是贵宾专车，但我并不为之感动，觉得这样太浪费了。

　　专车带我浏览了莲花味精厂对当地的各种贡献，厂子里有一万多员工，是当地最大的雇主，随处可见该厂为当地带来的财富。市民可以到市中心新盖的瑜伽房练瑜伽，可以到新电影院看好莱坞大片，老年人可以在新建成的广场上散步。当车拐进另一条街，我看到工人正在拆除一片旧宅，工地外的广告牌上说这里将建成一座大型购物中心，这类房地产开发遍布中国。

回到工厂后，我在一间偌大的会议室采访刘主管。室内陈列着一盒盒印有中文、英文、阿拉伯文莲花味精的商标。看来刘先生早就知道味精在美国的负面形象，因此有备而来。"有些地方有些人说味精对健康有害，我认为问题不在于味精，而在人。"刘先生举了个例子说明：糖尿病患者不能吃糖，是糖的错吗？当然不是。"我不能吃辣，但是辣椒对每个人都不好吗？"

正当我逐渐改变对味精的成见，相信味精未必危害人体健康时，但却想起朋友跟我提起生产味精的环境污染问题。就在几天前，我从《华尔街周刊》的一位记者朋友那里得知，自从《纽约时报》揭露了莲花味精厂污染附近河道的问题之后，他和同行们都拿不到进厂许可了。环保人士怀疑水污染可能致癌。莲花味精厂每天通过秘密通道向当地的污水系统排放 12.4 万吨未经处理的污水。既然这个厂子对环境有害，味精恐怕真的对人体健康有害吧？

我在这里吃了美味的饭菜，参观了工厂和这座小城市。其间我提到了污染的事。"几年前，我们遇到一些麻烦，但现在已经解决了。"他轻快地说："不管怎么说，我们对地方经济做出了巨大贡献，我们为成千上万人创造了就业机会。"

"莲花是否参与社区服务？是否参与慈善事业呢？"我问。

"我们提供工作岗位，这不就是社区服务吗？"他厉声说，听起来很不共产主义。

这座工业城市的污染被当作是其新的财富来宣扬。就在我住的宾馆外面，三个大烟囱冒着白烟，空气中飘着煤炭的味道，天空雾蒙蒙的。我后来与中国发酵工业协会副理事长王家勤见面时，他跟我说："由于政府对环境问题越来越重视，工厂纷纷从城市迁往偏远地区。"上海的天厨公司已经转而生产污染较小的产品，莲花等工厂则趁势而起。

和味精厂的代表吃了一顿没少加味精的晚餐之后，我回到宾馆的房间，那是一个巨大的套房。厂领导坚持只有这个房间适合接待来访的记者。我独自坐在偌大的房间中，烦人的是，我越来越觉得口渴。刚开始，我还觉得房间里的饮水器看上去有点儿靠不住，现在却忍不住从这个贴有莲花商标的饮水器里不断接水，一杯又一杯喝下去。一定是味精害得我这么口渴，说不定也是它害我得了被迫害妄想症。我正灌下第五杯可能致癌的水时，收到北京朋友的短信："别喝水！"

来不及了，我将被拘捕、驱逐出境，过不了多久就会得癌症死去。我头疼得厉害，不知道这是否也是味精症候群之一。我钻进被窝，用垫子把全身抵得严严实实的，设法摆脱我的被迫害妄想和口渴。我辗转反侧睡不着，深信自己发现味精的另一个副作用：失眠。我睡不着说不定也是因为水喝得太多，得频频起来上厕所，但直接把事情归咎于味精倒也最简单了。

第二天，在参观了工厂又美美地吃了一顿之后，工厂工作人员建议我回宾馆房间休息。我立刻同意，等只剩下我一个人的时候，我就出发去了河边。这条河没有被列入参观行程，我一到河边，就明白了原因。那天飘着小雨，村民们拿着雨伞蹲在河岸附近，看渔夫撒网打鱼。渔夫先尽量把渔网撒远，再把网往岸边拉，黑色的污泥从网上滴落，渔夫每撒三四次网才捞上一两条沙丁鱼大小的小鱼。莲花味精厂的烟囱在上游冒着白烟。我回到北京之后才知道，生产味精的过程中会排放毒性很强的氨氮。其实，我一站到河边，工厂不利于当地环境的事实就已经一目了然了。

河里能游泳吗？我问几位当地人。

"当然可以。"他们说，一副这是什么傻问题的不屑表情。当然可以游泳，还可以钓鱼、洗澡，想在河里干什么都可以。他们对莲花味精厂没有丝毫反感。"这可是著名商标品牌呢。"一位当地人得意地说。

我本来想跟他们说工厂可能会危害他们的健康，可想想还是算了，这就跟想说服美国人相信味精对健康无害一样，纯属鸡同鸭讲。

那天下午，陪同人员海华送我去火车站，道别时，她送我一袋沉甸甸的礼物，里面装的是莲花的最新产品：银杏绿色味精。我提着袋子，好不容易挤到座位上，但在北京下车时，忘了带走。回了北京之后的第一顿饭，我去了一家餐馆吃，味道出奇的淡，我问女服务员菜里是否加了味精。"绝对没有。"她说，一脸既愤怒又厌恶的表情。

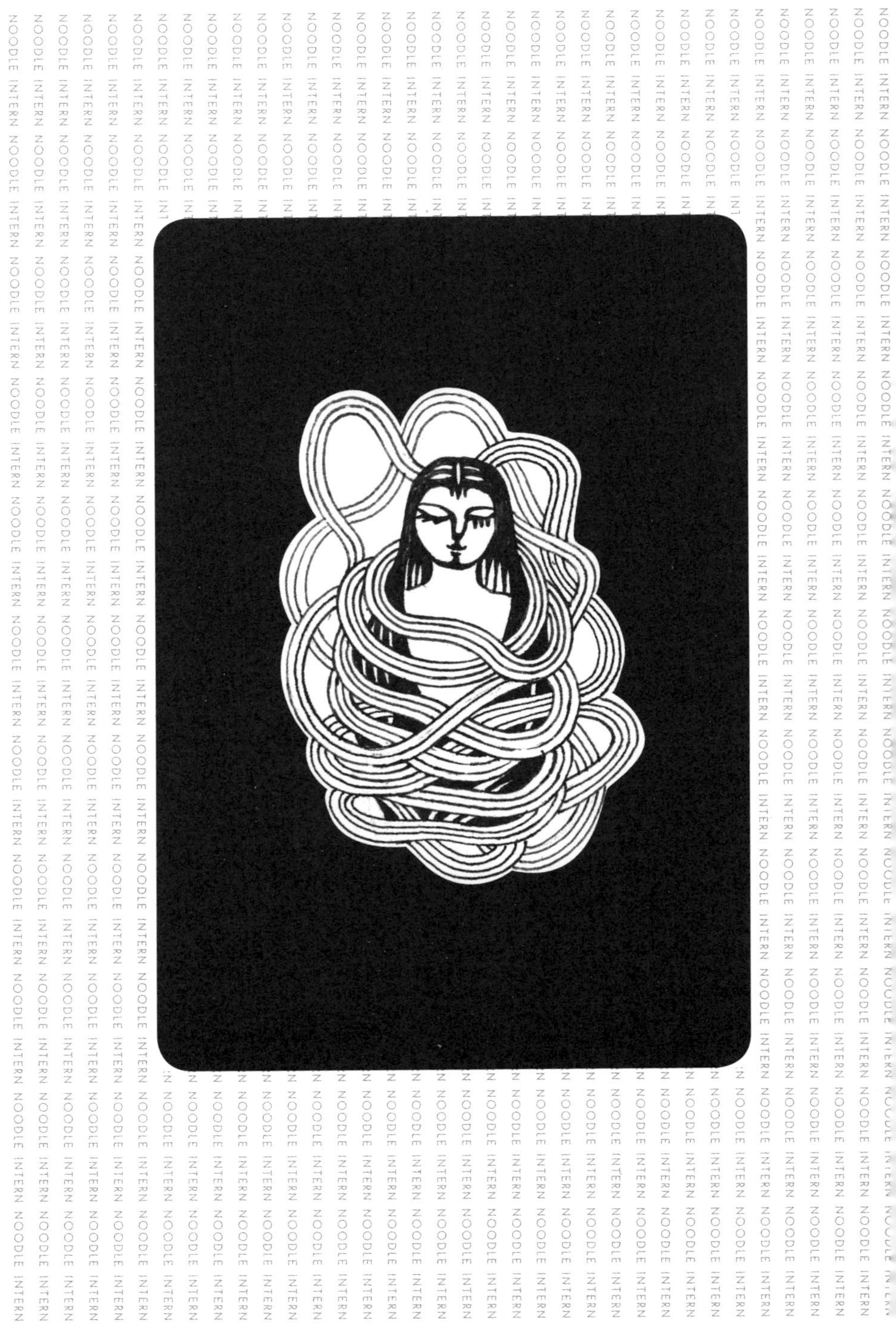
NOODLE INTERN

第二部分 面摊小妹

我必须承认：面条更加性感。米饭很稳妥，但亦很单调无聊——不像面条可以花样百变，米饭好像一件黑色的「T恤衫」，和什么都能搭配。面条形态万千、大小各异……面条冷，热皆宜，尤其是凉面，拌上芝麻花生酱简直是人间绝味，它的魅力是冷饭永远无法具备的……

— RN

沸水飞溅到我的手背上，腾腾的蒸汽渗入我脸上的毛孔。我惴惴不安地朝大锅里看了一眼，做了个深呼吸。左手举着一块足有四五斤重的大面团，右手拿着一把巨大的削面刀，准备把面团削成一条条带状的宽面条。张爱丰师傅的老家在山西，刀削面是山西最有特色的面食，堪称天下一绝。张师傅削出来的面条棱角分明，一叶儿赶一叶儿循入汤锅，恰似奥运会跳水选手一个接一个跃入泳池，在空中划出一道道优雅的弧线，只是微微泛点儿水花儿。我削的呢，更像是被拉长的口香糖，削的角度不对，削出来的面条也太厚了。它们就像小区游泳池里的小胖子，啪嗒一声扑进水里，溅起滚烫的水花儿是面神的控诉。

我原本以为厨师资格证书能助我迅速打入北京餐饮界呢，结果却沦为别人嘲讽我的笑柄，引得餐馆老板们一阵猛笑，随即把证书交还给我。华联烹饪学校的推荐就业率还挺高的，但是对于一个拿了厨师资格证的外国人，又是另一码事。说到底，这个外国女人究竟有何居心，要去做如此低微、无趣的工作呢？

王主任把跟学校有联系的餐馆一一咨询了一遍，也没有任何收获。"抱歉，"她说，"没有人相信外国人愿意去帮厨。"我又想到，或许学校的烹饪老师可以安排我去他们供职的酒店后厨工作，没想到国营酒店也完全没有机会。我问高师傅能不能仅仅是去参观一下他工作，被他一口回绝。"不行不行，"他说，"我们厨房不允许老外进去，绝对不行。"有位朋友帮我引荐了一位连锁川菜馆的老板，可运气依然不佳。我问她能否去后厨参观，她假装埋头在黄色的大包里翻找维生素片，好配合着食物吞下去。

接二连三受挫之后，我终于流落到张师傅的面摊前。位于北京东南角的这片区域开满了家具店和家居用品店，目标客户是日益壮大的中产阶级市民。简陋的食堂里横贯了一排排长条桌和塑料椅，一溜儿食摊沿着其中一面墙排开，张师傅的面摊在中间，招牌上写着"正宗山西小吃"。贴满白瓷砖的厨房被布置得满满当当，一个走入式衣帽间大小的空间里挤着灶台、不锈钢橱柜、水槽和张师傅花 240 元买来的绿色冰箱。那是2006 年夏天，酷暑难当，我就闷在这个没有窗户的小厨房里学做面条。

张师傅并不算是邀请我帮他干活儿。那天，我探头进去问他能否收我做学徒，当时他从木板上抓起一团硕大的面团托在左手，右手飞快地削着面条，像在拉小提琴。他汗流浃背地忙活着，白衬衣都被汗得透明了。点菜单来得太多太快，他有点儿乱了套，不清楚到底有几碗面要做。

"面条好了没？"一位叼着香烟的食客大喊。另外几位食客也是如出一辙的又饿又横。又有两位中年男人走到柜台前，很不耐烦地点了面。压力越来越大，这个时候我跟张师傅说我想跟他学做面条，他没空也没力气拒绝。

张师傅有一双炯炯有神的大眼睛和一对招风耳，这些外表特征强化了他敏锐的天性。他刚满 41 岁，皮肤却散发出青春的光泽，一来他有一副习武的身板儿，二来他正满身是汗。他脖子上挂着个玉佛吊坠，一条脏兮兮的白围裙紧紧地系在腰间，使得原本就不粗的腰显得更细了。他的双臂精瘦而强健、青筋突起，散发着阳刚气。如果说王主任是一扇窗户，透过她我看到了中国都市中产阶级的生活状态，那么张师傅就让我领略了另外一个迥然不同的阶层：外来民工。他们为生活挣扎，没有时间抱怨社会弊病或者贪污腐败。他们大多一周工作七天，收入微薄，而且收入的一大半都存起来寄回农村老家，希望给下一辈创造更好的生活条件。

张师傅的面摊一个月租金 2 000 元，他得卖出 600 碗面才能收回成本。唯一的全职雇员是他侄女，她站在柜台后面，接单报单。张师傅管她叫"孩子"，当然这不是她的真名。她 20 岁了，却还是小孩子模样，

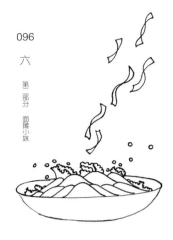

肉乎乎的脸颊，浓密的刘海儿在眼睛上方扫来扫去。面摊的食客多半是这一带家具店的销售员，面做好后，付钱给她，然后自己把面端到长条桌上去吃。在中国，食堂是少有的你能见到中国人独自用餐的地方，其他能坐下来吃饭的地方多半兼具社交功能。

食堂有两位"阿姨"，这种称谓比起"雇工"更委婉。两位阿姨负责拖地、擦桌子。张师傅在厨房里实在忙不过来时，她们也会去帮帮忙。许阿姨一张马脸，总挂着一副百无聊赖的表情，她不停地扫视食堂的每一个角落，让我联想到我们小区一位好管闲事的居委会大妈，什么事儿也不干，就爱坐在前院监视人们进进出出。中国到处都有这样的人。我比较喜欢冯阿姨，她有一张天使般的脸，说起话来嗓音悦耳。"你从美国来？"我才来学厨没多久，有天早晨她睁大眼睛问我，"我有位远亲去了美国，她说你们那儿很干净，白衬衣穿三天都不会脏！"

食堂的房东是一对韩姓兄弟，他们一天到晚在食堂里闲晃，打苍蝇、玩牌、等着收房租。偶尔，他们也寻根究底地问问我为什么会到这儿来干活儿。"你会说中文和英文，"有一天，哥哥问我，"很有知识的样子，干吗不去写字楼里找份工作呢？"

随着午餐高峰时段渐渐到来，我不再是新奇人物，只是给人端盘子的小伙计罢了。

有一条非官方的米—面分界线划过中国，如同一度划分美国的"梅森—迪克森线"（Mason–Dixon Line）*。我的父母遵循中国南方的传统，所以我从小吃的是米饭。我母亲很少做面条，就算偶尔做一次，也是用在中国杂货店买的银丝鸡蛋面或米粉做炒面或煮进火锅。

在北京和其他北方地区，百姓的主食是硕大一碗嚼劲十足的小麦面条，有汤面，也有拌了番茄、肉或者豆酱等各色浇头的打卤面。面条对我来说特别容易吃饱，任凭我怎么卖力地嘬进嘴里，又拼命地嚼，也不过吃下半碗而已。像王主任和她丈夫这样的北京人却总抱怨米饭不经饿，要想吃饱，只能吃面条。

我必须承认：面条更加性感。米饭很稳妥，但亦很单调无聊——不像面条可以花样百变，米饭好像一件黑色的 T 恤衫，和什么都能搭配。面条形态万千、大小各异。其中比较费手工的有细如发丝的拉面，比最细的意大利天使面还细。比较省事的有"面片"，只需要从一长条面团上一片片扯下即可。煮米饭很容易，把米放进电饭锅，加水，然后等着电饭锅上的指示灯显示饭已煮熟。但是，就算是最简单的面条也有技术含量，和面的时候，手臂、手腕和手指需要协调一致，揉、搓、拉、扯，弄得人直冒汗。

光是面团，就有无数种排列组合。最常见的当然是小麦粉，但其实任何一种谷物，比如玉米、荞麦和小米，只要能够磨细，都可以用来和面、做面条。面条冷、热皆宜，尤其是凉面，拌上芝麻花生酱简直是人间绝味，它的魅力是冷饭永远无法具备的。

我第一次体会到面条之美，是在大西北。当时，我正在古代连接中国与罗马的丝绸之路上旅行。我乘飞机到北京以西两千公里之外的甘肃省会兰州。机窗外灰茫茫一片，航程本身平淡无奇，飞机下降时，机上

---

* 梅森—迪克森分隔线 (Mason–Dixon Line) 是美国宾夕法尼亚州和马里兰州的分界线，也是南北战争之前美国的南北区域分界线。这条分界线是美国历史上文化和经济的分界线。这一命名是为了纪念发现这条分界线的 18 世纪英格兰探险者梅森和迪克森。

广播宣布，我们即将降落在"著名的牛肉拉面的故乡"。

这勾起了我的兴趣。下了飞机，我钻进出租车，请司机拉我到城里最好的牛肉拉面馆。他在一间名叫"马子禄"的面馆门口停了下来，这家餐厅店面很大，天花板很高，里面摆着长条桌和板凳。虽然刚下午两点，但餐厅即将打烊，因为这里只供应早餐和午餐。

收款台里面的一位女士收了我三元钱，给了我一张票和一双木筷。从开放式厨房的窗子里，可以看到有十来位男师傅正在拉面条，竖着拉拉，横着扯扯，好像在拉手风琴，等面条足够细了，用手一拧将面条扭断，扔进一大锅正在翻滚的沸水里煮，片刻之后，捞出来沥水，放入盛着牛肉汤的碗里，再点上几滴辣椒油，放上几片牛肉。

我急不可耐地吹了吹面条，整碗面条热气腾腾，但我还是大着胆子迫不及待吃下一口。虽然舌头挨了烫，内心却知道，眼前这碗面是我有生以来吃到过的最棒的面。面条纤细而富有韧性，面汤微辣却爽口。这碗辣子 – 香菜口味的面汤里，我还隐约尝到了花生和芝麻的香味。

我沿着丝路往西走，一路上面瘾大发。在兰州以西几百里外的西宁，我享用了一盘又一盘炒面片。师傅将面揪成大张邮票般大小，加了黄瓜、番茄、洋葱和羊肉一起炒。面片的质地硬朗而嚼劲十足，用番茄、糖、醋做成的浇头酸酸甜甜。我捧着弥勒佛般滚圆的肚子离开了西宁。幸亏是这样，因为下一站是西藏，我对寺庙和西藏人的好感胜过干牛肉和糌粑这两样当地主食。

因此，当我开始在张师傅的面摊当学徒工时，心中对面条充满了敬意。然而，无论是打造面团，还是来到陌生的城乡结合区打工，都令人望而生畏。在烹饪学校，我已经逐渐适应了循规蹈矩的课程和老师。相比之下，张师傅的面摊是一个真实而残酷的世界，在这个简陋的食堂里，烹饪事关重大——是张师傅全家生计的顶梁柱，我感觉张师傅经不起任何闪失。

张师傅收下我做学徒工后没多久，他问我："你想开一家什么样的馆子呢？"他这个面摊也才开了几周而已。

我给弄糊涂了，他何以见得我要开一家餐馆呢？又聊了一阵，我才明白过来，他认为我之所以愿意帮他干活儿，就是想把他的绝招学到手，以后回美国开餐馆能用得上，否则，一个外国人怎么会光临他的小摊？他表示对此并不介意。

事实上，我实在太笨，当不了烹饪间谍。我帮厨后没两天，就打碎了一只瓷勺，紧接着，我抬壁橱的时候，粗心大意忘了解开铰链，就在那千钧一发之际，我好歹把它扶正了，否则就该摔碎一整摞盘子了。我忙得不可开交，尤其是在午餐高峰时段，迎面而来的是无数碗面条，每碗都等着我浇汁、配料，与《糖果工厂》（Candy Factory）里的露西* 一样手忙脚乱。虽然这么紧迫，张师傅仍然不紧不慢地施展自己的手艺，淡定、认真地做每一碗面。他没有快餐流水线的概念。他似乎没有察觉食客们都很赶时间，常有客人点了面又取消，换到隔壁的成都小吃，我指给张师傅看。厨房里就只有我们两个人，实在忙不过来。

"能不能买一台面条机呢？"有一天下午，我好意相劝。一台面条机不过才一百多块钱，我在一些餐馆看到过。

"用机器做不出来这么好吃的面条！"张师傅气呼呼地说，"吃起来不一样！"

我一般下午三点左右离开，那个时候我整个人已经精疲力竭，剩下一点儿力气勉强支撑着回到家，冲个澡，瘫倒在床上。我一觉睡到晚上六点多，想想张师傅，这个时候他应该在批发市场买好菜回到店里，正在洗菜、拖地、准备收工吧。他快要回家了，回家去沉沉地睡上一觉，醒来，日复一日。

面摊不分周末和节假日，天天都营业。张师傅的工作一成不变，他常常忘了今天是星期几。

"今天是星期一吗？"他在周三这么问道。

我一直以为，只有在没有特殊安排、无所事事的假期，人才会忘了今夕何夕。我从来没想到过有人因为周而复始做太多同样的事情，而失去时间概念。

---

* 《糖果工厂》（Candy Factory）是 20 世纪 50 年代在美国风靡一时的肥皂剧《我爱露西》中的片段，其中露西去一家糖果工厂上班，随着生产线逐渐加快，露西和她的工友手忙脚乱。

NORTHWEST-STYLE NOODLES

拉条子

小麦面条 450 克
（最好是用新鲜的面条，实在没有也可以用干面替代）

菜油 2 汤匙

中等大小洋葱一个，切丁

蒜 3 个，切末

牛里脊肉 225 克，切片

番茄 3 个，切丁

卷心菜少许，切片

青椒一个，切丁

番茄酱（推荐李锦记）1/2 杯

水 1/2 杯

盐 1/2 茶匙

醋 2 汤匙

取一个大锅烧水，水开后放入面条，煮软（新鲜面条大约需要煮 3 分钟），捞出沥干。

炒锅中倒入油，开大火，油热后下洋葱和蒜末，翻炒大约一分钟。放入牛肉片，继续翻炒至肉片变色，加入番茄、卷心菜和青椒，翻炒 3～4 分钟。加入番茄酱、水和盐后转中火。

待锅中的液体开始沸腾，加入醋。再翻炒 2 分钟就可以出锅了，立刻浇在面条上。

白天，我在脏兮兮的面摊打工，晚上，却在北京最高档的餐厅用餐。最近，我成为 *Time Out Beijing* 杂志的美食编辑，这本月刊内容覆盖餐饮美食、新兴艺术等北京城市生活的各个方面。这是我成为职业美食作家的开端。

杂志社有中文和英文两个编辑小组，分别出版中、英文版的杂志。审查对性爱和同性恋等话题的宽容尺度，颇令我意外。我替英文版撰稿，英文版的尺度更宽，旨在发掘在中国鲜有听闻的事物，刊登独立评论。

到了 2005 年，北京的餐馆老板们已经打造出了大量新潮前卫的餐饮模式，和长久以来主导餐饮业、装修质朴的国营餐馆大不相同。有些创意很成功，比如某家北京烤鸭店，除主营上等的烤鸭之外，也提供新颖而不失传统特色的配菜。但有些餐馆又先锋过了头。某家著名的北京餐馆开第二家分店时，我批评了他家一道胡乱搭配的菜品，有芥蓝、绿茶和芒果虾仁。那儿的装潢也乏善可陈："也难怪，这家'紫云轩'开张不久，就承办了一场追悼会，"我以欢愉的笔调挖苦道，"这地方像一座陵墓，用来举办葬礼真是再合适不过啦……可不，餐厅里的温度调得这么低，难道不像坟墓吗。"

杂志出版后，我读到这篇评论时打了个冷战，我撰写时并没有意识到这些文字印刷出来会显得如此刻薄。在这个不习惯直言快语的城市里，这篇评论在餐馆老板和美食家中间激起了一片恐慌。有位读者回应道："那儿的食物糟糕透了，装修矫揉造作，服务又差，这么多年来，你是头一个撰文批评的人，指出这位女皇"——指的是这家餐厅那位扭捏作秀的女老板——"没有穿衣服"。

不管怎么说，当地人至少觉得我的评论风格很独特。我以英美作风，从不事先通知就来到餐馆。如果预订餐位，也只告知姓氏"林"，餐毕，以现金付账，事后再向杂志社报销。"真有意思，"我对一位中国朋友说起这套做法时，她说，"所以你作为普通食客去吃饭。"她吸了一口气："在中国，事情可不是这么办的。"

中国记者大驾光临之前，总会先通知餐馆，而且从来不需要付餐费。如果食物不怎么样，他们就描写就餐环境。（有位记者愉快地告诉我，通常食物越差，环境越好。）免费享用了一顿大餐之后，店家往往还会奉上"红包"，就是在信封里装上现金，以确保记者写出的文章是积极正面的。为了确保周全，店家还会跟出版人和主编套近乎（方法当然是请人家吃饭啦），这样一来，他们便可以在文章刊出之前先做一番手脚。有的时候，手脚做得更明目张胆，说是评论，其实和拿钱买广告没有两样，就差白纸黑字承认了。

报纸杂志的道德界限也相当模糊，人们重视"关系"更甚公正。餐馆和记者各得其所：记者饱了口福，餐馆生意兴隆。

有天下午，我参加一家餐馆的开幕剪彩，临走前打开新闻资料袋（准备资料袋的还是一家美国公关公司呢），吓了一跳，里面有一个装了 200 元钱的红包。老道的记者朋友们则处之泰然，跟我说以前还收过 800 元钱以上的红包呢。我呀，还嫩着呢。

比红包更令我震惊的是，中国人爱吃稀奇古怪的菜肴。我有一位朋友曾经跟我说起过一件事。有一回她妈妈炒了一盘不知道是什么肉的菜让她吃，"是羊肉"，她妈妈让她放心吃。等她吃完了，她妈妈才实言相告，那是人的胎盘。按中国（还有法国等其他国家）的传统说法，胎盘具有很高的营养价值。我一度热衷向中国朋友打听他们吃过最奇特的东西是什么，自那以后，我放弃了这个爱好。作为美国人，我很容易被这类故事所惊吓。不过，毛骨悚然的背后也蕴含着中国饮食观念中经济节约的美德。没有什么能吃什么不能吃的枷锁，因此什么都不浪费。就在不远的过去，人要是太挑食，就会饿死。再说了，如果你就爱吃肉，又该怎么界定什么肉该吃，什么肉不该吃呢？

这份新工作令我的固有观念经受了种种考验。狗年到了，杂志社的编辑们设想如果我写一篇吃炖狗肉的文章定会很有卖点。2008北京奥运会在即，北京即将受到举世瞩目，尽管动物权利保护者在竭力呼吁禁止狗肉入菜，北京仍有上百家餐馆供应狗肉。

我邀请那位吃过胎盘的朋友小辛与我一道去吃狗肉。她在餐馆门口等我。餐馆看上去生意很不错的样子。等我们坐定，一锅热腾腾的炖菜端上来，小辛立即埋头开吃，我犹豫着，不知该如何才能鼓足勇气去完成这份苦差事。

"试试吧，都走到这一步啦。"小辛说，用妈妈念叨孩子一般的语气。她提醒我，狗肉可以促进人体血液循环。我灌下一杯啤酒，壮着胆子端起碗，小辛已经帮我盛了满满一碗汤和肉。我抿了一口汤，很浓，很顺口。又夹起一块肉，蘸了蘸配套送上桌的辣酱。这块肉论外观论口感，都像纹理很粗的羊肉。

小辛用羊肉和狗肉做了个类比。为什么我能接受食用咩咩叫的羔羊，而乡下来的好斗的土狗怎么就不能吃了呢？

"这个，大多数美国人与狗建立了特别的感情纽带，狗是宠物。"我说。中国也逐渐时兴养狗，吃狗肉吃得安心吗？

"又不是吃自己养的狗。"小辛说。

那么邻居养的狗你吃得安心吗？我差点儿就脱口问出来。不过，我想小辛也有她的道理。不管怎么说，我也碰到过吃鸡肉的养鸟人。

不过，当经理告诉我这狗肉很嫩是因为这些狗养到四个月大就被宰来吃了，我终于受不了了。我吃的是小狗啊。回家路上，我偏头痛发作——这是报应。

几个月后，我为美国哥伦比亚广播公司录制一段中国街头小吃的片子时，有人骗我吃下了一只串在竹签上的炸蝎子。然而，更严峻的挑战还在后面等着呢：我将要去评论一家叫作"锅里壮"的餐馆，这家餐馆专门用雄性动物的生殖器来做菜。中国人相信吃动物的阳具可以壮阳，正如那句中文俗语"吃什么，补什么"。

第一个障碍就是找用餐同伴。之前，这从来不是个问题。我发出邀请之后，有的朋友闪烁其词："我要去外地出差。"有的很直白："真恶心！"只有中国朋友吉米胆子够大。吉米是已婚男人，在公关公司工作，他坦言自己在房事方面需要帮助。"男人工作压力太大，回家难免力不从心，"他问我，"我什么时候去接你？"

这家餐馆离我的住处仅仅一街之隔——虽然是那种很长很长的北京街道，但我之前从来没有注意到。门面很不醒目，隔着深色玻璃看不出里面的名堂，好像放成人电影的小影院。不大的门厅连着一条走廊，通往一排包间，一位身着黑色细条纹西装的女人领着我们走进其中一间，里面放了一张带有转盘的圆桌。包间能保证私密，真是谢天谢地，我们多少放松了一点儿。

在最后时刻，我又说动了另外两位朋友跟我们一起来。维克托在北京大学攻读博士学位，他十分好奇，所以想来看看。和我一样，他听说吃动物阳具这回事儿也感到恶心反胃。乔恩是美国人，在北京住了八年了，娶了个中国老婆，富有冒险精神。"住了这么久，也该是时候试试了。"

经理介绍说，这位穿黑色细条纹西装的女人是赵小姐。她一头挑染过的头发在脑后绑了一个马尾，看上去年纪不大，可那身西装为她增添了几分专业的架势。

"营养专家在哪儿？"吉米问。我订位子的时候，经理告诉我，用餐时会有一位营养专家陪同并做讲解和指导。

"赵小姐就是营养专家。"经理说。

"你有资格证书吗？"我问。

"按我们的标准她就是专家。"赵小姐还没有来得及开口，经理便抢先说。

赵小姐事先准备好了一段简短的开场白。"人们对鞭的崇拜始于远古。"她的用词是"鞭"，比说"阳具"更有内涵。她声称，食用鞭不仅仅有益于男性，任何人吃了气色都会变好。我不禁猜想，赵小姐这光滑的皮肤，是不是得益于这家餐馆的菜品呢。菜单上的名目之广，包括马、鹿、羊和蛇的鞭，真是令我大开眼界。赵小姐拿出加拿大海豹的鞭，展示给我们看，只需花上 400 美元，这个带着两个睾丸的又干又瘪的小部件就归你了。

赵小姐用中医术语给我们解释说，鞭是"温性"食物，因此最好在冬季吃，要是吃太多，就可能"上火"，甚至流鼻血。"可以说，一星期吃鞭不要超过一次。"她说。

我认真地将她所说的都记录下来，想想那个不得不放下笔、拿起筷子的时刻就一阵发怵。

第一道牛鞭端上桌，看起来跟一道普通的前菜没两样，真是既安慰，又忐忑。牛鞭丝切得细细长长，要是说出自牛身上其他部位，我也会相信。这道菜里面拌了洋葱丝、甜椒和醋，口感有点儿硬，但是还算好吃。

之后端上来的菜和对话都越来越差。第二道菜是一锅用几种鞭熬制的汤，汤头是用甲鱼、牛骨、鹿茸和人参等熬制而成（特殊的食材往往炖成汤，中国人相信喝汤能滋补元气）。食材虽然多样，却没有为这道菜提味，再多香料也盖不住那股药味儿。依我看，中国人请客人喝这种汤，不过是想砸钱来取悦客人罢了。不同的鞭口感完全不同，有的硬，有的如皮筋般坚韧，我的结论是，如果下一回我迫不得已又得吃鞭，我选择驴鞭，在一大堆鞭中，只有驴鞭吃起来最不膻腥，也最嫩。

我正要咬下羊睾丸时，赵小姐大叫："那个只有男人才能吃呀！你吃了会长胡子的。"

这些菜让维克托看得毛骨悚然，他吃了一口凉拌牛鞭丝之后就告辞了。吉米和乔恩却似乎吃得津津有味，我停筷子很久了，他们还没停，就着啤酒把各种鞭吞进肚里。

"外国人的鞭真的比中国人的大吗？"我听到吉米在问乔恩。至于是啤酒还是桌上的食物给他壮了胆，这我就不知道了。

从我第一次见到张师傅到他开始教我做面条，中间隔了半年时间。当时我在一家餐厅当学徒，他经营的面店就在不远处。有一次，一对夫妇吃完面，张师傅把他们送到门口，边走边说："两位如果有任何批评建议，请尽管跟我说。"在这个急功近利的国度，听到有人真心真意想要做出美食、取悦顾客，顿时耳目一新。

张师傅来自山西，这片贫穷、漫天风沙的土地也是王主任当年下乡插队的地方。他的父母生了五男一女，但穷得根本养不起六个孩子，于是决定送走两个。张师傅是第四个儿子（按中国的风俗，四是一个不吉利的数字），他和他姐姐（因为是女孩儿，所以不想要）就这样被送给了住在二十里以外、一对膝下无子的亲戚。那个时候，张师傅还在蹒跚学步，姐姐12岁。

"他们不识字，"张师傅说，"也是很穷的农民，靠养羊为生。"养母在他5岁那年过世了，又过了几年，姐姐也嫁人离开了家，从那时起，这个家里就剩下张师傅和养父两人相依为命。"我把他当成自己的亲生父亲，"张师傅说，"我和他感情很深。"

"文化大革命"那会儿，张师傅还很小，但他记得政府办了人民食堂。"如果村干部看到你家的烟囱冒烟，那就有大麻烦了。他们会来收走家里所有的炊具，还会给你脖子上挂个牌子，然后把所有人聚到一起来批判你。"

"文化大革命"结束后，农村生活水平有所改善。政府给每家每户配发食物，张师傅家只有他和养父两口人，因此没饿过肚子。"政府每月发给我们一点点肉，"张师傅回忆道。父子俩当时经常吃他现在赖以为生的刀削面。"不过不是用小麦粉做的，我们种了小米和荞麦，就用这些粗粮来做面。"

张师傅十多岁的时候，养父已经六十多岁了，身体也不好，张师傅因此一人扛起了家里的大部分农活。他除了上学，还得养猪、做饭、放羊。"我得上山采草药卖钱来付自己的学费。从小到大，我一直一无所有，什么事情都靠自己。我知道我不能守在家里等着好事送上门。"

沉重的家庭负担耽误了张师傅的学业，他直到 17 岁才念完初中，本来打算上高中，但养父供不起。再说，养父认为上学没有用，尤其家里还需要有人干农活儿呢。

然而，从传统农业国家迈向工业社会的巨大转型已经开始。20 世纪 80 年代初，中国开始实行经济改革，向世界开放，张师傅从中看到了跳出农门的机会。他们村附近开了一家大型炼炭厂，把煤炭冶炼成可以用来做燃料、炼钢的焦炭。当时，要想到这家大工厂上班，非得找关系，走后门不可。张师傅决定给工厂的党委书记写一封信，写到自己出身穷苦，立志改变命运。党支书被这封信打动，于是聘他做办公室助理。

这并不是多显耀的职位，但对于由文盲父母养大的孩子来说，可算得上绝好的命运转机。他每月的工资四十多块钱，足以考虑成家之事。他交往了一位女同事，24 岁那年将她娶进门。一年后，女儿出生。当时独生子女政策已经开始实行，但在农村地区还没有那么严格。在农村，如果第一胎生了女儿，四年后可以再生一胎。女儿 4 岁时，老婆又给他添了个儿子。和其他农村人不同，张师傅并不重男轻女。"这么做主要是为了让我爸高兴。"他说。"我爸"指的是将张师傅视为己出、悉心抚养的养父。儿子的出生苦乐参半：不久，养父就去世了。

张师傅不断得到提拔，到了20世纪90年代中期，已经是厂里的中层领导干部了，每个月工资能拿到四五百元。这时，照顾养父的重担也没有了，张师傅决定离开家乡，另谋发展。北京是北方最大的都市，而且坐一晚上的火车就能到，因而是个显而易见的选择。张师傅在北京有个姑妈，还能帮他找找工作，他的老婆则留在家乡照顾女儿和出生不久的儿子。

1997年，张师傅来到北京。工作机会有限，很多外来务工者都去当建筑工人或者干其他重体力劳动，可张师傅希望做有技术含量的工作。姑妈帮他在川菜馆找了个活儿。他之前从来没有在餐馆干过，之所以接下这份工作，是因为考虑到自己已年届三十，从头再来已经没这个精力。"人人都得吃饭，所以我想，学了厨艺总不怕找不到工作。"他说。

在川菜馆当了几个月洗菜工之后，张师傅就被御膳饭庄雇为厨师。这是家生意兴隆的餐馆，他在那儿干了八年，起薪和炼炭厂的工资一样。

"我什么都得现学，所以不能要求加工资，"他说，"不过，我还是觉得生活有指望。"起码御膳饭庄提供食宿，这样他每个月的工资几乎全部寄回老家。"我自己只留几十块钱买烟，"他回忆说。

他发现在餐馆做菜与在山西老家做菜大不一样。"在老家做的菜都很简单，吃饭就是图个饱，来点儿面条或者馒头就咸菜就行。来到北京，我才明白菜的味道是很重要的，"他说。御膳饭庄让他见识了蚝油、花椒、柠檬和中式烧烤酱汁儿。"我得学会所有蔬菜和菜式的名字。最难的是要学会用大炒锅。之前我不知道怎么做腌菜，也不会'过油'。"他说。"过油"是指将用旺火快速翻炒肉片后起锅，可令肉片保持鲜嫩多汁。

张师傅年近三十才开始学厨，带他的师傅和他同龄。他边做边学我在烹饪学校学到的各种厨艺：刀工、调味和热炒。张师傅在御膳饭庄一路升迁，最后升为高级厨师，月薪 1 600 元。他的日程雷打不动：早上九点起床，一个小时之后开始为午餐高峰时段做准备。下午休息两小时，然后又回到蒸笼似的厨房，一直忙到晚上九点。一个月只有两三天休假，也难得走出餐馆一步。同事们下班后一般聚在一起打牌、喝酒、看电视，他则独自一人坐在餐厅一角，看小说，写日记，直到凌晨。

张师傅没离开御膳饭庄之前，我就去过那儿，但并不是一开始就认识他。那时，我和御膳的一位女服务员是朋友，偶尔去看她。御膳饭庄是典型的中式餐馆——人声鼎沸、筷子和瓷碗瓷盘碰撞的声音、召唤服务员的喊声在墙与墙之间反射回荡，形成了中国人喜欢的"热闹"气氛。和其他许多已经改为个体经营的餐馆不同，御膳饭庄还保留着国营体制。餐馆紧邻天坛，是游客小憩的好去处。因为和旅游部门关系近，一车一车的游客被拉到这里来就餐。餐馆二楼大厅一侧设有旅游商品部，卖一些丝质绣花手机套和熊猫玩具一类的小玩意儿。

御膳饭庄的菜品迎合国际游客的口味。北京大多数餐馆专做某一菜系，而御膳饭庄兼容并包。厨师当着食客的面片烤鸭，服务员将一盘盘麻婆豆腐送上桌。客人们津津有味地品尝点心，这些在清朝时候专供皇家食用的宫廷小吃，如今已经成为招揽游客的必备菜式。菜单上还点缀了几道珍奇名贵的菜品，比如扒驼掌，一份 120 元，是其中最贵的菜了。

有一次在这家餐馆吃饭时，我认识了服务员小秦。2003 年，小秦和十几位职校同学一起从四川来到北京。她们的专业是旅游服务业，实习是学校的课程设置之一。所谓实习，也不过就是到御膳这类餐馆端盘子。大部分学生的家长是农民，他们希望孩子去大城市谋事，这意味着家里少一张嘴吃饭，定期还有钱寄回家。在校方扣除每人每月 48 元的实习费之后，这些孩子一个月可以拿到 800 元左右，但也得取决于老板的慷慨程度。生意好的时候，她们能多挣些钱，不过一到旅游淡季，工资可能会缩水一成。姑娘们每个月休息两天，一旦碰上节假日，她们一连工作好几周都没法休息。

姑娘们住在连着餐馆厨房的小房间里。房间阴暗窄小，靠日光灯照

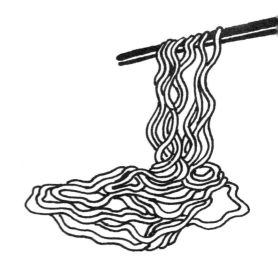

明。靠墙放着双层床，每个姑娘分到一个铺位。仅有的一扇门通向厨房，如果哪天半夜失火了，她们逃生的几率很小。虽然环境艰苦，但晚班结束之后，宿舍里变得孩童派对般的热闹，姑娘们在床铺间蹦来跳去，唱着华语流行歌曲，吃着乐事薯片。

　　我认识小秦时，她18岁，已经在北京待了两年。尽管我知道这些服务员不但得养活自己，还得寄钱回去补贴家用，却很难把她们当成人看待。她们看上去是那么的天真无邪，少不更事。小秦是服务员中年龄最小的一个。下晚班之后，她脱掉红色绣金花的服务员制服，卸了妆，把头发梳到一侧的耳朵边扎了个马尾，再换上牛仔裤和白色连帽运动衫，跟校园里的学生没两样。在讲究长幼有序的中国，同事们都叫她"妹妹"。她身高不足一米五，却有相当的沉稳仪态和自信。

"有些人管四川人叫'耗子'，因为我们个子矮，机灵，有时还挺狡猾的。"有一次，她顽皮地笑着说。

有一天下午，我发现小秦神情严肃。"我来北京之前，觉得北京是天底下最好的地方。听了好多关于北京的历史和文化。我憧憬着天安门，还想去看毛主席。它的发达是四川远远比不上的。可是我今年回四川之后，却不想再回来了，我觉得四川也变得越来越好了。"

她立刻又恢复了小女孩的神采，唱起一首著名的歌曲："万里长城万里长！"

每天早上，经理都会点名，确保所有姑娘都出勤。小秦很注意指甲有没有修剪整齐，以免挨罚。她和另外三位服务员因为打耳洞而被扣过工资，可是此前并没有谁提醒她们不许戴耳环。不过，一位日本客人给了她 5 美元小费之后，她很识时务：分了一半给经理。

"日本人很有礼貌，很客气，"小秦说。对此她很惊讶。她以前在学校学到的是日本人残酷无情，教科书上写了 1937 年日本人在南京杀了 30 万人，中国人都恨日本人。服务员很少离开餐馆，于是来餐馆用餐的外国食客塑造了她们的世界观。"只要是酸酸甜甜的东西美国人都爱吃。"小秦告诉我。

她们更喜欢招待外国客人。中国客人对服务员不太尊重，对她们像差遣仆人似的呼来喝去，很少有人会说"请"或"谢谢"。

在餐馆，小秦最要好的朋友是蔡氏三胞胎姐妹。老板对她们仨很好，因为他认为这三个长得一模一样、一头卷发、笑起来脸上带着甜甜酒窝的姐妹，能替餐馆招揽生意。"在四川，我们是学校人缘最好的女生，"小秦说，"我们四人形影不离，每一顿饭都一起吃。"

大家都管三胞胎的大姐叫"老大"，我觉得这种称呼很有趣，因为她既不"老"也不"大"。老大生性好奇，总爱缠着我问东问西：我的房租多少钱？我每月挣多少钱？她告诉我，她们的父母之前已经生过一个孩子，这下又生了三姐妹，就得付三倍的罚金，她们的父母务农，家里很穷，这笔罚金是沉重的负担。"美国的农村是什么样子的呢？"她问。

我不知道该怎么跟她解释，我从小学一年级跟学校去农场郊游过一次之后，就再也没有去过美国的农场。

小秦和她的同事们最近添了手机，迫不及待地将我的手机号码输入手机通讯录里。我有天下午浏览老大手机里的通讯录，发现她已经存了500多个号码了。即使是偶然接触到的号码，她也统统存下来，包括她在小广告和报纸上看到的号码。

"以防万一嘛，"她认真地说，"万一需要打电话呢，这样比较方便。"

我隔三差五便会收到小秦或者三姐妹之一发来的短信："你什么时候再来看我们？"偶尔，我事先没和她们约时间，直接在她们下晚班之后过去，没有一次落空。这些女服务员下班之后都不会出门，她们在厨房里拉起帘子，在帘子后面冲澡，有时会看看电视，那台黑白小电视机就放在守夜的老大爷身后。对于她们来说，床铺永远是最诱人的地方，因为她们已经站了整整一天。

一个狂风大作的下午，我收到小秦的短信，说是换了新的手机号码。我当时并没有多想，中国人不会忠于某家通讯公司，他们经常为了更划算的手机资费而频频更换运营商。

我给她回复短信说，我打算当晚去餐馆看她。

她回复说，她不在餐馆。

不在餐馆？我心里直纳闷。那她还会在哪里？

她告诉我，她已经辞职了，搬出了宿舍，要去一位刚开了面馆的朋友那里帮忙。我们约好第二天在面馆附近见。

我在一家超市门口熙熙攘攘的客流中认出了小秦娇小的身影，她用白色羽绒服的帽子罩住头，在原地上下跳动着取暖。

陪着小秦一起等我的还有小应，她曾经也是御膳饭庄的服务员，也辞职了。小秦领着我往巷子里的面馆走去，一路上跟我做了一些解释。

"我们的工资越来越少，就连餐馆生意不错的时候，也只能拿得到五六百元，太少了，这样子没法儿生活。"小秦说。减薪造成员工大量辞职。

我们一走进面馆，小秦便立刻恢复到服务员模式。"这儿，请坐，"她说，"把包放下吧，您想吃点儿什么？"她倒了一杯热茶给我。一对男女走进面馆，小秦又流畅地重复了这一套固定程序。虽然不再穿着那身红底绣金花的制服，而是简单的牛仔裤和运动衫，但她还是那位训练有素的女服务员。

虽然小秦在短信里说她已经在面馆上班，这会儿却承认开面馆的朋友可能连最低的工资也付不起。她不知道下一步该做什么，也不确定接下来要去哪儿。这是她独自面对真实世界的第一天，但她看上去并不紧张。

当小秦忙着招呼客人时，小应站在厨房门口，搂着一个满脸青春痘、褐色头发又短又硬的男子。我知道以这些女孩儿年纪，可以交男朋友了，但依然感到惊愕，因为这是我第一次看到这群女服务员中有人和异性卿卿我我。

这面馆其实就是一间简陋的小棚屋，塑料板材的屋顶和墙壁，还有门口的拉门实在没法保暖。不过店主显然已经竭尽所能营造一个舒适的环境。店堂里放了六张干净的桌子，配上板凳，墙角的电视正在播出中国任何一个客厅都看得到的滥情连续剧。墙上挂着硕大的菜单，上面写着"特制砂锅面"。店里一尘不染。

店主就是张师傅，后来成了教我做面的师傅。他送走那一对男女客人之后，把一锅冒着热气的面端到我面前，小心翼翼地，仿佛端着的不是粗陶砂锅而是精美的瓷器。砂锅里放了排骨、海带和蘑菇，在这么一个寒冷的冬日午后，吃起来格外温暖。尽管时值冬末，锅里每种食物吃起来都像从夏季的菜市买回来的一样新鲜。我加了一点儿醋和辣椒，呼啦呼啦吃光了整锅面。这碗砂锅面卖 7 块钱，比同样分量的面贵一倍，但张师傅认为逐渐兴起的中产阶级应该愿意多花钱享受上乘的食物。

张师傅在厨房忙活的时候，小秦跟我大致介绍了他的生活经历。他是山西人，之前也在御膳饭庄工作，这是他第一次开店。尽管他没有钱雇服务员，但小秦和小应都乐意过来帮忙。在御膳的时候，他是女服务员们最佩服的厨师，他像是她们的顾问。下班后他坐在角落喝茶看书时，无论谁来找他聊天，他都乐于倾听，并提供意见。他不爱喝酒，也不打麻将。

我埋头吃面时，张师傅写了张纸条递给我，简要说明了他想要开连锁面馆的计划，请我帮忙宣传。小秦跟他说过，我是杂志的美食编辑。虽然我很清楚他的店无论是地理位置还是其他方面，都与老外出入的餐馆差异巨大，登不上 *Time Out*，但我还是告诉他，我会尽力帮忙。

张师傅说动一位 28 岁的同事和他一起创业，他自己一共有四万块钱的存款，又向几位同事借了一些钱。他搬到一位同事家里去住，这样可以省了房租。他骑着自行车逛遍陌生的街道，总算找到这个门面，他不敢肯定赚到的钱能否打平成本。张师傅在工厂干了十年，又在国营餐馆工作了八年，现在终于自己当上了老板。

当我吃完面准备付账时，张师傅不肯收我的钱，我想他只是客气，于是放了一张十元的人民币在桌上，他拿起钱，塞进我的包里。当我再次想要给钱的时候，他站起身来挺起胸膛挡住我的手。此事与好客无关，而是尊严问题。

"没事，别客气，"他皱着眉头说，"别因为我是农村来的就可怜我。"

这家面馆只撑了两个月。我再打电话给他的时候，他已经在几公里外重起炉灶，就是在我跟他学做面的食堂，那里的房租更便宜。来这里吃饭的大多是旁边家具店的员工，他们的午餐只求快捷和便宜，所以张师傅简化了菜单，降低了价格。

张师傅告诉我，第一家店之所以关门是因为合伙人突然决定要回农村去结婚。有天上午，我们一起干了一阵活儿之后，他说："我要跟你说件很丢人的事情，"他低下头继续说，"我们第一家店做不下去了，是因为合伙人太懒散，手艺不好，也不注意菜品的好坏，有一次竟然给客人吃烂掉的菜。"张师傅为此和合伙人起了很大的争执，他决定不再和如此不靠谱的人合作。

柜台下面藏着一尊小金佛，佛前供着三只苹果，每天早上，张师傅会在佛前点一炷香，之后好几个小时，店里都烟雾缭绕。大概就在离开御膳饭庄的那段时间，张师傅皈依了佛教。张师傅去了御膳附近的一座寺庙，对庙里和尚说自己想正式成为佛教徒，和尚于是主持了仪式，张师傅在佛前焚香跪拜，仪式结束后，他捐了一百块钱的香火钱，和尚给他一本皈依证，证明他是正式的佛门子弟了。

张师傅认为信奉宗教，外加一点迷信，会助他事业成功。信佛对他的生意有好处——至少求菩萨保佑没有什么坏处。他在和房东、菜贩讨价还价的时候，用另外一个名字——张淼。他的真名，张爱丰，不够吉利，因为部首中缺水。

张师傅补充说，自从信佛之后，心态变得平和了。这一点，我从他对待店里唯一的雇员兼侄女"孩子"的态度上看得出来。她看起来是很可爱的小姑娘，却很爱搞恶作剧。点菜的间隙，她时不时偷吃张师傅做给客人吃的菜。张师傅留下来自己吃的剩菜，她偏偏拿去倒掉，以此为乐。她是那种特别好动的孩子，光是看她动来动去，我都觉得累。最令人气恼的是，她不好好干活儿。我和张师傅往往被报来的菜单弄得一头雾水。

"三碗刀削面！一份素的！不要香菜！"

这一共是要三碗还是四碗面呢？是全都不要香菜吗？我们完全弄不明白。她从不写单子，客人们点菜太快，来不及写。张师傅和我手里端着滚烫的砂锅不敢乱动，同时还得徒劳地记下每一张单子。一天之中，总有那么几次，客人把错送了的面退回来。

每当发生这样的错误，我就狠狠瞪孩子一眼，张师傅却总是原谅她，回到锅边重新再做一碗。但偶尔，张师傅也会禅心失控，"孩子！！"他大声地喊道，可惜炉灶上面呼呼作响的大型抽风机吞没了他的叫声。孩子照旧胡乱报菜单，把钱胡乱塞进围裙上的口袋里。

我刚开始当学徒那几天，张师傅不大乐意让我碰面粉。有天早上我们在厨房准备材料时，他警示说："以你的力气，恐怕揉不动面团的。"孩子把头探进厨房，更加言简意赅："那是男人干的活儿。"

大袋的面粉靠在厨房墙边，我依然不得触碰。我猜，因为被那位不靠谱的合伙人一番折腾后，张师傅很难愿意把和面、发面和削面这么重要的活儿假手他人。所以我暂且学着别的活儿吧。我把配料切好以后，就洗碗刷盘子，碗和盘子洗好之后，开始处理鸡蛋。张师傅每天一大早先用大锅煮几十个茶叶蛋，煮好的蛋外壳颜色变深，呈焦糖色，蛋白变成浅褐色，带上了烟熏香味，完全脱去了白煮蛋的硫化物味道。把茶叶蛋当作早餐，方便携带，再合适不过了。也有顾客在午餐前溜达过来买上两个茶叶蛋，先垫垫肚子。

我学会了做开胃菜。美国的中餐馆供应的典型开胃菜总是油炸食品，配上浓稠的蘸料，张师傅的开胃菜则完全不同，健康、简单、美味。拍黄瓜是我最爱的一道菜，其菜名已经点名了做法。中国的黄瓜体型细长，外皮有突起的小刺。张师傅把黄瓜切成寸把长，然后用刀背拍扁，通通扔进一个大碗里，加蒜泥、酱油、麻油还有他的家乡山西特产的醋，拌拌匀。

同样的佐料也用来做凉拌豆腐丝。豆腐丝吃起来很有弹性和嚼劲儿，有点儿像煮到弹牙的意大利面。为了让这道菜更加出味，他支起铁锅将油烧辣，放入花椒、大蒜和辣椒，当这三样料即将变焦之前，关火，滤出辣油，那气味之香，我觉得简直可以用来装瓶当香水卖。

TEA-INFUSED EGGS

茶叶蛋

鸡蛋 6 个

盐 1/4 茶匙

鸡精 1/4 茶匙

丁香 4～5 粒

八角 3 颗

大葱一根，仅取葱白部分，切成 3 厘米长

生姜 2 片

茉莉花茶茶叶 2 茶匙

锅中注入半锅冷水，放入鸡蛋，水开后转中火煮 5 分钟。

捞出鸡蛋，轻轻敲打鸡蛋外壳，敲出裂痕但不可敲破。把鸡蛋放回锅中，加入盐、鸡精、丁香、八角、大葱、生姜片和茶叶，用中火煮 20～25 分钟。关火，让鸡蛋在锅里再泡至少 15 分钟。

SMASHED CUCUMBERS

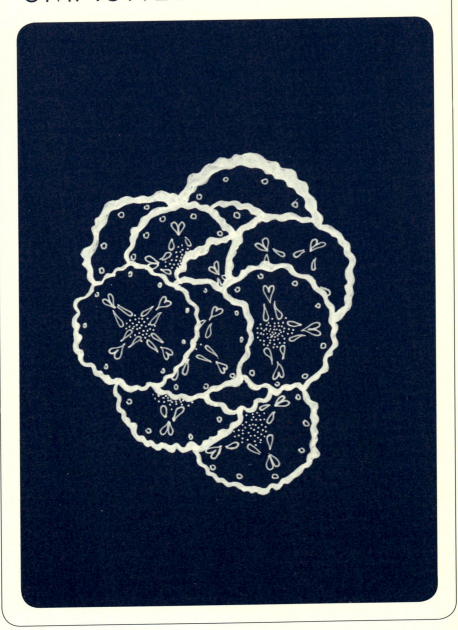

拍黄瓜

黄瓜2根

大蒜4瓣，切末

芝麻油一汤匙

醋2茶匙

盐1/4茶匙

黄瓜切成5～6厘米长的小段，用刀背拍一下，将拍好的黄瓜放入碗中，加入蒜末、芝麻油、醋和盐。至少腌制15分钟后再吃。

COLD-TOSSED SHREDDED TOFU

凉拌豆腐丝

菜油 1/4 杯

干辣椒 4 个

大葱一根，仅取葱白部分，切成 3 厘米长的小段

生姜 2 片

大蒜 4 瓣，2 瓣切末，2 瓣保持完整

花椒 5 粒

豆腐丝 340 克

青椒半个，切丁

中等大小的胡萝卜半个，切丁

切碎的香菜一汤匙

盐 1/4 茶匙

白胡椒粉 1/4 茶匙

醋一茶匙

芝麻油一茶匙

锅中倒入油，开大火，2～3 分钟后放入干辣椒、葱段、姜片、大蒜 2 瓣和花椒。待锅中油温很高但还没有冒烟时，关火，滤出辣油，里面的香料可以扔掉。

取一个大碗，放入豆腐丝、青椒丁、胡萝卜丁、蒜末和香菜末，把辣油浇在豆腐丝上，搅拌均匀。再加入盐、白胡椒粉、醋和芝麻油，即可上菜。

　　我在张师傅的面馆做学徒期间，最发愁的事情莫过于去上班的交通问题了。北京是一个巨大的城市，面积和洛杉矶一样大，但人口却是后者的四倍。我住在市中心，张师傅的店却远在城市的东南角。坐地铁和公交车的话，路费是 5 块钱，要花一个多小时；打车的话，只需要花 20多分钟，但却要花 30 多块钱。我花得起打车的钱，但打车去干活，却让我有一种负罪感。张师傅辛苦一天赚的钱常常还不及这笔车费，食堂阿姨一天的收入才 20 块钱。

　　早上我睡眼惺忪地躺在床上，好不容易挣扎着按下闹钟，拼命给自己打气，鼓励自己赶紧爬起来去赶那拥挤不堪的地铁和公交车。可因为我总是拖拖拉拉，折腾到时间来不及了，到头来还是跳上了出租车。我对自己的大手大脚挥霍感到难为情，于是请司机在离面馆还有一段距离的地方就停车，然后走过去。

　　"哇，"冯阿姨摇着头说，"从东直门过来呀，坐了多久的车？你可真是勤快。"我只好点头示意，然后埋下头干活儿。我的愧意被当成谦虚，这让我在食堂的地位又得到进一步的提升。

　　后来，我总算摸索出一个折中的方法。早上，我打车去上班，算我运气好，早高峰时段北京大部分的地方都塞车塞到不能动弹，但从我的住处到面馆却是一路畅通无阻。下午，我先坐公交车，再换地铁，中途还要倒一次地铁线，出了地铁之后，步行十分钟回家。

对于我来说，出租车的车费很便宜，所以之前几乎不会搭乘地铁和公交出行。搭公交和地铁让我看见了之前错过的这座城市的另一面。我发现，公交车并不只是载人，还可以用来运输大件货物。有一次，我碰到六个工人每人扛着一袋几十斤重的面粉，吃力地爬上车。另外一天下午，有个男的坐在最后一排座位中间，手里扶着一块两三米长的广告板，广告板上的模特正开心地往眼睛里挤眼药水。当公交车停下来的时候，他把板子像开关门一样让来让去，好让其他乘客坐下或站起来。

还经常在车上看见衣衫破旧，乡下人模样的人，一脸敬畏地看着窗外的起重机和摩天大楼。有一次，在地铁里面，碰到一个男人在乞讨，他整个人畸形得可怕，我赶紧移开视线，不敢看他。事后回想起来，我只记得那一双又红又肿的眼睛。

有天下午，我从公交车站往地铁站走的路上，看到一个认识的人正走过马路来。我之前和这个人有过几次不太愉快的接触，而且我这一身打扮也叫人难为情，我穿着工作服：污渍斑斑的运动裤、油腻腻的 T 恤衫和一双脏兮兮的运动鞋。想到不得不停下来和她聊上一会儿，我心里正发怵，可她已然从我身边走过，没认出我来。

我过着双面人的生活，我喜欢这样！

　　无望无边的等待之后，张师傅总算批准我揉面了。因为跟王主任练过多次，我揉起饺子面团是轻车熟路，猜想这不过小事一桩。

　　张师傅用碗把面粉舀进一个铁制的大盆中，然后把盆子放到水龙头底下，拧开水龙头。（我跟着王主任学了那么久，早已知道不用问面粉和水的比例，问了也是白问。）接着，他把大盆抬下来，退后一步看着。我把手伸进面粉试了试，自信心逐渐消失了。首先，这块面团的分量比我在王家揉过的任何面团都大。其次，水加得少，面团硬多了。我咬紧牙关，拿出全身的力气来揉面。

　　首要任务是要让水和面粉结合。我看过张师傅揉面，高超的手法让这活儿看起来轻松简单。他把手伸进面粉下面一点点，两手画圈，面粉渐渐结块，先是杂乱的小块，再逐渐黏合，旁边准备了一碗温水，看情况，不时添一点儿水。面团成形之后，他把面团移到干净的案板上，接着就该开始用大力气了，他手心往下推压面团，微微踮着脚，这样全身的力气都能使到面团上。揉好面团之后，分成几大块，每块和一个初生的婴儿差不多重。他用湿布盖住面团，否则暴露在空气中的面团很快就会干掉。

　　我把面团分成数块，这样比较好揉，即使这样，面团成形了，我的手上也粘上了一层白白的、胶状的面块。接下来的时间里，只要店里没有客人，我就一个劲儿地搓手指，好像手上长了癣。渐渐的，我熟能生巧，学会在手掌上抹上干面粉再揉面，揉好后，手指几乎和之前一样干净。

我揉起面来已经很熟练了，可张师傅还是不让我削面。我郁闷了好几天，总算明白过来，他不是怕我不会削，而是觉得"不好意思"让我一个客人来干厨房里最重的活儿。他总爱让我"歇一会儿"。"你怎么不去前面歇一会儿？"他总这么问。"我去给你弄点儿吃的。"有一天，忙完午餐高峰时段之后，他把一条鲤鱼片得薄如纸片，我只在烹饪学校看到过这样大师级的刀法。他往炒锅里倒油，锅里残留的水顿时嗞嗞作响，等待水汽散尽的时间里，他抓起切碎的葱姜蒜和酸菜，抓满佐料的手悬在锅子上方，他就那么站着一动也不动，聆听锅子的声响。水汽散尽，锅子安静了，他一松手，佐料全部下锅，锅里顿时一阵噼里啪啦作响，香气四溢。鱼片下锅之后，嗞的一声，就熟了。

张师傅说起过，每天只做刀削面，真担心自己做大菜的手艺会生疏。不过他用不着担心：他的热炒功夫依然精湛。鱼片鲜嫩，光用那煮鱼片的酸辣汤汁浇到白米饭上，就能当作一餐了。

我问张师傅自己开面馆是不是比在御膳饭庄干活儿还辛苦。

"这个嘛，御膳有二十多位师傅，在高峰时段，我们为两千多位客人烧菜。"他说："一个人应付一百多个客人，多得多的菜式得操心。"又补充道："真该早点儿离开御膳，自己开店，这会儿应该很有钱了吧。"

"现在也不太晚呀。"我说。

"像我们这样的人，现在太多了。"他说。这和之前王主任对于农民工的论断倒是不谋而合。过去，政府对农民进城的人数还有所限制，但随着城市的高速发展，对农民工的依赖也就与日俱增（大多数城市居民不愿意干体力劳动），政府已经基本上放弃对农民进城的人数限制。

这个严肃的话题让孩子听烦了，"我们来喝一杯吧！"她说。她夸口说自己夏天时"学会"了喝酒。

于是，张师傅拿出白酒和几瓶啤酒，三个人为彼此的辛勤劳动而干杯。

FISH AND PICKLED VEGETABLE SOUP

酸汤鱼

芡粉 1/4 杯

中筋面粉 1/4 杯

鲤鱼 340 克，切片，约 10 片

盐 1/4 茶匙　鸡精 1/2 茶匙

料酒 1/4 杯

菜油 1/4 杯外加 2 汤匙

酸菜 1/2 杯，切碎

大葱末 1 汤匙

姜末 1 汤匙

蒜末 1 汤匙

水 1 000 毫升

白醋 1/4 杯

花椒 4 粒

干辣椒 4 个，弄碎

取一个碗，放入鱼片、盐、1/4茶匙鸡精和2汤匙料酒，抓匀。

再加入芡粉和面粉，让每一片鱼都均匀地裹上一层粉。

锅中倒入1/4杯油，开大火，油烧热后放入酸菜、1/2匙大葱末、1/2匙姜末和1/2匙蒜末，翻炒焖香。加入水，剩下的料酒和鸡精，锅里的汤汁烧开之后，把鱼片一片一片摊平滑下锅，一次放一片，大火煮3～4分钟之后，加入白醋。转小火再煮3～4分钟后，将鱼汤倒进大碗中，撒上花椒、干辣椒，剩下的葱末和姜末。在锅里加入2汤匙油，用大火烧热后淋在鱼汤上，爆香配料，即可上菜。

我当学徒一个月之后，张师傅的妻子和儿子来到北京，张师傅来到北京这么多年，母子俩这才头一次过来。女儿因为要准备中考没有一起来。多了这对母子，面馆的气氛更愉快了。改由张太太（小姚）负责点菜后，沟通顺利了很多。小姚生就一副宽下巴，厚嘴唇，皮肤黝黑，嗓音轻柔，再加上家乡口音，她讲的普通话很难懂。见过小姚之后，我不禁想象张师傅刚来北京时候的情形，是否和现在一样，透着老练的都市作风。

9岁大的世强只比张师傅矮不到一头，比他那20岁的表姐"孩子"还老成。张师傅叫他"儿子"。父子俩都是南瓜形状的脑袋，都有一双会说话的眼睛和一对招风耳。不过，儿子的腮帮子圆鼓鼓的，爸爸的双颊却棱角分明。张师傅盼咐儿子去打开水泡茶，装在高高的热水瓶里提回来。有时，他去家具城里面给客人送面，去附近的小店给爸爸买烟。其他时候，他就待在嘈杂的食堂里读课本。他好像很害怕进厨房。

"你会不会做面条？"有一天，他探头进厨房张望时，我问他。

"不会。"他说，一溜烟又跑回食堂。

"我不让他做，他不会当厨师的，他将来要进大学！"张师傅表示。

我偶尔会跟儿子一起坐在食堂的大桌子旁边，一起大声读语文课文。我学中文这么多年了，看书的速度还比不上五年级的孩子。

"很久很久以前，天和地还没有分开，"我们一起念，"宇宙混沌一片。"

我停了下来，"馄饨"？

"不是，这个词的意思是'一片混乱'，只是读音和'馄饨'一样。"儿子向我解释说。

我显然花太多心思钻研面食了。

　　当张师傅开始教我做面的浇头的时候，我知道自己很快就可以学削面了。他先教我做我最喜欢吃的猪肉卤。做法原来如此简单。他先用热油爆香各种香料，然后将切成方块儿的五花肉下锅，让肉充分吸收油里的香味，接下来加酱油，霎时锅里吱啦作响，火苗从锅边蹿上来。最后，锅里加上水，炖上大半个上午收汁即可。茄子卤也一样很简单，张师傅用的是吃起来有肉感的圆茄子，不是我在美国吃的那种味道寡淡的椭圆形茄子。

CARAMELIZED PORK SAUCE

猪肉卤

五花肉 450 克，切成 2.5 厘米见方的小块

菜油 1/4 杯

糖 1/4 杯

酱油 2 汤匙外加 1/4 杯

水 1000 毫升

盐 1/2 茶匙

大葱一根，仅取葱白部分，切成 3 厘米长的小段

姜片 3 片

八角 4 颗

香叶 2 片

鸡精一汤匙

干辣椒 2 个

炒锅中注入半锅冷水，烧开后将猪肉下锅烫煮 2 分钟，捞出备用。

炒锅中加入油和糖，大火翻炒，直到糖开始焦化变成褐色。将肉放入锅中，再加入 2 汤匙酱油，翻炒 2～3 分钟。加入 1000 毫升水、1/4 杯酱油、盐、葱段、姜片、八角、香叶、鸡精和干辣椒，转小火烧 30 分钟～一小时即可，浇在煮好的面条上。

EGGPLANT SAUCE

茄子卤

菜油 1/4 杯

大葱末一汤匙

姜末一小时

蒜末 2 茶匙

大茄子一个，切丁

青椒一个

土豆一个，切丁

番茄一个，切丁

酱油 1/4 杯

水一杯

鸡精 1/2 茶匙

盐 1/2 茶匙

锅中倒入油，大火烧热后，放入葱姜蒜末爆香，茄子下锅后翻炒大约 2 分钟，确保每一块茄子都沾到油，如果有需要，还可以适当再加点儿油。青椒、土豆和番茄下锅翻炒约一分钟。加入酱油和水，转小火，煮 2～3 分钟。加入鸡精和盐，再煮 2 分钟后即可。

果然不出我所料，过了几天，一个人群散去的午后，张师傅问我想不想试一试削面。他递给我面团和一把正方形、没有刀柄的刀，并叮嘱说："刀不离面，面不离刀。"此后，我每次削面，他就念叨这条口诀。我按照他的指导，像拉小提琴似的把案板连同上面的面团架到肩膀上。趁张师傅出去抽烟的间隙，许阿姨悄悄进来看我的好戏。"你弄得不对！你这样没法儿削面！"许阿姨说着就向面团扑过来，我死命不肯放手。谢天谢地，许阿姨松了手，如果她坚持和我抢面团，估计我俩非得滚到地上扭打一番。削面让我想起我刚开始学用中式菜刀切菜时的感觉，我还没抓住节奏。滚水飞溅，数十个切分音下来，我总算找到一个角度，可以让带状面条流畅地跳下水。

我放下案板，左臂因为长时间举着沉重的面团而颤抖着，右臂则因为不断重复削面的动作而变得僵硬麻木。一碗面，我痛不欲生削了三分钟。我举起案板，又削了一碗。五个三分钟之后，削出的面条够做五碗刀削面，价值 20 元。整个过程让我想起了高中体育课上的体能测验。

"还行。"张师傅回来时说。

许阿姨挤出笑容，"她还行，是吧？"

我削得不太糟，但肯定不算好。不过，我至少很勤奋。重复削面的动作类似打网球时的反手削球。我网球打得还挺好，可惜意志不坚定。在厨房里，情况正好相反，我意志坚定，可是缺少做面条的天赋。

自己削的面条还得自己吃。照理说，每一根刀削面应该长短、厚薄一致，有嚼劲儿，唇齿在咀嚼时有韵律感。而我的呢，质地各异，有的又肥又厚，煮不熟，导致夹生，味同嚼蜡；有的又过于纤细，煮过了头，吃起来软绵绵的。吃着自己削出来的面条，就好像吃到一个一半烤焦、一半还没有烤熟的披萨。

有一次，我看到张师傅弯腰去闻大锅里面的气味，才知道，原来如果面条煮过头，真的会"糊"的。张师傅用漏勺捞起几根面条。"闻闻看。"他说。我凑过去，闻到一股炭味儿。

我决心提高削面手艺，一天到晚削呀削。张师傅劝我悠着点儿，我完全听不进去。两个星期之后，我才醒悟过来，早该听从张师傅的劝告。我的右手肘关节和前臂持续疼痛，并一直疼到中指和无名指。手腕一弯就疼，有位朋友告诉我这种症状叫作"面条肘"。

除了各种刀削面，张师傅还卖猫耳朵和手擀面。他主动表示要教我做这两种面。虽然我怀疑他是借口让从我从削面的苦差中歇歇手，我还是很乐意地接受了。

这三种面都是用同样的面团做出来的。做猫耳朵时，先把面团擀到馅饼皮的两倍厚度，将其切成橡皮头一般大小的面块，然后用大拇指从面块的一头滚压到另外一头，就在这一压一滚之间，小面块儿成了椭圆的贝壳形状，很像意面中的海螺面。

制作手擀面的重点是将面团擀成很薄很薄的面皮，张师傅将面皮绕在擀面杖上，在案板上一边擀一边大量撒干粉，以免面皮粘连，直到把面皮擀到和报纸一样薄。把面皮绕在擀面杖上，沿着擀面杖竖直划开，面皮就被成了好几层，最后用刀子把叠好的面皮切成细长的条状。

不论是猫耳朵还是手擀面，都不像刀削面那么费力气，可张师傅给刀削面定的价格还比这两种面低一两块钱。刀削面代表着他的根，我猜他扛着面团在大锅前挥汗如雨时，心中应该感到无比自豪吧。我也逐渐滋生出这种荒谬的快感。

ZHANG'S NOODLES

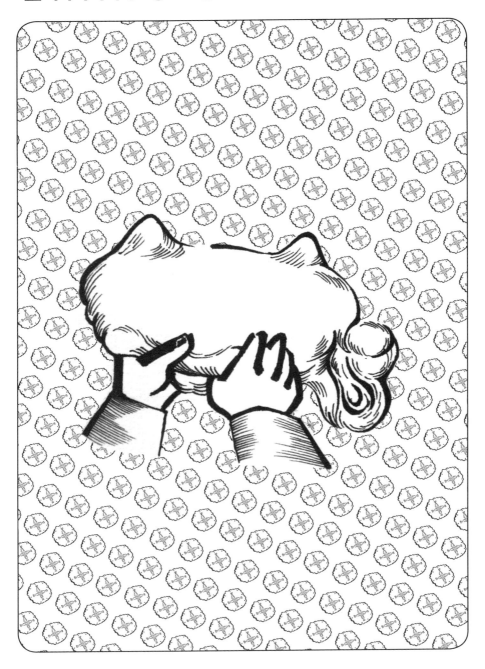

张师傅的面条

将4杯中筋面粉倒入大碗中，再加入一杯水，一边加水一边用手搅拌面粉。继续加水，一次加1/4杯左右，继续搅拌直到面团结实有弹性但又不干（比做饺子皮的面团稍微硬一些）。把面团移到干净的案板上，揉3~5分钟。用一块湿布盖起来，至少饧10分钟。

刀削面

制作刀削面需要一种特殊的弯刃的刀子。用力揉面团，将面团揉成将近27厘米长，13厘米宽，10厘米厚的条状，四个角是圆的。烧开一锅水，用刀右手握紧削面刀，左手托住面团。从面团的约1.6厘米宽。从面团的一侧开始削，一次削下一条，开始的时候，站在锅前，用刀抵住面团，呈45度角，从上向下削面团。一次削完了一条，稍微向左或者向右转动一下面团，继续削，就像削胡萝卜皮一样。在锅里削完一碗的分量（大约50条），煮大约3分钟，捞起来沥干，浇上卤即可食用。

猫耳朵

用擀面杖将面团擀成约8毫米厚的面皮，将薄薄的面皮切成约1.6厘米宽的长条，再改刀切成1.6厘米见方的小面块儿。在面块儿上撒上干粉，用大拇指按压小面块儿，从一头滚压至另外一头，面块儿变弯了，形状像猫的耳朵或者贝壳。重复以上动作，每一个小面块儿都以同样的方法处理。下锅煮3分钟，捞起来沥干，浇上卤即可食用。

手擀面

案板上撒上干粉，用擀面杖将面团擀成又薄又长的面皮。面皮的宽度不超过擀面杖的长度（为了避免面皮粘连，可以在擀面杖上撒上一些干粉）。接着从靠近身体的一侧开始，把面皮擀得像报纸一样薄，不时撒一些干粉以免粘连。将擀面杖卷入面皮中，当所有的面皮都卷好之后，慢慢抽出擀面杖，让面皮自然层叠，大约有10厘米宽。将叠好的面皮切成约4毫米宽的面条，将切好的面条抖开，就可以下锅煮了，煮大约3分钟，捞出沥干，浇上卤即可食用。

暂且不论我的做面技巧进展如何，我倒是很快学会了中国厨师那种典型做派。有天中午，正当午餐高峰期，有位客人把面条端了回来。

"里面有根头发！"她把面碗往前一推。

张师傅连忙走到柜台前，那根头发又长又粗，极有可能是我的。张师傅连忙道歉，并说马上重煮一碗给送过去。

比起难为情，我更感到气愤。我在中国住了这么多年，没少在饭菜里发现头发。刚开始惊恐万分，渐渐地，变成了仅仅是觉得讨厌，到最后，我要么淡定地将头发挑出来，要么视而不见，继续吃。

"那女的还真是脸皮厚呢！"张师傅回到厨房后，我对他说。我们在厨房里汗如雨下，她只是付了几块钱吃个午饭而已，说到底，不就是我的一根头发吗？！

张师傅面馆的隔壁是个小炒摊子，生意很火爆，老板是三兄弟，四川人。食堂里面的其他摊位都还空着，有个摊位还空挂着"海鲜小炒"的招牌。张师傅还没来的时候，这个摊位由一家福建人在经营，后来因为做父亲的赌博输光了全部家当而突然停业。那家人没有付房租、燃气费、厨师的工资和进货费，就那么一走了之了。

"就连订报纸的钱也没有付。"有一天中午，冯阿姨说。

"真的吗？"有位正在等刀削面的客人说，"我们以前每天都在那儿吃。"

"好吃吗？"我问那位客人。

"怎么说呢？快餐呗，味道都差不多。"她含含糊糊地说，这里不过就是食堂。难道还有人指望在食堂里吃到美味佳肴？不管我认为张师傅做的面条多么好吃，如此美味在如此环境中注定被埋没。

过了几个星期，冯阿姨辞职了，她要去一家药厂打工。有位五十多岁的哑巴男人来接她的活儿。这个男人头发蓬乱，穿着绿色的旧军装，神情一片茫然，仿佛是从战争年代穿越到了今天。他从张师傅和四川兄弟那儿要汤喝，坐在福建人家的空摊位上看报纸。但他没有真正在看，而是拍着柜台，目光空洞。

　　韩氏兄弟等不到新的租户上门，于是决定亲自上阵开一间小摊。他们请了两位厨师，在墙上贴了一大张红色的菜单，兄弟两人在柜台前张罗生意。

　　我问张师傅："这会不会影响你的生意呀？"

　　张师傅耸耸肩说："影响不大，他们的菜单和四川兄弟家的比较像。食客们进来之前多半已经想清楚要吃什么了，想吃面的话，就来我们这里；想吃米饭和炒菜的话，就去他们那边。"

　　很明显，那家四川人被惹怒了。我早上到餐厅时，老板娘已经不再和我打招呼了。随着他们摊前排队的人越来越少，而韩氏兄弟的摊前排队的人越来越多，老板娘的脸色越来越难看。她那又黑又圆的眼珠儿斜眼瞪着隔壁的摊子，与她身上金黄色的围裙极不搭调。

　　"那女的**素质**有问题。"张师傅说。在中文骂人的话当中，我顶喜欢这句。每回听到有人这么说，我眼前就浮现出一个有缺陷的人从中式生产线上滚下来的场景。

　　可在我看来，这一回是双方的素质都有问题。说到底，韩氏兄弟的确剽窃了四川人的菜单。没过多久，四川人开始偷韩家的碗和盘子，他们似乎忘了韩氏兄弟是这儿的房东这回事儿。韩氏兄弟呢，就要四川人付租金，可是租期还没到呢。四川人怨恨张师傅置身事外，决定全面发动攻击，卖起了面食。

　　"他们想卖什么就卖什么，"张师傅冷静地说，"我可不想起争执。"

　　一天下午，四川人和韩氏兄弟终于大声对骂起来。韩氏兄弟叫四川人卷铺盖走人。第二天早上，我再去的时候，四川人的摊子已经空了。韩氏弟弟正在翻捡四川人留下的东西。

　　"租约到期了。"他一边说，一边拿走留在厨房里的电饭煲。

　　我每周在张师傅的面馆干上个两三天，如此这般，三个月之后，我终于拿下了刀削面。

张师傅让我接手午餐高峰期后半段的活儿，他就在一旁，点起一根烟，看我削面。

"你抓住了诀窍！"语气中透着一丝惊喜。

我的确掌握了诀窍，现在我削起面来又快又轻松，好像进入了自动飞行模式。削面刀再也不会中途卡住，面条看起来也均匀多了，如一条条缎带，大小适中。我削好一碗面，小歇片刻，接着削下一碗，三分钟就做好了三碗面。我削面的速度永远赶不上张师傅，但足以应付高峰时段之后陆续上门的客人。

午餐生意打烊之后，我已是满头大汗，累得没有力气欢欣庆祝，但心中却涌起一种前所未有的满足感。有人付钱吃我做出来的东西，我是真正的面条师傅了！

　　我学会了张师傅面馆里的所有菜式，是时候继续前进了。

　　我曾考虑过找一家"地道的"北京餐馆，但这座城市从来没有形成真正自成一派的菜系，只有屈指可数的几样特色菜，比如北京烤鸭、炸酱面、涮羊肉。涮羊肉还颇有争议，因为它是从蒙古传进来的。北京的气候不适于耕种，并且随着外来人口的不断涌入，和纽约、伦敦一样同为大都市的北京，吸收了来自各地的精华。不过，饺子倒真是北京的特色，就算是在已经很少有人在家自己擀皮儿包饺子（王主任除外）的今天。北京人依旧热爱饺子，这正是"馅老满"成功的原因。

　　这家饺子店离我的住处很近，骑车只需五分钟。每到午餐和晚餐的高峰时段，店里食客云集，不逊于纽约市区热闹的餐馆。门口挤满了等座位的客人，店里有老年夫妻，也有穿着独特、带着黑色粗边框眼镜的年轻潮人。店主用仿古的摆设和黑白照片来装饰店面，比起周围装修简单的餐馆，这里的气氛更令人愉快舒适。

　　和店面装修一样，店里卖的饺子也花样新颖，总共有六十多种不同的馅料。我最爱的有白菜花生馅（花生又香又脆，口感甚好）、猪肉玉米馅（加了玉米的菜我都喜欢）、还有虾仁豆腐馅（豆腐口感丝滑如绢，像布丁）。饺子馆也卖**中式**沙拉，放了胡萝卜、卷心菜、豆苗和豆腐丝，拌上醋、糖和少许麻油，和我在美国看到过的**中式**鸡肉沙拉完全不一样。

　　这间饺子馆的老板是我一位朋友的朋友。老板姓孙，一头利落的短发，脸窄而秀气，脸上扑着白白的粉底，喜欢用鲜红色的唇笔勾勒唇线。

DONGBEI SALAD

东北大拌菜

卷心菜半棵，切成细丝（约225克）

黄瓜一根，切成长条后去籽，再切成片

胡萝卜一个，切丝

油酥花生1/4杯

豆芽一把

豆腐丝115克

醋2茶匙

葱油2茶匙

盐1/4茶匙

糖一茶匙

取一个大碗，将所有材料放进去之后，拌匀即可。

如何做葱油：将葱白切成3厘米长的小段。锅中倒入油，烧热后将葱段下锅炸至焦黄变色时关火，滤出葱油即可使用。

她 42 岁了，可一身打扮却比实际年龄年轻 20 岁。一天下午，她穿着 T 恤衫和紧身牛仔短裤，信步走进厨房，嘴里叼着一根烟，手里清点着一叠厚厚的百元钞票。又有一天，她穿着蓝色的娃娃裙和丝袜在餐厅里蹦来跳去。因此当她告诉我，她的第一份工作是美容师的时候，我一点儿也不感到意外。

后来，她改行当了房产中介。有一次，她在浏览房源清单时，发现有个店面看上去正好适合开餐馆。和很多中国人一样，她和从事平面设计工作的丈夫对餐饮业有着浓厚的兴趣，他们很早以前就梦想开一家饺子店，专卖他们从小吃到大的饺子。她让丈夫负责设计装修店面。虽然北京街头大小餐馆不计其数，竞争激烈，但"馅儿满"一开张就立刻受到了当地人的追捧。

"我们成功的原因在于价格一直不高。"孙老板说。菜单上没有一道菜的价格超过 40 块钱。"我们的竞争对手没办法把价格订得这么便宜，因为他们要付房租，而我们的店面是已经买下的。"

夫妇俩有两个孩子，一个 17 岁，一个 21 岁。两年前，孙老板又怀上了，并大胆决定再次违反计划生育政策，把孩子生了下来。从技术层面来说，多生孩子并没有罚金；但父母得交上好几万的费用，才能为超生的孩子领到上将来上学和就业时必须要用到的户口。孙老板和大多数中国父母一样，打算拖到女儿入学再付这一大笔钱。她偶尔会带着这个没有户口的孩子来餐馆，母女俩在角落玩耍。"生了老三之后，我的体力比以前差多了。"一天晚上，孙老板跟我说。当时，我们正在一起吃宵夜，这么一顿饭都吃不清净，不是手机响了，就是她突然跳起来奔进厨房。她东奔西跑活力十足，像刚喝了好几壶浓茶，我不由得纳闷她在没生老三之前，精力该有多么充沛呀。

难得清静的间隙，她坐下来歇一会儿，我们聊起共同认识的一对外国夫妻，他们也住在附近，一周光顾"馅老满"好几次。

"看得出来他们感情很好，"孙老板叹了口气说，"外国男人可比中国男人浪漫多了。没错，我和老公也总是有说不完的话，但我们谈的都是生意上的事儿。中国男人不善于表达，就只会使唤女人。"

我跟她说，并非所有的外国男人都浪漫。也肯定地告诉她，美国妻子也经常发丈夫的牢骚。

"你有没有老公？"她问。

没有，我说，不过我最近交了个男朋友。

"是外国人吗？"她问。

我告诉她，是美国人。

她眯起眼睛："他浪不浪漫？"

我正在交往的男人叫克雷格，不得不承认，他碰巧是一个浪漫得无可救药的人。孙老板得意地笑起来，这让她更加确信：外国人通通都很浪漫。她兴奋地说："你们真的该赶紧要小孩！等得越久越难。"

"这是个重大责任呀。"我说。再说了，我补充道，我们也才刚开始交往。

"生了再说嘛，这样不是会让你老公开心吗？"她说。很多女人喜欢用"老公"这两个字来称呼男朋友，但我听来却不舒服。"可以把宝宝交给你妈妈带。"孙老板的母亲常常帮她照顾老三，中国的爷爷奶奶都这么做。既然做父母的忙于事业，爷爷奶奶退休了闲着没事，何乐而不为呢？

孙老板并没有花太多时间在饺子馆，她偶尔像一阵风似的到厨房里晃晃，有时停下来包几个饺子玩玩儿。她把包饺子的管理工作交给曹姐，曹姐个子不高，因为长年累月包饺子，手臂粗壮得像举重运动员。

厨房里的粗活儿、重活儿都由男人们去干，但包饺子的房间里清一色全是女人，年龄从二十出头到四十开外不等。她们肘抵着肘站着，擀皮儿、包饺子。在午餐、晚餐的高峰时段，每隔几秒钟便有人高声报单。饺子馆平均一天要用掉 25 公斤绞肉，120 公斤面粉。每天早上，一位厨师会把肉馅儿倒进一个大锡盆里，然后把手伸进这个大如卡车轮胎的盆子里，以手充当电动搅拌器不停地搅，直到肉馅有了鹅肝酱的颜色和质地。这肉馅并不是饺子馅的主料，而是黏合剂，好把作为主料的蔬菜黏合在一起。还记得，当初王主任看到我做的饺子馅全是肉时，简直吓坏了。这做法不符合传统饮食习惯，在过去，肉并不是菜肴里的主角，蔬菜才是，往菜里面加肉，是为了提升蔬菜的滋味和口感。尽管肉的食用量有了显著增加，饺子却还是遵照老规矩，以菜为主。

先和王主任一起包饺子，后来又跟这张师傅学刀削面，我以为自己已然是面团专家了，可一天要和两百多斤面粉，简直是另一码事。"馅儿满"用的是高档的"雪花"牌面粉，先加入清水用手搅拌，再放进揉面机中揉面，最后放在一边"醒"半个小时。半个小时之后，师傅把面团分成好多份，每一份再切成更小的几块儿，每一块面团都被搓成蛇形的长条，和我从王主任那里学到的做法一样。不过，饺子馆的师傅们并没有接下去把长条切成小块，而是用手揪成一小团一小团，每一团儿比口香糖大一点，比乒乓球小一点。午餐时，每位师傅要处理 15 份大面团，每一份揪成 150 个小球，算起来，每一份面团可以做 2 250 张饺子皮。

"为什么不用刀切呢？"我问其中一位师傅。

"做熟了，用手揪比用刀切还快，还方便。"她说，"大拇指会告诉你该揪下多大的面团。"

我努力聆听大拇指的指令，可揪下来的面团总是大小不一。我转而去擀饺子皮。我旁边那位师傅，一次可以擀出两张饺子皮，她用掌心不断推着擀面杖，每擀一下，就轻轻转动一下面皮，等饺子皮边擀边转完一整圈之后，她便像扔飞盘一样，将皮儿丢到案板另一头已经堆积如山的饺子皮儿小山上。我擀一张饺子皮的时间，她擀了四张。

既然比不上别人擀得快，那就比谁擀得圆。我的饺子皮比其他人的都要圆，我暗喜。

这时，对面一个女工却惊叫起来："她擀的皮儿不对！"

整个饺子生产线刹住了，大家全都抬起头来。我简直以为是烟雾警报响了。

我擀出来的饺子皮这么圆，怎么可能不对？纳闷。

旁边的人把她擀好的饺子皮放在手心里，凑到我眼前。"看到了吧？"她说，手指了指饺子皮中间，看上去中间要比边缘稍微厚一些，形状像飞碟。

午餐高峰逐渐过去，包饺子的女工们开始准备晚餐的馅料。师傅们双手抡刀，快速而有节奏地剁芹菜。没过多久，芹菜呛人的味道没有了，取而代之的是剁茴香散发出的香味儿。饺子馆自己灌制香肠。有位师傅用胡萝卜把绞肉通过漏斗塞进肠衣中，那漏斗其实就是剪去瓶底的塑料厨师们不断重复着和面、剁馅儿、擀皮儿、包饺子等等这些劳动力密集的活儿，我四下张望，心里想，为什么这里没有食物料理机呢？人类不是发明了机器来取代劳力吗？臂膀在挥舞着、搅拌着，好像杠杆和马达在工作着，把食物推下这人力生产线。我身在一座饺子工厂里。

在这间工厂里，才没有那闲工夫小心翼翼地把饺子捏紧，一如王主任教我的做法。这儿是大批量的生产，每只饺子从放馅儿，按压到捏紧只需要几秒钟。我试手的时候，曹姐一直警惕地盯着我。她很不高兴厨房里来了个外人，尤其是这个外人还笨手笨脚的。我的饺子好像在战场上受伤的士兵，肚子破了，馅儿流了出来。曹姐脸色阴沉下来。

有天下午，她终于忍不下去了，走过来把我推到一边。"你包的和我们的不一样。"她冷冰冰地说，接过我还没有包好的饺子。

她把饺子皮摊在手心，用一根木棍儿弄了一坨馅儿搁在皮儿上，然后将皮儿对折成半圆形，拇指和食指将饺子皮边缘一压，再一挤，一眨眼的工夫就包好了一只饺子。她一松手，饺子落下来，像一颗长了翅膀的乒乓球。

"做什么事儿都得讲究方法，不是吗？"她一本正经地说。

我包的那些不合格的饺子留在案板上没有人动，像是在嘲笑我。

我有个主意：既然我包出来的饺子如此遭人嫌弃，干脆花钱买几十个来自己包。这样曹姐总不至于反对吧。

包饺子的动作颇有点儿冥想的味道，我渐渐的有所进步，因而放松了些，甚至能分神儿偷听旁边两位女工的谈话。两个人看上去三十多岁，都是从小城镇来到北京。

"你们家的地太小了。"从河北来的女工说。她的眼妆涂得很浓，像熊猫。"在我们那儿，每户人家能分得 100 多亩地。"

"我们只有 45 亩。"矮矮胖胖，瓜子脸的那位说。她来自西部的甘肃省，算是中国的新墨西哥州。

"我们的院子很大。"河北女人说。

"我们的全铺上了水泥。"甘肃女人回答。

"我们种了葡萄、柿子、棉花和好多花。"

"我们没种花，地方太小了。"

"咱俩来自完全不同的地方。"

"最近修了一条公路，更多的地被拿走了。"

"一旦没有了土地，只好离开家乡出来打工。"

"所以人们就进城做生意啦！"

"可要是卖东西，脑子就一刻也休息不了呀。"

"我喜欢做买卖，我以前卖过帽子和鞋。"

包饺子的工人在餐馆厨房里的地位很低，比服务员都低，只比洗碗工高一点儿。老板按照餐饮业的惯例，每月只给几天的假，包食宿，每个月的工资不到一千块钱。老板自认为这样的待遇已经很优越了，"多给人一些钱，让人开心，何乐而不为呢？"她说。不过，她给的待遇实在不怎么样。她还在很多其他地方加以克扣，员工午餐一般只有米饭、豆腐和快烂掉的大白菜，难得吃回肉。吃自己包的饺子，想都别想，老板觉得饺子这样寻常的食物对他们来说太奢侈了。工人们来自全国各地，从华北沿海到西部内陆省份，就是没有北京当地人。大多数北京人不愿意干体力劳动，他们认为那是外来民工干的活儿。老板们并不是基于多样化理念而雇用来自不同地方的人，孙老板作为京城的老板，只是认为如果雇用太多从一个地方来的员工，一旦他们有什么不满，很容易团结起来抵抗。

有天下午，孙老板冲进后厨，饺子上桌的速度太慢了——有一桌人已经等了一个小时。上桌的饺子有的破了皮，还有一盘少了五个。

"甘肃来的是哪个？"孙老板嚷道。

胖胖的甘肃女人正在水槽边洗盘子，应声举起手。

孙老板开始厉声训斥她。

"凭什么怪我呀？"甘肃女人问。

"一定是你弄错的，因为你是甘肃来的，你们那儿的人连普通话都听不大懂。"老板娘说。

曹姐清了清喉咙说："说实话，真的不是她的错，是那边那两个人。"她的手往另外一个方向一指。

虽然说曹姐指的地方离我老远，我却忍不住疑心是我的错。唉，不管怎么说，我每包两个饺子，就有一个会裂开。

　　由于生产线的节奏太快，我很难有机会与这些包饺子的女工们深入交谈。但是来自河北的胡桂荣，也就是妆化得跟熊猫似的那位，却是一个特例。她常常一面擀着饺子皮，一面眼神游移地发呆。偶尔，我抬起头来，发现她正盯着我看。当我们四目相对时，她不好意思地笑笑，移开目光。

　　胡桂荣有一头波浪长发，薄薄的嘴唇。仔细看，我发现她涂了好几层睫毛膏和厚重的眼影，面具般的脸。我猜她年轻的时候应该很漂亮，但岁月在她脸上刻下了沧桑。有一天，我们在擀皮儿、包饺子的时候，我问她一些陌生人见面聊天常见的话题：结婚了吗？有小孩儿吗？否则，我也不知道该怎么打破这僵局。

　　她移开目光，吞吞吐吐地说："我结过婚，有一个孩子。"然后低下头，沉默了一会儿。"以后再跟你说。"

　　另外一天下午，她小声问我："听说你是从美国来的，你信基督教吗？"

　　我告诉她我没有宗教信仰，但有一些亲朋好友信教。

　　我们包了几份饺子之后，她低声说："我是基督徒，可是老板星期天不放假，我不能上教堂。"

　　后来，她又问我有没有去过台湾。我跟她说，我有很多亲戚在台湾，我几乎每年都去台湾一次，到台北探望我的爷爷奶奶。"真的？"她说，"我一直都想去那儿。"

　　我们的谈话总是有一搭没一搭的，一个人刚开口说了两句，一连串的菜单如雪片般飞来，等到可以歇口气的间隙，再聊上几句。两句你问我答，三份饺子，再补一句评论，然后换一个话题。

　　这样断断续续聊了好几天之后，有一天中午下班之后，胡桂荣跟着我走到餐馆外边。

　　"我想解释一下，为什么之前没有过多提及我的家事，"她说，"说实话吧，我离婚了。前夫是警察，他从不落家。他总是背着我乱搞，我再也受不了了。离了婚，我不得不从家里搬出来，儿子归他。所以我就离开了。店里没有人知道我的事。"

离婚在中国越来越普遍，可是在重视家庭甚于重视个体的中国社会，离婚仍然是一个污点，尤其是对女性。在中国，离婚后孩子多半判给父亲。

"我有好几个朋友都离婚了，"我说，"没什么大不了的。"

我们走到十字路口，两人都陷入沉默。

"我就先说这么多吧。"胡桂荣说。我们彼此道别。我在街角转弯，回家去。她走回饺子馆，还得接着上晚班。

我在"馅老满"没干很长时间，反复做一模一样的事情实在让人抓狂。没多久，胡桂荣也辞职了。

"我再也不要在餐馆干活儿了，"她一辞职就跟我说，"太辛苦，一个月才休息两天，怎么够，这种活儿随便谁都可以做，走了又来没个定数。太剥削人了。"

从那之后，我和胡桂荣间或联系一下。她没有手机，而且总是在东奔西跑。她说她得去南方办点儿事，也没具体说要办什么事儿。我把我的手机号码留给她，她偶尔会打个电话来："你还记得我吗？"

几个月后，平安夜那天，我和胡桂荣约好在北京市中心的崇文门教堂碰面。基督徒们在教堂门外排着长队，足足排了四百多米长，等着上一批信徒做完礼拜出来。胡桂荣已经做礼拜，我俩都不想站在刺骨的寒风中，于是躲进一个卖小吃的小棚子里。我点了两份肉夹馍：热气腾腾的馍中间夹着碎肉、辣青椒、香菜，这是北方的特色小吃，有点像美国的牛肉酱堡。

看到这么多人上教堂我很诧异。"在这儿人们很重视信仰的。"胡桂荣说。她穿着绿色的羽绒马甲，带着黑色的棒球帽，涂了睫毛膏，但没涂眼影。她没化那么浓的妆，反而更好看些。

我们坐下来吃东西，胡桂荣跟我讲起她的经历。她是在 2001 年成为基督徒的，那年她离开家乡去了福建。她在福建认识了一位女基督徒，待她如妹妹。

"我以前信佛教，一直很虔诚。不过我喜欢基督教，因为它好像比佛教更时髦。"她说。这是典型的中式思维，西方来的都是先进时尚的，而中国的观念就传统老土。

在福建，胡桂荣不但接触到了基督教，更发现了通向外部世界的可能性。福建一带有专门组织人偷渡的犯罪团伙。她认识了一些"蛇头"。蛇头说可以安排她和台湾人假结婚，并保证给她弄到去台湾的签证。

"听说台湾又现代又发达，一个月能挣六千多港币。"她说，"我想去更自由的地方。"

她也希望借此摆脱过去。前夫逐渐缩短了她和儿子通话的时间。前夫再婚后，新妻子索性禁止她和儿子通话。2003 年，她拿出在福建卖水果攒下的积蓄，付了五万块钱给蛇头。蛇头安排她和一个五十多岁的台湾乡下男人结婚。"他很土，"她说，"土"的意思是指"粗俗"，"我们通了电话，他讲的方言我基本听不懂，不过我无所谓。"

她付过钱之后，蛇头却说交易没有谈妥，而且始终没有把钱退给她。我竭力忍住，没有指出事件中的重重疑点。我没有告诉她，台湾是用新台币的，所以当蛇头说起以港币为单位的工资时，就有问题。我没告诉她，我在台湾遇到的每个人都能说让人听得明白的普通话。我也没有指出来，事成之前就付款，实在太不明智了。我想她也不会感激我迟到的建议。

她又被骗了第二次，第三次。第二个男人据说是一个残疾人，需要讨一个老婆回去照顾他。第三个男人是个大胖子，她在一家旅馆和这人见面相亲，后来也失败了。前前后后她一共花了二十多万。

"我辞职之后去南方，就是为这个事情，"她说，"我想讨回一些钱，可他们说不能。"这种事情也没法儿诉诸法律讨回公道。胡桂荣说，她终于对出国死了心。

"馅老满"的工作环境多少有些压抑，到了夏末，我盼着重新回到张师傅的面店。虽然在张师傅店里做的事情和在饺子工厂差别不大，但至少张师傅那里更人性化，而且他自己是老板。

去了之后，我发现孩子已经不在店里了。张师傅告诉我，前不久他终于和侄女彻底闹翻了。他再也受不了孩子的笨手笨脚，午餐时段最忙的时候，厨房里热得冒烟，她却两眼包着泪水，一副要哭出来的样子。张师傅的太太小姚和儿子也快回山西了，小姚得回家照顾即将上高中的女儿。另外，小姚也不大喜欢北京，这儿污染严重，他们住的那间房子又热又闷，睡不好觉。"就算到了晚上，墙壁都还是热的。"她说。

"你不想你的丈夫吗？"我问。

小姚害着地笑笑，像个小女生被人问到暗恋对象。接着，她耸耸肩说："习惯了，都老夫老妻了。我 18 岁认识他，21 岁嫁给他，22 岁的时候就生了老大。"她支持张师傅到北京闯天下，挣了钱寄回老家。在他们乡下，没有多少个人发展的机会。

她如此不浪漫，我却没有感到意外。来北京八年了，张师傅只回过山西不多的几次，而且都是来去匆匆。有时候一天下来，张师傅在厨房里和我说的话，比和他老婆说的话还多，小姚好像也从不放在心上。张师傅曾谈到过婚姻，"结婚没啥好处，太麻烦了，"他说，"别结婚。"不过我猜他只是说说而已，私底下，这对夫妻应该也有充满爱意的时候。这一点很快就得到了证实：小姚母子回山西之后，有天晚上，我不经意地听到张师傅压低了嗓音，语气温柔地和太太通电话。

小姚离开北京之后，张师傅开始犹豫是否还要留在这里苦干。他的生意不赔不赚，预付的三个月房租还有几天就要到期了，好几家餐馆都愿意请他，如果他放弃这个面摊去给别人打工，就可以省下房租，寄给女儿当学费。

另外一个机会也在酝酿之中，御膳饭庄的同事老王想要和他合伙开馆子。老王四十多岁，一副标准北京人的长相，宽额头，大眼睛，平头，身材像美式足球后卫球员一样壮实。老王在御膳干了二十多年，一路升迁到高级主管的职位，却在新领导班子上任后，被迫下岗。但是，他跟张师傅和小秦不一样，因为工作年限足够久，他有退休金可拿。

有天上午，我看到张师傅在柜台上翻阅刊登分类广告的《手递手》小报，老王则坐在不远的桌子旁。

"你看这地方多大？"老王扫视着食堂，问道。

张师傅估计这里大概有三百多平米。他俩都认为不需要那么大的店面。张师傅指着报纸上一个招租小广告，两人眯着眼仔细看。"这一个说是有七十多平米。"

张师傅转身回厨房查看灶火。"他不懂怎么做生意，"老王对我说，"眼光不长远，只看到眼前，如果今天花掉这么多成本，就得赚这么多钱回来，能多赚点儿当然更好。"他叹了口气："可是他做的面条真是好吃，北京就需要这个！"

张师傅从厨房出来，从报纸上抄下几个电话号码，递给老王。老王接过来，戴上墨镜离开了。

"老王这个人很聪明，很有头脑。"这位北京人骑着自行车逐渐走远了，张师傅带着佩服的语气跟我说："可御膳不欣赏这一点，所以他丢了工作。不过无所谓，他本来也不想再给公家干活儿了。"

"你信任他吗？"我问。

"不存在信不信任。我是农民工，只要他信任我就行了。"

张师傅又说，当初开第一家店时，老王借给他一万块钱。虽然在中国向亲朋好友借钱是司空见惯的事情（很难申请到银行的小额贷款），张师傅还是很惊讶老王居然肯借钱给他。"我问他：'你不怕我卷款跑掉吗？'他对我说，他信得过我。"

张师傅在一年之内第三次尝试创业，19 岁的小秦则只是想办法维持温饱，她已经和以前在御膳饭庄工作的同事们各奔东西，独自一人谋求生计。通过一位四川老乡的关系，她在城市另一头的一家粤菜馆当上了服务员，月工资八百元。

我带来一本中文版的 ELLE 杂志送给她。"麦当娜。"她念出封面女星的中文译名，她从来没有听说过麦当娜，也不知道谁是小甜甜布兰妮。她喜欢华语流行歌星，能一口气说出一串名字。就像她耳中的麦当娜或者布兰妮，这些名字对于我来说也是一片陌生。

"我们去吃饭吧。"她说。她把我带到一家湘菜馆，点了一道叫作"毛血旺"的菜，这道菜里没有毛，并且也很奇特：香辣鲜红的汤汁里面，浸着牛和猪的内脏，还有血块和木耳。内脏令这道菜味道浓烈，配着米饭吃能减轻点儿膻味。虽然肠子的味道有点儿臭，但这道菜比我想象中的好吃。

我问小秦，新工作还适应吗？

"我知道总归有出路的，"她乐观地说，"我的适应能力很强，从到这里的第一天晚上起，就睡得很好。"

可吃着吃着，小秦似乎少了些笃定。她本来打算攒钱去上导游课程，可这会儿又拿不定主意了。她不知道要不要在这家粤菜馆干下去，可眼下又没别的出路可选。她和御膳饭庄的关系闹得很僵，没法儿回去了。她也不愿意回四川老家，因为那儿的工资没有北京高。小秦的妈妈在她11岁那年就离开四川，目前在南方沿海的新兴城市打工。

饭毕，我还没有来得及掏出钱包，小秦已经飞速地把钱递给了服务员。我觉得很过意不去，在餐馆里追着她跑，想把钱塞进她的口袋里。小秦咯咯地笑着跑来跑去，好像在跟我玩捉猫猫。

"你改天再请我吧。"她说。

小秦要再过一会儿才回粤菜馆上晚班，我们还有些时间，就顺路去了她的住处。她在一个招待所的地下室租了一个铺位，八块钱一晚。从一楼下半段楼梯，穿过一条幽暗、狭窄的走道。地下室光线不好、又潮湿，每个房间都没有锁。左侧有个女人怀里抱着婴儿，右侧一群男人在消磨时间，房间没有窗户，里面烟雾缭绕。小秦的房间里摆了四个上下铺，三个女人正睡着，小秦刚认识她们没多久，一个小电视开着，嗡嗡作响。

尽管眼前的情景如此艰苦，小秦仍然是一脸灿烂。

数周后，我收到小秦发来的短信："我正在去深圳的路上，有空的话，我会回北京看你，或者你来深圳看我吧。"我当时恰巧在香港参加完朋友的婚礼，短途火车就能到深圳。我决定第二天就去看小秦。

位于中国南部沿海的深圳在二十年间，由一个小渔村发展成为国际化大都市，也是中国第一个经济特区。不少社会问题随着"窗口"的打开而到来，比如治安问题和卖淫猖獗。我几年前到深圳时，遇到好些粗暴的黄牛党和黑出租。不过这次，一走出海关，惊讶地发现眼前是宁静崭新的广场，两旁立着闪亮、簇新的高楼，还有光鲜的地铁口，以及一块巨型的"雅虎"广告牌。

小秦和我在一个高档酒店门口碰面。她到深圳还不满24小时，穿着牛仔裤、套头衫和运动衫，在亚热带气候的深圳，这样穿实在太热了。她用香蕉夹把头发束在脑后。看到我之后，她的黑色高跟鞋跟敲打着地面的嗒嗒声加快了许多。

小秦解释说，她一时心血来潮离开了北京。新工作太辛苦，又没有同班同学做伴儿，很寂寞，再加上小朱在深圳等她。她说着，转身朝一个胖胖的小伙子指了指。小朱白白的脸，胸膛像水桶。他和另外一个男人正朝我们这边走来。小朱和小秦是初中同学，双方父母也都认识。小朱在新疆当过两年兵，退伍之后来到深圳。小秦回家过春节时，两人再次重逢。

"他是你男朋友吗？"我悄悄问小秦。

她迟疑了半天，才说："嗯，他得证明他有能力照顾我。"

小朱的朋友小傅也是四川人，两人是兼职卡车司机，把深圳工厂里面制造出来的电脑配件、皮包和衣服拉到运输站。他们住在市郊，对于我们所处的市中心并不熟悉。我们在酒店门口站了一会儿，挺尴尬，商量接下来去做什么。

"你们一般都怎么玩儿？"我总算打破沉默。

"开个房间唱歌。"小朱说，他指的是唱 KTV。

我们决定搭出租车去小朱和小傅住的地方附近。一路上，建筑物的外观越发单调灰暗，市容越来越差。转进莲花路之后，路面坑坑洼洼，随处是垃圾。神情呆滞的女人穿着短裙、靴子和松弛的裤袜在街上晃荡。在光鲜的门面背后，我记忆中的那个城市依然存在。

我们进了一家餐馆。小秦先用热茶涮了餐具之后，才允许我们动筷子。她点了她最爱的川菜毛血旺。我点了几笼粤式点心。开吃之后，小秦开始揶揄小朱，中国式的揶揄。

"他好胖。"

"他不算很胖，"我说，"起码，以美国的标准来说，不胖。"

"是不是每个美国人都有枪？"小朱问。我说不是的。他又问了一连串儿的问题。是不是有种族歧视？气候怎么样？男人穿牛仔裤吗？是不是所有男人都是卷发？

我告诉他，不是所有男人都一头卷发。他为什么不问问女人是不是都一头卷发？

"嗯，我注意到你的头发并不卷，"他说，顿了顿，"我听说你们那儿的男人都很狂野。"

"狂野？"

"对，随时准备动手打人。"

他迫击炮似的问下去："我听说在美国，就算洗碗也能赚很多钱，一碗粥要多少钱？3美元？真的？这个价钱能在中国吃20碗了！"

我必须当天下午赶回香港去搭乘回北京的飞机，一路上，我忍不住为小秦担心。她还没有告诉她母亲她来到了这个陌生的南方城市，虽然她母亲在这里住了十多年了，这却是小秦第一次来到这里。他们一家人分散在各个地方，每年只有到春节才回四川老家团聚。小秦今年回去过年时，花了1 600元钱买礼物，这是她绝大部分的积蓄。她买了香烟、酒、糖果和保健品，送给亲朋好友和邻居。"等稍微安顿下来，我再告诉妈妈我来了，妈妈要是知道我辞职了，为了一个男孩儿过来，会不高兴的。"这么一说，我更担心了。小朱看上去是好人，小秦也叫我放心，小朱会帮她找一份像样的工作。"他不会让我去工厂里面打工，"她说，"他有很多门路。"可是我还是为她的生活突然出现如此巨大的改变而担心。她万一怀孕了，怎么办？

分手前，我把小秦单独拉到一边，脱口而出地问："你们有没有用安全套？"

"什么意思？"小秦问，一脸莫名其妙。接着，她脸一红，"哦，没有，我们还没做那事儿，我们得先把关系确定下来。"

我清了清喉咙："嗯，如果你们决定要做，一定要用安全套，好吗？"这是我第一次就这种事情教导别人，用中文讲起来更是困难。

果然，小秦很难在深圳找到服务员的工作，因为许多餐馆都要求新员工在入职前缴纳一笔保证金，以防他们突然辞职走人。小秦出不起这笔钱。

有天下午，她发短信给我，附上一个电话号码，"就说找二号，"她写道。我打电话过去，发现那是一家美发店，小秦在那里给客人洗头，月薪1 000元。她说她下午三点上班，下班的时候我早已经进入梦乡。店里很吵，我听到有人在用四川话大声叫嚷。

"你想回北京吗？"我问。

"想是想，可我得多挣点儿钱再说。"她说。她提到她跟小朱闹别扭，"我帮他准备了洗澡水，他却挑三拣四的，"她说，"不过，起码他没有动手打我。"

挂电话之前，她对我说："你自己保重。"这句话我也对她讲，一句话而已，别的我什么也做不了。

张师傅的太太和儿子即将回山西之前，我到他们位于北京东南郊的住处去拜访他们，从那儿骑自行车去食堂要半个小时。那一带好几年前还是农田，如今则成了仓库区。

张师傅没有告诉我地址，因为那里根本就没有明确的地址。出租车把我拉到一座桥头，张师傅和我约好在那里接我；这一带偏僻又荒凉，张师傅的人影儿都看不到。高速路旁的汽车站上有几个人在闲逛。司机很好心，让我坐在车里等。

"这一片很乱，"司机说，"都是农民工，得小心点儿，你认识要来接你的人吧？"

等了好一会儿，张师傅骑着自行车来了。他谢谢出租车师傅陪我在这儿等候。出租车离开后，他拍拍自行车的后座，说："我载你好吗？走路太远了。"

我侧坐在自行车后座上。张师傅加速骑车时，我的双脚在一侧晃荡，上半身倾向另一侧，竭力保持身体平衡。我们路过一处热闹的市场，有人在一排露天台球桌上打球，路旁的小餐馆在外面架起塑料桌，食客们有吃有喝，这些餐馆供应各地的菜式，招牌上写着成都小吃、哈尔滨特色和山西面食等等。

"你有没有看到那边？"我们骑过最后一面招牌前，张师傅问我。"那么多顾客，山西面食在北京肯定有市场。"

骑到一条宽宽的沥青马路上时，我不禁紧张起来。一辆辆蓝色的大卡车不断从我们身边加速驶过，绝尘而去，张师傅尽量靠着路边骑，但还是免不了心惊胆战。我双手抱着张师傅的腰。我们经过一排仓库，门口写着"北京市海运公司"。张师傅告诉我,以前,进口货物要先送到这里来检验之后,再运往全国各地。

我们转进一条泥土路,在一片漆黑之中前行了一分钟,才隐约辨认出前方微弱的灯光,那是一栋又长又窄的楼房,被分隔成很多单间,让我想起了美国的自助仓储中心。小姚从一间单车车库大小的单间里走出来,前面有一扇门和一扇窗户。

屋内吊着的灯泡不太亮,灯下有煤炉子、水槽和硬板双人床,夫妻俩和儿子就睡在这里。张师傅在墙上挂了一张带框的观音像,是这个房间仅有的一丝个人色彩。小姚之前抱怨的没错,屋子里面真的很热,虽然室外已经降温了。我这才明白为什么一家三口总是在食堂待到很晚,食堂可比这里凉快多了。

张师傅点起蚊香赶蚊子。他说,邻居互不认识,因为大家都是农民工,只是暂时住在这里。少则几周,多则几个月,然后又卷起所有行李,随着新工作搬到另外的住处。

小姚闭着眼睛躺在床上。"她的腿很不舒服,"张师傅说,"站久了脚就会肿,她的气不顺。"

儿子在床的另一侧,打开棋盘,在摆棋子。我陪他下了一会儿棋才离开。

几天后,小姚和儿子收拾行李,回到山西。

张师傅在食堂的最后一天,我去看他,那天正好是他在那里卖面的第一百天。他还不确定关掉这家店之后去做什么,但可以肯定的是,如果这生意做得不赔不赚,也就用不着继续做。

就像张师傅和小秦一样,我自己也四处漂泊不定,过不了几周就要去上海,到外滩一家高档餐厅实习。我告诉张师傅,在那儿吃一顿饭,人均消费高达八百元，他听了大笑着说："他们这是坑谁呢？有钱的中国人还是老外？"

厨房已经清理得差不多了，冰箱已经腾空了，只剩下最后几斤面粉。

"这是您最后一次吃我做的面了。"午餐的时候，张师傅对排队买面的每位熟客重复这句话。他把一碗西红柿鸡蛋面端给一位女士。

"您有什么打算？"她问。

"不知道。您是在这儿吃，还是带走？这是您最后一天吃我的面，要不就在这儿吃吧。"

她接过面条，在乱哄哄的食堂里坐下来。

"要是不够咸，我可以给您再加点儿卤。"张师傅朝她喊。但她津津有味地吸着面条，似乎没有听到。

另外一位熟客按老规矩要了一份猪肉卤的刀削面。我提议由我来削，张师傅却摇摇头。"他吃的面条要很薄才行，他身体有毛病。"张师傅一边说，一边指了指自己的胃。

高峰时段快结束的时候，他坐到柜台后面歇歇脚，他穿着一双黑布鞋，支撑力不够。他挂着很深的黑眼圈，瘦骨嶙峋的手臂上青筋毕露，手腕肿胀。

"我不后悔，"张师傅说，"日子过得真快！"

他准备继续前行。说不定和老王合伙，也说不定自己单干，重起炉灶。他决意非得成功不可，而且无论多难，绝不回御膳饭庄。"何必替别人干呢？我应该为自个儿干。"他说。

最后一位顾客吃完面，来柜台付钱，张师傅好像一位为孩子感到骄傲的母亲，一脸微笑，"您全都吃光了，不是吗？"他问。他点好钱，算好账，关掉厨房的灯，端了一碗自己做的面到乱哄哄的食堂，驼着背，一口气把面条吃了个精光。

第二道小菜　平安割稻子

　　旅游指南告诉我，群山环抱之中的平安村，山脊隆起、山脉高低错落有致，好似龙脊。我觉得这里的群山看起来像婚礼蛋糕，层层叠叠，几百年来村民们辛勤劳作，造出这样的梯田。时值金秋，长长的稻秆由绿色变为金黄，稻子熟了。

　　我为了割稻来到平安。稻米是中国南方地区的主食，我从小也是吃米饭长大。比起灰蒙蒙的北京和生活节奏飞快的上海，广西的发展程度相对较低，我渴望在山清水秀的梯田里歇口气。我先坐飞机来到旅游城市桂林，再转巴士去平安村。巴士一路盘山而上，每经过一个急转弯，车身就往一侧倾斜。车内的扩音器里传出节奏感强烈的电子音乐。最后一公里得步行，我直后悔自己拖着行李箱而不是背着双肩包。我忘了平安村没有通公路。

　　没有公路，割稻机器就进不了村。在其他地方，越来越多的农民改用机器收割稻子。七百年来，平安村的村民一直靠人力收割稻子。我欣赏了好几天秀丽的梯田风光，第一场秋雨推迟了收割时间，大雨下了好几天。后来，当地政府又通知村民把收割时间往后推迟几天，因为有一位贵宾，国民党主席连战要到这里参观访问。

　　不是人人都和我一样盼着赶紧收割稻子，因为稻子一旦割完，平安就失去了风采，从而失去了游客。要等到来年春天，新的播种季来临，美景和旅游收入才会再回来。村民们先插秧，再放水到梯田里，山边出现了一面一面的镜子，流光溢彩，熠熠生辉。

村民们耐心地等待着，喝着啤酒、白酒，看着电视剧，打打麻将。每天清晨，公鸡打鸣之后，我住的农家乐（包三餐）就渐渐热闹起来。房东廖婶像放连珠炮一般，和亲戚们聊个不停；廖叔在后院锯起了竹子。我从自行车—菜市场—厨房三点一线的生活中抽身出来，懒洋洋地赖在床上，聆听各种声响在空中飘荡。

"你待腻了吗？"负责杂务的小苏每天都问我。还真不腻。眺望远处层层叠叠、环山而建的梯田，黄绿色的稻秆闪耀如霓虹，还有那几乎和黛青色的天空连为一体的远山，真是神清气爽。

我到这里的第五天，贵宾来了又走了。第六天是阴天，好在没雨。今天要开始割稻了。

我心心切切地盼着去田里割稻，但廖叔廖婶拉我坐下来，和大家一起慢悠悠地吃早餐。我们围着大圆木桌，蹲坐在板凳上。右手边的农夫给了我一杯酒，他的脸已在酒精的作用下泛起红晕，右眼皮也耷拉下来。当地人一天三餐都要喝酒，早餐也不例外。他说了一大堆新酿的梅子酒对身体的好处。但我还是只肯喝啤酒。大家斟满酒，举杯相敬。接着我们举起筷子，从桌子中间的电火锅里夹菜。

村里人每天都吃火锅，锅里的食材每天一换。今天的火锅里面加了臭豆腐、辣椒和凤尾鱼来提味。大家先吃豆腐和鱼，不时喝口汤。臭豆腐的味道还真是需要一段时间才适应得了，质地柔韧，口味纯熟，与蓝纹奶酪有异曲同工之妙。白酒和臭豆腐可以说是中国农民的葡萄酒和奶酪。

脸上挂着些许潮红，伴着微醺，我跟随廖叔走进一排排无边无际的稻田中。田间有石砌的田埂，可以避免踩进泥水里。更准确地说，廖叔是走在田埂上，而我是在这比平衡木宽不了多少的石板路上蹒跚着。酒精对我可没好处。

我们走到一块稍干的田里才停下脚步。齐腰高的稻子，顶端结着黄色的稻穗儿。廖叔的妹妹和妹夫手持镰刀，弯着腰正在割稻。他们抓住一大捆稻秆，快速地挥舞几刀，稻子就割下来了。廖叔递给我一把镰刀，又重又不好拿，就像我刚拿菜刀时的感觉。我试着模仿他们的动作，蹲在田里，稻秆转眼变得好高，我仿佛被丛林环绕。我挥着镰刀，向一小撮稻子砍去。本以为可以毫不费力地砍断，但镰刀却卡进了稻秆中，我不得不来回锯呀锯呀，好不容易才把镰刀抽出来。稻穗还不时戳到眼睛。

"想不想试试打谷子呢？"廖叔边摇头边问。他实在不理解我想要割稻的迫切愿望，可他人很好，还是满足了我的心愿。

当天割下的稻子就堆在田边。农民们在一块已收割完的田里用一个长方形的木板箱打谷子。廖叔的妹妹身高 150 公分出头，体重不到 45 公斤，她把一大摞稻子举过肩头，好像举起的是棒球棒，然后一挥，把这摞稻子击向木箱内侧，如此一挥再挥，稻子里的东西就如雨点般落在木箱里，有瓢虫、甲虫和包在稻壳里的谷子。

廖叔的妹夫让我试一下。"还行。"他说。

"你可比我快多了。"我说。

"那也比不上机器快！"

廖叔说一个农民平均一天可以打 140 公斤谷子，足够一个人吃一年。我们四个人一个小时打出了半箱谷子。稻壳、稻穗随风飞扬，我开始打喷嚏，喉咙也痒痒起来。早上的酒劲儿还没过，还是觉得头重脚轻。几位农民看得笑起来。

"都会有点儿过敏。"廖叔说。他有个小偏方缓解过敏症状："把猪血和牛血混在一起，做血糕吃。"

我又回去割稻，沿着这块一百多米长的田地，挥舞着镰刀一路割到尽头。心里喜滋滋的，可是抬头一看，一块接一块的稻田绵延到天边，每一块田里都是高大满实的稻秆。我心想：上白酒吧！

廖叔和他妹夫扛着一袋袋上百斤的谷子往返于田间和村里，忙活了一下午。如果第二天不下雨，他们就会把谷子铺在水泥地面上晒。接着送到村里的粮站去筛出稻壳，把谷子倒进一个庞大、古老的金属机器里，机器里阵势如巨浪翻飞，一粒粒脱了壳的米粒顺着槽倾泻到地上。

千百年来，割稻一直是平安村的大事。从前，村民们的生计全靠田里的稻子，稻米和着南瓜、芋头一起蒸熟，就是果腹的主食。稻米也是货币，廖叔的两个儿子小时候每人每周带七斤重的一袋米到学校，充当学费。但近十年来，稻米有了新的意义。梯田支撑起了利润丰厚的旅游业。廖家忙着打理自家开的农家乐。他们难得下田，而是从邻村雇人代耕。和平安村其他农民一样，廖家还将割稻的日子推迟两三个星期，这样"十一"黄金周的游客们就能欣赏到金黄色的稻田风光，而不是收割后光秃秃的土地。10月的头一周是国庆长假，人们出外旅游，疯狂购物，尽情消费、享乐。很多游客在这几天蜂拥而至，到平安村旅游观光。

廖叔自中学毕业后便回家种田。20世纪80年代，他曾离开家乡做茶叶生意，往返于湖南、广东和海南之间。2000年，他得知村里二十多处木质结构房屋，连同自家房屋毁于大火，赶紧回到家。他发现在平安村发展旅游业大有潜质，于是重建房屋，开起了农家乐。

廖叔现在四十多岁了，一张娃娃脸，带着棒球帽，穿着运动衫，看起来很年轻。他干起活儿来，总是没精打采的，就像一个不甘心做家务的孩子。廖家的两个儿子都二十多岁了，还住在家里，既不帮忙经营农家乐，也不下田。廖婶解释说，她和丈夫都不敢劳烦儿子干活儿，生怕他们会离开家到城里去了。

廖婶很漂亮，总是一脸灿烂的笑容，又长又卷的头发编成辫子拖在背后。她和村里所有女性一样，个子不高，这让身高不过163公分的我，觉得自己像个小巨人。跟其他妇女不一样的是，廖婶放弃了在头上缠布的习俗，不过还穿着传统的大裙子和滚着宝蓝边的黑色裤子。

平安村的村民属于壮族，因为这里群山环绕，交通不便，他们几百年来与世隔绝。他们的长相虽然和占中国人口90%的汉族人没有太大差异，但语言和普通话完全不同。村民告诉我壮语和泰语属于同一语系，不过壮语没有书面文字。普通话现在已经取代了壮语，孩子们在学校学汉语，大人则跟着游客们学会了普通话。不过，很多老人还是只会说壮语。

平安村全村有八百多号人，好像一个大家庭，这里每家每户都姓廖。廖叔廖婶和村里许多夫妻一样，都生在平安，但是来自不同的宗族，这样可以避免近亲通婚。

直到20世纪70年代，进村的路得走三个小时。到了1997年，平安村被列为旅游景区，公路拓宽了，公路沿着陡峭的山坡蜿蜒而上，还盖了停车场，步行进村只需要 20 分钟。我就是在那儿下了公交车。和其他游客一样，我也买了门票进村。山下大树边立了牌子，公交车就在门口暂停，有位售票员跳上车，凡是看起来像游客的，就收 50 块钱的门票费，并说，我们在村子里逗留期间，得随时带着门票。

廖家的农家乐就建在山腰，他们还在山脚下开了一家餐馆，正对着村里的主干道，在游客的必经之路上。每天早上，夫妇俩打开餐馆用铰链相连的门板，用餐的人好像置身于秀美的全景画中。餐馆的用餐区在高脚楼上，透过长条地板的间隙看下去，是落差很大的陡坡。我走在这咯吱作响的地板上，尽量不去联想当下中国大量的偷工减料的工程。

廖家夫妇允许我用他们的厨房。那厨房面向一片竹林和梨树林，远方还有稻田。可惜的是，两位老板为了弥补自认为本地落后的不足，在这里安装了卡拉 OK 设备，跑调的歌声传遍整个山谷，破坏了这里宁静的氛围。

廖家餐馆里卖的都是简单的炒菜，食材产自本地。他们除了种稻之外，还种了番茄、红薯、辣椒和玉米。我发现这些蔬果风味浓郁。一天早上，我吃到的番茄又香又甜，味道就和我放在锅里一起炒的大蒜一样浓烈。

"我们的番茄好吃，是因为这里水质好，又不用农药，"廖婶说，"可能卖相不大好，有时还有虫眼，但味道真的很好！"

稻米当然也是这里的特色食品。我最爱吃的一道菜是竹筒饭，把糯米、切片的香肠、切块的芋头、两三勺水、蚝油和酱油，塞进竹筒里。竹筒是廖叔自己劈的，一节大概 30 公分长，两头用玉米芯封好，放在火上烤大约半小时。直到竹筒烤焦了，用刀劈开就可以吃了，每份竹筒饭供一个人吃还绰绰有余，香香糯糯，滋润爽口。

廖家夫妇把电火锅当成宝贝，晚上餐馆打烊之后，他们便上山回家，支起锅子熬汤，等汤滚了，大家就拿起筷子开动。很快，串门的亲戚来了。于是更多的食材放进锅里，有人把炉子的火力调高，好让汤尽快再滚起来。村民像这样挨家挨户串门，可以白吃白喝好几个月。火锅里面一定有蘑菇、笋子、姜和葱，至于肉则每天都换。有时是牛蛙，有时是猪脚。

煮猪脚的时候，汤面上会浮起一层油光。在村里昂首阔步到处逛的土鸡，偶尔也会被亲戚抓来煮火锅。

一天傍晚，我看廖家小儿子杀鸡，他牢牢抓住鸡，揪下鸡脖子上的毛，像扯橡皮筋一样把鸡头往后一扯，菜刀一划就划破了鸡喉咙。然后他抓住鸡脚，把鸡倒过来，让鸡血流进桶里。鸡不断挣扎着，直到血流光。接着，他把鸡放进水槽中，用滚烫的热水淋鸡的全身，然后拔毛。这是我第一次目睹除了鱼以外的活物被宰，不过我并没有感到不安，这也算是痛快的一死。

廖婶通常也会炒几个菜，不过桌上天天都有火锅。电火锅可以说是壮族人民的微波炉，是一种简化烹饪的新工具，因此立刻被大家用上了。但它减少了食物的乐趣，我觉得廖婶炒的菜更好吃。但廖婶说："火锅简单，尤其是天冷的时候，也很容易加热。炒菜比较麻烦。我们离不了火锅汤。"我在廖家住了那么多天，只有一次饭桌上没有火锅，那天村里停电。

虽然稻田围绕着村子，但廖家人却不怎么爱吃米饭，他们更喜欢吃肉。我很快就发现，和他们一起吃饭的时候，要求来碗米饭真是为难人家。"嗯，我看看能不能找到点儿。"小苏说。可她很快便空手而返，米饭被锁在餐厅厨房里，是留给食客们吃的。

廖家总是等我下午溜达回来才开晚饭，直到有一天我在村里为数不多的一家西式餐馆吃了一顿美式早午餐回来，才发现他们也会等我一起吃午饭。我吃腻了火锅，再加上每顿饭都有亲戚来串门，我想他们应该不会挂念我吧。哪料到，等我回去了，廖叔廖婶再加上两个儿子轮流盘问我，我在外面吃了什么？好不好吃？我要是不爱吃他们做的菜，应该告诉他们，他们会做别的菜。

我在平安村最不习惯的，就是源源不断的酒。每顿饭我都得竭尽全力抵挡别人劝酒。饭毕，总是满脸通红，醉意盎然。廖婶每天早上的头一件事，就是打开几瓶啤酒，就像很多妈妈早上打开盒装牛奶一样。

"我们以前不喝这么多酒，只有特殊日子才喝。"廖婶晒得黑黑的脸庞一红。但是，随着生活条件改善，酒量也上去了。"现在，喝酒已经成了习惯，不喝不舒服。"

RICE VERMICELLI
WITH TOMATOES

粉丝炒番茄

菜油2汤匙

姜末一茶匙

蒜末一茶匙

较大的番茄3个，切丁

冬笋丁一杯（最好用新鲜的冬笋）

香菇3个，切丝

粉丝2把

盐1/4茶匙

酱油一汤匙

蚝油一汤匙

锅中倒入油，大火加热半分钟后，倒入姜末和蒜末翻炒一分钟，煸香。番茄丁、冬笋丁和香菇下锅，大火翻炒3分钟后，转中火再翻炒3分钟。另外拿一个锅，水烧开后放入粉丝煮一分钟后捞出沥干。在炒锅中加入盐、酱油、蚝油和煮过的粉丝，翻炒几下之后即可关火出锅。

一天下午，廖叔廖婶带我去一位亲戚家吃午饭。那时已经下午两点多了，早已超过了大多数汉族人吃午饭的时间。十二位老人和中年人围着一张大圆桌，热热闹闹地吃着饭，他们在庆祝一位年轻人在离开平安七年之后，第一次回到故乡。

他们需要很多酒。

廖叔的妹妹头缠黄帕、戴着大大的圈状耳环，嘴里镶着金牙，拿着一瓶白酒绕着桌子走了一圈，为每个人斟酒，像在扑灭每个人杯子里的火。大家用轻快地壮语聊天，齐声大笑。"哦！哈哈哈！哇哈哈哈！"有一位身穿白色西装、被大家称为"王子"的亲戚一口气灌进两杯白酒。他看到我一脸担心，说："别担心！我们快活得很。"说完，跌跌撞撞走出大门，不见了人影。

这位久别归乡的年轻人和妻儿不自在地坐在桌旁，一副巴不得赶紧消失的样子。我也很是坐立不安。我把注意力都放在鸡肉火锅上，努力提高啃鸡块的技巧。除了我以外，好像每个人都可以把带骨头的鸡块放进嘴里，轻轻松松地嚼几下，吐出骨头，把肉吞下。好在这觥筹交错、微醺快活地情况下，没人会挑我的毛病。

坐在我对面的亲戚留着胡子，穿着"中国移动"的 T 恤，手机别在腰带上，弓着背坐在椅子上，吃力地抬起头来。他的杯子里有混了白酒的"非常可乐"，这是中国版的"可口可乐"，一股化学味儿。他灌下一杯之后，朝我这边看了一眼，宣称："喝酒是娱乐。"

中国移动先生第一个发现，黄帕女士一直在为大家斟酒，自己却没怎么喝。"你得喝！"他喊道。两人推推搡搡，他想把一杯酒灌进她嘴里。黄帕女士咬紧牙关，酒从嘴唇边流到她的襟前。中国移动先生嘴里嘀嘀咕咕，夹着一根没有点燃的烟，摇摇晃晃走了几步，倒在地上。

"经常这样吗？"我问廖叔。

"也不经常，我们只有在亲戚来访时才喝这么多。"他轻描淡写地说。我喝完我的啤酒，决定在大家还没有灌我酒之前，先行撤退。我向大家告辞时，廖叔说："好，我晚上带大伙儿回家。"

将近晚饭时分，大家又重聚一堂，只有两个人没有现身，一个是王子，另一位是中国移动先生。我坐在黄帕女士旁边，她歪坐在椅子上，眼睛里布满血丝。有人给她倒了一杯啤酒，她把杯子推开，说："我还醉着呢。"廖叔心有不忍，端给她一杯茶和一杯可口可乐。这回是正宗的可乐了。

有一次吃饭的时候，我问廖婶村子里还没有开发旅游业之前，她吃多少米饭。

"过去我们一天吃两碗米饭。"她说。

"两碗？"同桌的一个男的大叫起来，"五碗才对吧！"他下巴上有几根胡须，光秃秃的蛋形脑袋两侧竖着一对招风耳。他穿着蓝色的中山装和深色长裤。廖叔廖婶没有跟我介绍过同桌一起吃饭的人，因此我以为他也是村里的亲戚。后来，我才知道他是在廖家干活的农民。他来自平安村以南30公里的村子，那儿的地貌不如平安村的秀美，无法招揽观光客，因此比较穷。但那个村子海拔较低，一年可以种两季稻子，再加上交通方便，可以用收割机。"第一季稻子因为耕种的时间在年初，水冷，所以长得慢。"他告诉我："就像用锅煮饭，如果一开始水比较凉，煮的时间就比较久。"

这位农民姓龙。他跟我讲他的名字，我请他写下来，以免我弄错字。他捏着笔不知如何是好，我明白过来，说不定他认识的字还没有我认识的多呢。

"我名叫运土，"他说，"运动的运，土地的土。"

"您的大名就叫运土？"

"对，就叫运土。我父母想让我的名字里有一个土，因为他们想要纪念毛主席的土改，他们敬佩毛主席为农民做的好事。"他说。

龙运土，这个名字取得还真是恰如其分。农闲时节，这位龙姓农民就上山帮廖家干活儿。因为旅游业的关系，廖家经济条件相对较好，付得起钱请人干活儿。龙先生在平安村割完稻子，就会到海拔更高的地方去打谷子。水稻收获季节结束之后，他又去山谷里摘橘子。

第二天傍晚，我在廖家附近碰到老龙，那是个雨天，无法打谷子。

他说，他一整天都在"玩"。

"玩什么？"我问，"麻将吗？"

"不，我才不喜欢打麻将呢。"他说。

我恍然大悟，他只不过是说自己没有干活儿。他四处转悠，说，这会儿正准备回到住处。我陪他一起走。

我们沿着环山而建的石头小路步行，一直走到村外一间废弃的农舍。屋子里很暗，只有用来烧火煮饭的水泥坑里有点点火光。暮色中，窗外梯田的轮廓都看不清了，直到窗外变得一片漆黑，他才打开开关，点亮了一个瓦数很小的灯泡。

农舍地上洒满了锯木屑，里面除了几把椅子之外，没有其他家具。老龙告诉我，这间农舍的主人有很多房子，他让工人把这里当旅社住下来。

老龙聊起他的故事。他跟我一样是汉族人，普通话是母语，这使得我跟他沟通起来，比跟平安村的某些村民容易多了。他这辈子只会干农活儿。他只有小学五年级的教育程度——如果那还算数的话。学校一星期只上三天课，其他时候老师就叫学生干农活儿。

"我们犁田、耙土、种地，我们铺路，从早上七点干到晚上七点，中午休息两个小时。那个时候，咱们国家穷，总得起个头呀。我16岁才读完小学五年级。"

"想当年，人人都被列为走资派，还记得我母亲曾经养了7只鸭子，6只母的，1只公的。村领导叫她处理掉2只，因为一户人家只准养5只。"

他说话的时候，火上正煮着一锅饭。另外一位民工坐在旁边，正削着西瓜皮，那就是他们要吃的菜吗？我继续听老龙的故事，又不想让他们觉得有义务邀请我留下来分享分量不多的晚饭。这饭菜看上去也并不可口。

"我该走了。"我说。我告诉他，廖叔廖婶在等我吃饭。老龙没有留我，我松了口气。我们约好第二天见，第二天也是我在平安村的最后一天。他答应我，只要天气好，就带我去田里打谷子。

第二天一早，我和老龙在村头碰面。我们等着老板出来交代老龙今天的任务的时候，雾越来越浓，朦胧了稻田，这样的天气不大可能下田工作了。

"美国的农民没活儿可干的时候，怎么办呢？"他问，"有没有别的事儿可做？"我向他解释说，在我出生长大的加州，农活儿多半由墨西哥工人做，他们越过边境来寻找工作机会。他们如果没有找到农场上的工作，往往就会去餐厅干活儿。

他点点头。他就和墨西哥人一样，他说，哪儿有工作就去哪儿。

我们坐等天气放晴，等了十分钟后，他说："我们不如走走吧。"

他提议去邻村中六，那是少数民族瑶族的村落。瑶族妇女不剪头发，把长长的头发盘在头顶，好像鸟窝一样。我在平安村也见过这些妇女，她们也想从平安村发达的旅游业中分一杯羹。她们把长发放下来，只要有人给她们拍照，她们就向对方收钱。

我们顺着一条泥土路，沿着深谷往上走。我一路提心吊胆，既怕遇到蛇，又怕迷路、坠崖、水喝光了什么的。有的地方又陡又窄，老龙走起山路来像山羊一样敏捷。在地势比较平坦的地方，他停下来掏出装在塑料袋里的烟草，卷一根烟，边走边抽。我落在后面，循着他的踪迹气喘吁吁地赶路。

老龙回过头，目光落在我脚上昂贵的户外登山鞋上。"你的鞋子太硬了，不好走路，容易摔跤，"他说，"我的比较灵活。"他穿着鞋帮还不到脚踝的布鞋。他淡然地说："碰到分岔的时候，选宽的那条就对了。宽路总能带我们到想去的地方。"

我们在草亭子坐下来休息，他又卷了一根烟。"这条路我很熟，"他说，"我以前晚上常走这条路，我的相好以前住在中六村，在平安干了一天活儿，下工了就去找她。这儿是我歇脚的地方。"

老龙的妻子已经过世多年，他说："我老婆不停地生病，最后病了三年才走，我们没钱去医院检查她到底得了什么病。我刚认识她的时候，她的身体就不怎么好。没有女人味。我们是别人给做媒成亲的。我见了她两次，两次她父母都在场，然后我们就结婚了。我们家给了一百块钱做聘礼，那可不是个小数目，那个年代，一斤猪肉才三毛钱呢。"

妻子过世之后，通过朋友介绍，老龙认识了一个女的，她那时刚和丈夫分居，和老龙很合得来。"我在平安干活儿时，经常过去看她，常在她那儿过夜。"他说，可后来情况变得很复杂。

他和那女的交往一年多之后，"她搬回山谷和丈夫一起住。她是瑶族，瑶族女人比较开放。她觉得还是离不开丈夫，她得考虑自己的家庭责任，她有两个孩子，还得照顾公婆。所以，她如今一年来看我两三次。"

他语气中并无苦涩的意味。"她和别人在一起，你难道不介意？"

"我能接受，她想来就来，两人做伴很开心，我们俩都老了，对人生不再有什么期盼。"

我们走进山谷，一条小溪潺潺流过，他沉默下来，用手从溪里掬水来喝。

"你相不相信有鬼？"他问，"我在这里碰到过一次，天黑了，我就坐在刚才我们坐的地方，听见嘭的一声巨响，我什么也看不到，但我知道那是鬼。"

"会不会是个人呢？"

"肯定是鬼，没人会在晚上经过这里。有些人死了之后，心有不甘，还有些人是冤死的，那些人就变成了鬼，阴魂不散。"

终于走到了中六村，我很开心。梯田之间有条小河，河边是木头建的房子。下着下雨，几位村民在村舍二楼窗边眺望，看到老龙，招呼他一起吃饭。

屋内，一个瑶族女人正梳理着长及膝盖的假发。

"这是干什么用的？"我问，仿佛在迪士尼乐园的更衣室里见到了睡美人。

"这头发不是我的，但是真的，多接一些头发，我看起来更漂亮。"她一边梳着长发，一边说。她正打算出发步行去平安，下午在那儿赚游客的钱。

"留下来吃午饭吧，"这女的戴上假发，说，"放心，不跟你收钱。"

我告诉老龙我得回平安去和廖家吃最后一顿饭。我跟他要电话号码，但他说他没有。他给我写下地址，没有附上邮政编码，他忘了。我们笨拙地相互道别，还没想起来为他拍照，我便匆匆离去了。

第三部分 珍馐美味

他点乳鸽的话，会先吃左腿，他觉得那是鸽子身上最美味的部位，因为鸽子走路的时候重心落在左腿（江老师这么认为），所以左腿肉味更浓，味道更好。他无法理解西方人为什么推崇小牛肉，「牲畜们如果不运动，肉怎么会好吃？」

2003 年春天，妈妈来中国看我，那个时候我住在上海，还没有开始
我的烹饪历险。我们在全国各地旅行了一个星期，参观了她小学时在课
本上读到过的历史文化古迹，进过脏兮兮的小吃店、古色古香的茶馆，
偶尔也去豪华餐厅。

一周时间过得飞快，不知不觉又回到了上海。在等车来接妈妈去机
场的时候，我觉得很伤感，说再见的时候到了。妈妈也很动情，她冲出
公寓，但并没有带上收拾好的箱子。我还没有弄清楚她到底去哪儿了，
她提着一个餐盒回来了，盒子里面装着六枚小笼包。这是一种圆形、巴
掌大小的饺子，顶上的褶皱好像肚脐。这些包子像水球一样饱满，里面
是猪肉馅儿和一汤匙浓郁的汤汁。在我们母女相聚的最后时刻，妈妈全
心全意地吃着小笼包，直到把最后一滴汤汁都吸干净了才罢休，留下一
丝似有若无的油香。

对于我妈妈来说，小笼包的意义胜过参观迷宫一样的紫禁城和长城
的断壁残垣。事后她跟我说："我从小就听说小笼包，可直到这次来中国，
才吃到真正的小笼包。"这道上海特色名小吃是她这趟旅行的亮点。

三年后，在 2006 年的秋天，我放下削面刀，穿上浆过的厨师外套
和格子裤，在上海一家高档餐厅实习。三年前在这座城市里，我发掘了
自己对饮食的热爱，如今我回来了。

上海有一种北京所没有的魅力。如果把北京比作一个直率魁梧的男

子汉，那么上海就是他那打扮精致的小表妹。北京的街道宽阔，转角90度的大马路排得秩序井然，上海的道路却是曲曲折折。道路两侧的梧桐交汇成荫，如同置身伦敦和巴黎的街心公园。和北京一样，上海也在如火如荼地搞建设，密集的高楼令这座城市的天际线轮廓分明，最醒目的是东方明珠电视塔那充满太空感的粉红塔尖，还有那八角形、有88层高的金茂大厦。不久之后，金茂大厦中国第一高楼的名分就要让给附近一座正在施工的摩天大楼。

这座城市里的很多建筑是由英、法等殖民者在18世纪末、19世纪初修建起来的。当时的上海有"东方巴黎"、"东方妓女"之称，这些称号凝固了上海浮华、享乐的大都会形象。在上海走向现代化的过程中，在商业区中心还是保留了好几座有着铸铁阳台的法式别墅。外滩边，还保留有大量宏伟的英式石灰岩建筑。上海特有的传统建筑，石库门，仍然有迹可循。石库门是联排的三层楼建筑，既有天井和石雕大门等中式元素，也融入了壁炉、百叶窗和红瓦屋顶上的小天窗等西式特色。

我通过吃来认识这座城市的地理。我知道南京路是购物街，顾客们在拥挤的店面里挤来挤去，只为弄到一篮子小笼包；熙熙攘攘的吴江路上有家卖生煎包的店，煎包子的铁锅比卡车轮胎还大；延安路的高架桥下面有个外卖窗口，一个男的在里面卖上海烧卖，这是一种包得比较松的饺子，上端开口，形状像火山。对于外国人来说，烧卖、包子、饺子都一样，都是面皮儿里面包着馅儿。还有许多无名的小巷弄，我只能循着香味去搜寻。

和在北京一样，在上海买外卖食物也既便宜又方便，我从来用不着自己做饭，而且总能找到朋友一起去外面吃饭。我在上海待了三年，直到快离开的时候才开始写美食评论，这个时候我才发现，在老饕们眼中，我在餐厅吃过的很多东西都算不上地道的上海菜。举个例子，上海当地人告诉我，我和妈妈都爱吃的小笼包就不是源自上海。中国人或许不大看得起上海菜，四大菜系扩充到八大菜系，上海菜都没有被纳入。我觉得很奇怪，这个在中国数一数二的重要大城市，为什么没有发展出自己明确而又成熟的菜系呢？

我猜这可能和上海的历史地位有关，从中华文明五千年历史来看，上海无疑是个晚到者。明、清时期（约公元 14 世纪到 20 世纪初），中国各地的菜系蓬勃发展，而当时的上海只是一个贫穷的小渔村，皇帝下江南，途经扬州、杭州和苏州时，甚至绕开上海而过。扬州、杭州、苏州的名厨被召进紫禁城，让北方的达官贵人们尝尝鲜。直到 19 世纪中叶，上海有 50 万人口（今天的上海人口高达 1800 万），却没有一家像样的餐馆，只有一些招待长江三角洲上渔民们的小餐馆。

不过，上海一带地区发展出一些烹饪特色。多亏了红烧这一烹饪手法，上海菜有"浓、油、赤、酱"之称。用"浓"和"油"来形容菜色，对我来说并无太大吸引力，但对于这个经历过饥荒年代、饿过肚子的国家来说，很多省份都偏爱红烧这一烹饪技法。（比如祖籍湖南的毛主席，就最爱吃红烧肉。）红烧手法本身很简单：准备好五花肉、鱼或者茄子等材料，加入油、糖、酱油一起翻炒，再加水没过食材，用小火煮到酱汁黏稠即可。那黏稠的酱汁或如巧克力软糖一般浓郁美味，亦如浮油一样腻人。

中国在输掉了第一次鸦片战争之后，上海的菜色一下子丰富起来。根据不平等条约，上海的外滩被割让给了英国，不久之后，美国、法国和日本也纷纷来到上海建立租界，到了 1870 年，上海已经成为世界第七大港。到了 20 世纪 30 年代，上海更是已经跻身国际大都市之列，外国人蜂拥而至，其中包括卓别林和爱因斯坦，中国各地的厨师也纷纷来到这里。这座城市有从长江三角洲遴选的海鲜，有过路的各国船只带来的世界各地的新奇食材。

"在上海靠岸的船只定期送来新西兰的羔羊肉和黄油，澳大利亚的牛肉和柑橘。"美国女记者库恩（Irene Corbally Kuhn）如此描写 20 世纪 30 年代的上海。"从旧金山和檀香山开来的大轮船上面的商店里，偶尔可以买到昂贵的新鲜蔬菜。"上海也从附近的城市借鉴烹饪方法，这些城市曾盛极一时，但却随着上海的兴起而日益式微。上海厨师开始用绍兴的黄酒炒菜；向扬州学刀工，扬州师傅可以把一块豆腐切成一堆细丝；小笼包来自上海附近的一个村子。更远一些的省份，比如以美食著称的广东、四川和湖南，也有菜式被借鉴到上海。餐馆在上海的新兴生活方式中占据重要地位。"选择多得令人眼花缭乱，"库恩这样描述，"餐厅林立，有白俄军官开设并经营的高雅正式的餐馆，充满圣彼得堡风情，也有又小又暗，水汽蒸腾的小面馆。"

结合了上海急剧增加的财富和外来影响而形成的菜系有了一个新名字，叫作"本帮菜"，大致是"新派"菜之意。本帮菜融合了各地风味，类似于大杂烩。人们对它褒贬不一，至今，本帮菜还是没有被列入中国的主要菜系。（如今，上海很多洋名字的餐馆，比如保罗餐馆或者新吉士酒楼，卖的却是美味的本帮菜。）

"文化大革命"那些年，上海的餐饮业也不能幸免地停滞了，直到20世纪80年代改革开放之后，才又举步向前。在我到上海之前，国际化对这座城市的影响早就超越了库恩女士笔下的描述，轮船不仅带来澳大利亚的牛肉、新西兰的羔羊肉，还带来日本的柚子、法国的松露。厨师从全国各地乃至世界各地涌入上海，改造这里仅有一百多年历史的菜系。

位于外滩的"黄浦会"餐厅走在上海菜改造的前线。英式建筑林立的外滩几十年来没有一家餐厅，直到黄浦会开张，其他许多高档餐厅才跟着陆续开张。在殖民地时期，外滩有银行家、外交官和西方侨民出入，十分热闹。1949年之后，外滩的商业活动一度终止。我来到上海的时候，情况又有了很大变化，房地产价格飞涨，一群投资者掷巨资将一幢建于1916年的新古典主义建筑翻修成奢华的，汇集当代时装、艺术、餐饮、文化及音乐的都市生活地标——"外滩三号"，里面有依云水疗馆、阿玛尼旗舰店、法国名厨让－乔治·冯杰利登（Jean-Georges Vongerichten）的同名餐厅等等。位于五楼的黄浦会经营上海菜，不过在"改造"这个概念上，它又比上海大多数餐馆更进一步，采用了西式的摆盘风格和外国食材，营造出殖民地时期的氛围。在黄埔会刚开张的时候，这些举措都是革命性的创举。

黄浦会的内部装修完完全全重现了20世纪20年代的上海风情，西方人对那个时代的上海怀有浪漫的遐想，但在有些人眼中那却是万恶的享乐主义。餐厅的大堂摆放了一张古董摇椅和兽纹地毯；宫灯造型的木框灯笼从天花板上垂挂下来；音箱中传出来那个时代的上海式爵士乐曲。从窗口望出去就是黄浦江，这条河使得上海成为最繁荣的港口之一。黄浦会的装修风格从某种程度上褒扬了上海的殖民地历史，透露出时代正在改变的信号。

餐厅的主管是一位名叫梁子庚（Jereme Leung）的华侨，2003年从新加坡来到上海。梁子庚个子矮小精干，士兵式的板寸头，反映出这位严格的大厨讲求纪律、一丝不苟的作风。他那张娃娃脸上偶尔还会冒出青春痘。眼皮眯成一条又窄又直的缝，快要遮住瞳孔。他开玩笑说，他那对东亚特色的内双眼皮，让他一天之中可以多出几个小时保持清醒。

2003年黄浦会开张后不久，我第一次见到梁子庚。他留给我的印象是年轻、有抱负，才32岁就掌管着一家中式餐厅。我那时在为美国《新闻周刊》（Newsweek）撰写上海烹饪复兴的文章，梁子庚邀请我去尝一尝他的菜。我从来没有体验过经过如此细致的规划和精心调配的上海菜——或者说中国菜。其中一道鹅肝为主的菜尤为突出。鹅肝当时刚刚被引入中国。鹅肝用平底锅煎过，下面垫了传统的上海食材，有镶了糯米的红枣、百合和芹菜末。多样的食材互相烘托，令人垂涎三尺：脆衬托出嫩，咸令甜更加突出，味淡而可口的糯米和浓郁肥美的鹅肝形成完美对比。梁子庚的摆盘手法也给我留下了深刻印象，大多数餐馆都是把醉鸡塞进碗里，然后倒扣在盘子上，他没有这样做，他将鸡肉去骨切片后，排列在加了米酒的冰沙上，然后用鸡尾酒杯盛上白色的鸡肉片上菜。

梁子庚在厨房和大堂间来回穿梭，察看菜肴的烹饪进度，一位大厨对自己做出来的菜肴如此上心，亦令我印象深刻。在那一次拜访之后，我密切关注他的消息，美食评论家威尔斯（Patricia Wells）在《国际先锋论坛报》（Herald Tribune）上赞美他是"天才"，《风味》（Saveur）杂志以整版刊登他的照片和相关报道，美国电视主播劳尔（Matt Lauer）在《今日》（Today）节目中品尝了梁子庚做的面点。随着我的厨艺日益进步，我开始梦想有朝一日能在黄浦会的厨房工作。

我在烹饪学校毕业并在张师傅的面馆实习之后，终于鼓起勇气与梁子庚联系，希望在面馆实习的经历能证明我足够能吃苦，有资格在大名鼎鼎的黄浦会实习。经由共同的朋友牵线搭桥，我和他在餐厅的一间包间见面了。两年半不见，他变了，褪去了稚嫩，取而代之的是慑人的威严。他的厨师服上绣着他的新头衔"创始大厨"。他说厨房的日常事务已交给副手打理，他自己的大部分时间都放在拓展新业务上。他的观念已经有所转变。

"以前，如果餐厅里一个玻璃杯碎掉了，我会想，这对客人的用餐体验会有多大的影响？而现在，我一定会问，那个杯子多少钱？"他在新加坡生活了很多年，因而口音略带英国腔。

他说起话来更像一家大企业的执行总裁，而非餐厅主厨。他告诉我，前不久他刚开了一家叫作"梁子庚概念工作室"的公司，希望将自己经营成一个全球品牌。餐厅是公司的主营业务，也会承接一些其他业务，比如茶、餐具和葡萄酒。

最后，他总算同意让我实习，但丑话也说在前面：我要是写关于这段经历的文章，必须经他过目、同意之后才能发表。万一我看到蔬菜里有虫，决定要写出来呢？绝对不行，他说，他得考虑到自己的形象。这可不光是为他自己，更是为投资者着想。

我反复挣扎了好几天才做出决定。虽然，我已经被几十家中国餐馆拒绝过了，而且像黄浦会这么有口皆碑的餐厅打着灯笼也难找呀，尽管如此，我还是尽量温和地告诉梁子庚，如此受束缚的实习机会，我无法接受。意外的是，他马上就默许了我的话，仿佛自己从来不曾提出过之前的条款。我揣测，有位记者能详实地记录下他的能力，这种机会他可能也不想错过，尤其是他一心想要成为明星厨师，正需要多多见诸媒体。共同朋友的一番话或许也起了推动作用，他们说服这位精明的主厨说，我对他日益壮大的烹饪帝国构不成威胁。几天后，我得以进入黄浦会的厨房实习。"我们没有秘密。"他面无表情地说。

DRUNKEN CHICKEN

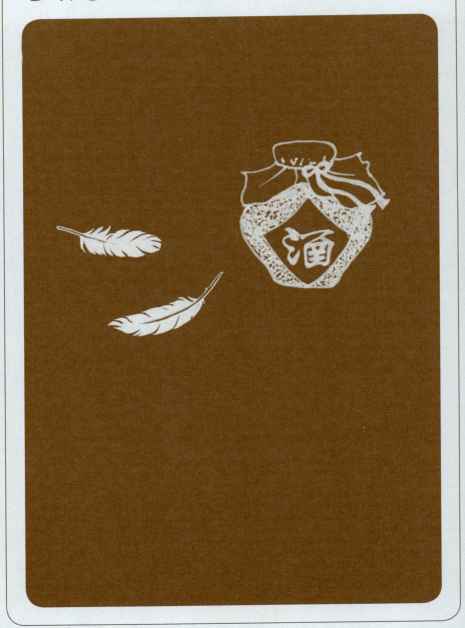

醉鸡

水4杯

鸡精一茶匙

盐1/4茶匙

糖一茶匙

香叶2片

肉桂2个

八角3颗

白酒一汤匙

花雕酒一汤匙

拇指大小的姜2块

葱3根·打结

仔鸡一个

小锅中注入水，再加入鸡精、盐、糖、香叶、肉桂和八角，水煮开后放凉。加入白酒和花雕酒，将做好的卤汁倒入一个大碗中。

大锅中注入水，加入葱和姜，烧开后把仔鸡放进去煮30分钟，鸡肉充分煮熟后捞出来，放入冰水中，以免鸡皮脱落。

剔除鸡骨，将鸡肉改刀切成小块。将切好的鸡肉放进之前做好的卤汁中，泡10个小时左右，或者干脆泡一整夜。捞出鸡肉，沥干后装在碗里，即可上菜。

梁子庚的做法：多做一份卤汁，冷冻成冰块。上菜前，将卤汁冰块刨碎，用马丁尼酒杯盛碎冰，将鸡肉排在碎冰上，即可上菜。

我每周在黄浦会工作三天，干午班，早上十点去餐厅报道，准备午膳，直到下午三点。我和其他厨师、供货商和服务员一样，从大厦的后巷进入餐厅。我在更衣室匆匆换上厨师服和长裤，把头发梳在脑后绑成一个马尾，带上纸帽子。身边的领位员穿着优雅的旗袍，她们在镜子前面悉心涂唇膏、画眼线。再来一条围裙和一双球鞋，这就是我的全副装配了。我中意梁子庚穿的那种厨用便鞋，但在中国买不到。黄浦会的其他厨师也买不起这种鞋，厨师们的月薪大概在 1 800~4 000 元，而一双这样的鞋就要花掉月薪的四分之一不止。所以，大部分厨师穿着黑布鞋，但这似乎不大明智，因为菜刀随时有可能掉在地上。

我在厨房里要么剥豆子，要么用面条裹住虾仁，做单份的小吃。我包过小笼包，那是比较辉煌的时刻。不过，大部分时间，我都跟在厨师后面，观察他们的一举一动。午班结束的时候，我累得筋疲力尽，可对于其他厨师来说，一天刚过去一半，休息两个小时之后，他们又得接着上晚班。

我猜梁子庚一定是吩咐过前不久刚被提拔上来的行政主厨务必令我保持忙碌，还时不时用试吃食物来让我分心，这样我就不会四处打探了。这位主厨是马来西亚华侨，三十岁出头，名叫邱中耀，餐厅员工们都用普通话叫他"耀哥"。他和梁子庚共事多年，追随他来到上海，创办了黄浦会。

耀哥身材魁梧，厨房里发生的任何事情都逃不出他的法眼，有时候他会突然冲向厨房里的某个角落。有同事说，他的情绪简直就是梁子庚的翻版，"和天气一样变幻莫测"。可能上一刻，他还和《大青蛙布偶秀》（The Muphets）*里的瑞典厨师一样和蔼憨厚，下一刻，某件事被梁子庚否决了，他立即面若冰霜、一言不发了。他通常站在厨房中央，这是热炒区，主菜都是在这里炒、煮、炖出来的。

耀哥像汽车销售员向顾客推销最新款车型一样，带我参观各个灶台。"这些是从广州运过来的，"他一边漫步走过一个灶台，一边说，挂在

---

* 《大青蛙布偶秀》（The Muphets）结合了真人演员和布偶的一个电视节目，最早在英国播出，后来风靡欧美。"瑞典厨师"是其中一个布偶角色。

腰间的厨用毛巾不停地晃荡，"那是专销香港的产品，本地产品质量多半比较差，听着就知道。"他拿起一只锡碗，敲了敲。

师傅们个个汗流浃背，厨师服都湿透了。他们举着十斤重的大锅，颠锅。每个灶台有六个瓦斯炉头，全开时火力凶猛，菜下锅炒几秒钟就能起锅，能最大程度保留食材的原汁原味。火力大小由踏板来调节，往下踩踏板，火力就变大，上方的排风扇也随之加大马力，发出卡车引擎般的轰鸣声。不烧菜的时候，火力调到最小，但在收工之前绝不会熄火。每个灶台都被架高了，基座是一个又大又浅的水槽，锅里剩下的零碎食材或者多余的油倒进这里，节省洗锅的时间。在炒两道菜之间，厨师们会打开灶台上面的水龙头，用竹刷子刷洗大锅。

除了正在使用的大炒锅，厨房里的每一样东西都会被仔细清洗。厨房的一侧装有洗碗机，另外一侧，师傅们正在洗菜、肉和海鲜。厨房的纵深方向有一排不锈钢料理台，每个小片区专做某一种烹饪方法。

灶台区右边这个部门被梁子庚称为"切配部"，师傅们仔细检查鱼和肉，去骨剔刺，把蔬菜切丝或切丁。送来的海鲜大部分是活的，鱼箱排了一堵墙，色彩缤纷的海洋动物吐着泡泡。橙色大闸蟹每条腿儿上都带着毛，似乎是预感到自己小命不保，拼命想爬上滑溜溜的玻璃箱。螃蟹被捞走后，两只粉红色的澳大利亚大龙虾又进驻了水箱，它们好像在跳国标舞似的，钳钳相扣，浑然不知这样的甜蜜时刻即将被打断。水箱旁边放了一只泡沫塑料箱，装着咕咕叫的牛蛙。

在灶台区的左侧是开胃菜的区域。这个部门只有两个料理台和一个灶台，虽然面积不大，但却炮制出了本餐厅几道最著名、最成功的菜式，比如令人回味无穷的醉鸡，还有熏鱼和糯米甜藕等等。和开胃菜区相连的是蒸制区，这儿的师傅忙着制作一笼又一笼的小笼包和其他本地特色菜品，蒸笼层层叠叠，堆得很高。

在开胃菜和蒸制区旁边，是独立的点心区和甜品区。中国的厨房鲜少设有甜品部，传统的中餐最后会上一盘水果拼盘，而非一盘盘精致的甜点，比如说加了咖喱粉的巧克力冰激凌或是姜汁布蕾。即便是分工细致的黄浦会，在餐后甜点这一块也偶尔会出差错，比如巧克力面条——面条软绵绵的，巧克力味太淡——很快便从菜单上去掉了。

梁子庚对细节的苛求随处可见。厨师仔细称量每份材料的分量，不是立刻就要用的食材，一律用保鲜膜包好，这儿的保鲜膜用量之大，足以把眼前的每一样东西都包成木乃伊。每个水槽上方都固定有瓶装的洗手液。我上过烹饪学校，也在好几家餐馆工作过，看惯了厨师和服务员们明目张胆地违反最基本的卫生规范，就算手是脏的也去碰食物。现在看到厨房里的洗手液真是眼前一亮，再也不会因为下厨前没有洗手而心生罪恶感了。

厨师的工作环境已经达到世界一流的标准。中餐厨房的标准温度大约为 37 摄氏度，黄浦会的厨房安装了自动恒温设备，温度一直保持在舒适的 25 摄氏度。中国厨师一般一周工作七天，运气好的话，一个月能休息两天；黄浦会的厨师一周休息两天。在很多中国餐馆，老板给员工吃卖不掉的剩饭剩菜，黄浦会则有干净的员工食堂，提供营养均衡又美味的员工餐。

梁子庚四处收罗最好的食材，哪儿的最好就去哪儿进货。黄浦会用的料酒是最好的花雕，来自距离上海不远的绍兴。几块钱一瓶的料酒每家超市都有卖，可味道远不如花雕醇厚。黄浦会的米饭是用泰国香米蒸制而成，香气四溢，口感又有嚼劲又柔软，这种质地是中国大米少有的。他从美国进口土豆粉，因为中国的土豆不够粉糯。他说中国的土豆很脆，像"饼干"。耀哥指点我，如果想在家里复制餐厅里的菜，需要用进口的新奇士柠檬，不要用中国的柠檬。梁子庚抱怨中国没有好牛肉，并对中国厨师滥用嫩肉粉表示不满。后来有一次我在餐馆里吃牛肉，还真注意到牛肉的质地又粉又不自然。有一样传统调料，在黄浦会的厨房里也有，那就是味精。一天上午，我看到耀哥手里拿着一罐味精，他一脸理直气壮，眨眨眼说："总得让顾客开心嘛。"

除了常见的厨房危险，比如菜刀没有放回原位，擦拭过了头而常常导致打滑的地板也是这里的一大危险。我尝尝幻觉自己被魔法送到了发达国家，未来的中国，这里做事都依照规定，注重品质，厨师们的待遇也非常好，管理人性化。对于清洁和品质的高度关注当然也是有代价的，在黄浦会吃饭，人均消费 400 元，而在上海的一般餐馆，吃顿晚餐人均消费不到 80 元。

不过，令这家餐厅出类拔萃的原因还有更多。梁子庚不但是一位时刻鞭策员工们拼命干活儿的严厉老板，也是厨师们的精神楷模、学习榜样。员工们管他叫作"老大"，即对兄弟姊妹中最年长者的尊称。大家都很佩服他，他虽然出身卑微，但却在餐饮界奋斗到如此高的地位。"听说他买房啦。"一天上午，一位厨师悄悄告诉我。

那么这个并非在中国大陆出生，对上海菜了解也不多的青年，是如何在这座城市日益繁荣的餐饮界成长为先锋人物的呢？一方面，他的血液里流淌着烹饪的基因。梁子庚的父亲曾经在轮船上做厨师。父母离了婚，当时他还年幼。他由开餐馆的外公外婆带大。最早，他的外公外婆在新加坡街头推着小车卖馄饨，后来改做大排档，在传统的露天集市上摆摊。他们的生意越做越好，在新加坡有了三个店面，接着又把店开到了香港。梁子庚就是在香港出生长大。

餐馆是梁子庚的游乐场，外公外婆很疼他，经常剁下美味多汁的广式烧鸭腿给他解馋。他记得自己总是被食物包围着：比如粥和豉汁蒸鱼。还有源源不断的酒。每次祭拜祖先的时候，家里总会准备白酒，外公外婆也允许外孙喝上几口。"我的家人没受过多少教育，不太有教养。"他回忆说，"我会一头撞上墙壁，心想，我怎么穿不过去呢？"他咯咯笑起来，这是他的招牌笑声，充满活力。"我是一个训练有素的酒鬼。"

梁子庚谈到他的青春期和妈妈同住那段时间，就比较含糊了。他妈妈改嫁之后，家里气氛很紧张，不过他没有细说。"一个人的一生之中，总会出一些状况……"他的语气很不安，声音也越来越小，"所以我离开了家。"

梁子庚 13 岁那年离家、辍学。他对学校只有苦涩的回忆。"我讨厌学校，"他板着脸，咕噜着说，"我很不适合这种传统的环境。记得有一次数学考试，满分是 100 分，我只得了 7 分。可能老师不好意思给我 0 分，所以给了我 7 分。学校跟我不合，我从那儿学不到东西。"

他到外公外婆开在闹市区的一家餐馆去当点心学徒，出师之后他四处找活儿干，哪家餐馆给他工作和床位，他就去。他待的都是粤菜馆子，中国人普遍认为粤菜是最精致的中国菜式。在亚洲各地，逢年过节或者特殊庆典场合，粤菜往往是华人的首选，这一菜系尤其擅长炮制海鲜、鱼翅、鲍鱼、带子等等美味佳肴。在香港，粤菜馆的基本菜色包括各种烧腊（鹅、鸭、猪肉）、炒面，还有蛋挞、虾饺等点心。

在这一行干了五年之后，梁子庚精通了粤菜的三大台柱：点心、烧腊和热炒。"当时，我能烧出一整桌酒席菜，不过还没尝试去创新。我是一位非常传统的粤菜厨师，当时我要是敢创新，会被炒鱿鱼的。"

18 岁时，梁子庚的厨师生涯暂时中断，他到新加坡参军，这样一来，他就能拿到这个海岛国家的护照。我问他为什么想要拿新加坡护照，他的回答闪烁其词，"这是我妈妈的意思。"我猜在这个问题上他如此小心翼翼，是不想得罪他的中国客户。那个时候的梁子庚恐怕做梦也想不到，十几年后，他会到中国大陆开餐馆。

更想不到的是，梁子庚的两年军旅生涯竟然成为他日后事业成功的关键。他被分派到的那支连队中有很多受过良好教育的新兵，他们因为拿到奖学金出国攻读硕士学位，推迟了入伍时间，学成后才回国当兵。"政府也不知道该拿我们怎么办，所以我们全部被编到了一支连队。"他开玩笑说。这支连队聚集了新加坡的各种族裔，有印度人、马来西亚人和华人，大家用英语交谈，梁子庚跟大家混熟了，学会了一口流利的英语。他还靠自学通过了以英文出考题的高中同等学力考试。

梁子庚怀疑，可能是因为长官吃腻了军队食堂，才会看在他厨艺好的份儿上，把他派到那支特殊的连队。"军队食堂的师傅能做出什么好吃的？所以每当有将领级别的宴席时，国防部就打电话来叫我去主厨。"

梁子庚有位室友刚从法国留学回来，是他介绍梁子庚认识了葡萄

酒。加上这位室友也热爱美食，两人就四处搜寻美味，从街边的马来西亚小吃摊吃到新加坡最高档的欧洲餐厅。有天晚上，他俩到美丽殿酒店（Meridien Hotel）的餐厅用餐，那是他第一次尝到鹅肝冻。"不喜欢，冰凉的，还是肝，中国人习惯吃热菜，一块又冷又碎的肉而已。"梁子庚说。制作这道菜的是一位米其林三星的大厨，来自欧洲，当时正在新加坡访问。这位大厨走到桌边，问他们是否喜欢这道菜。

梁子庚回忆着，摇了摇头，眯起眼睛。"我说：'不好吃！'"他咯咯地放声笑起来，又很快止住。"规矩礼仪，书上都读过，但用在餐厅里，又是另一码事。"他说自己出身低微，因而对员工更有耐心，更能包容他们偶尔对珍馐佳肴的无知。"那不是他们的错。可要是过后才承认你不懂那些规矩，就会成为一种负担。我运气好，接触过那些东西。是那两年造就了我。"

我在黄浦会的实习从点心部开始，在那儿，我学到了制作小笼包的秘密。点心部也制作别的咸点，比如炸萝卜丝酥饼，中国萝卜咸中带甜，完全没有美国萝卜那种苦味儿；生煎包香脆多汁。但最吸引我的无疑还是小笼包，它和我从王主任那里学到新月形饺子完全不一样。小笼包是圆形的，顶上的皱褶呈螺旋形。小笼包是蒸熟的，而不是用水煮的。小笼包的皮虽然很薄，但却结实到足以把猪肉和鲜美的汤汁包严实。一口咬下去，汤汁就会喷出来。"等我告诉你这里面包了什么，你可能就再也不想吃咯。"耀哥在向我揭开小笼包的秘密之前，放出狠话。秘密就是，包的时候加了猪皮冻。

一天早上，我看一位厨师做猪皮冻。这位师傅二十多岁，广东人，非常耐心地回答我没完没了的各种问题。首先，他把好几张 1 厘米厚的猪皮切成 6 寸见方的大块儿，接着把猪皮放进沸水里，一次 12 块，在锅里加了花雕和白醋，煮十分钟。然后，捞起猪皮，放进一口白铁浅锅中。

等猪皮冷却后，他拿起喷火枪——就是厨房里用来烤奶油布蕾表面焦糖的工具——用橘色中泛着蓝色的火焰烤猪皮表面，去除残余的毛和杂质。接着，他把猪皮切分成更小的块儿，并割除皮下的肥肉。以上程序花了好几个小时。

我注意到猪皮上面有蓝色的水印，应该是屠宰场留下的戳印吧。

"墨水去不掉吗？"我问。

"是的，"他说，"没问题。"他向我保证，猪皮经过火焰一百度以上的高温，已经消毒了。但是，对此我还是持保留态度，这又是一个不吃小笼包的理由。

　　这些去掉肥肉的猪皮被放进用鸡骨架熬制的高汤里，一份猪皮配八份高汤，熬上四个小时，直到熬成黏糊糊的胶质。这一锅胶质放凉之后，放入搅拌机搅拌，再用纱布过滤。最后往滤好的浓汁里面撒了一点鸡精，放入冰箱冻一整夜，这一锅浓汁就凝固成了果冻状。

　　第二天，师傅挖了几勺猪皮冻加进一小碗猪肉馅中，用打蛋器搅打，直到整碗肉馅儿质地变得像蛋糕面糊般柔滑细腻。小笼包的馅儿就做好了。蒸的时候，猪皮冻会融化为汤汁。小笼包的面皮也和我熟悉的饺子皮略有差异，和面的时候，除了面粉和水，还加入一大勺猪油，这让面皮更加柔软，更有延展性。这下子我总算明白为何小笼包如此美味，原来从里到外都蕴含着猪肉的肥美滋味啊。

　　耀哥为我演示了包小笼包的技巧。他把一块包子皮放在手心，舀了一小坨肉馅放到皮上，另外一只手的拇指和食指一捏，就把皮的边缘叠到了一起。他一边转动手心上的包子，一边摺包子皮，好让褶痕能一个挨着一个，形成明显的螺旋形。

　　"就像拧螺丝。"耀哥说。他手心瞬间出现一个完美的样品，说完，他转身消失在主厨房中。

　　轮到我秀手艺了。我终于有机会亲手包这传奇的小笼包了。可是美梦很快被师傅打断了，他递给我一个像皮泥质地的小球，这是平时用来把盛菜的玻璃杯固定在盘子上的工具。"这个用来干什么？"我问，他让我就用这个来练习，可别因为我技术拙劣而浪费了上好的肉馅儿。

　　我笨手笨脚，捏出来的褶子歪歪扭扭的。包完一个，拿起一张皮重新试，把前面的都包起来，一个假球外面包了好几层面皮，就像俄罗斯套娃似的。

　　快收工的时候，点心师傅呈给我一个蒸笼。他揭开蒸笼盖，里面有三只小笼包，近乎透明的包子皮在腾腾的热气中泛着油光。我毫不犹豫地举起筷子夹了一个，轻轻咬了一小口皮，把馅儿里面的汤汁倒进陶瓷匙里，送进嘴里。耀哥错了，我对小笼包的热爱丝毫不减。

SHANGHAI SOUP DUMPLINGS

小笼包

（可做约36个小笼包）

猪皮冻

猪皮450克　菜油一汤匙　姜3片

葱2根，切碎　水1000毫升

绍兴黄酒3/4杯　白醋3/4杯

清鸡汤2杯　鸡精1/2茶匙

包子馅

五花肉450克，绞碎鸡蛋一个　姜末一茶匙

芝麻油一汤匙　盐1/4茶匙

糖1/2茶匙　鸡精1/2茶匙　白胡椒粉1/4茶匙

生抽酱油一茶匙

老抽酱油2茶匙　猪皮冻一份

包子皮

中筋面粉3杯　高筋面粉一杯　水1.5杯

猪油或酥油1/3杯

醋和姜丝，用来蘸包子吃

猪皮冻的做法（需提前一天做好）：在开水中烫猪皮2～3分钟，捞出后放凉。锅中倒油，大火烧热油后下葱和姜爆炒2～3分钟，加入水，绍兴黄酒和醋，烧开。等水烧开的同时，用火枪喷灭猪皮，去掉猪皮上残留的猪毛和毛渣。放凉的猪皮切成12厘米来见方的小块，放入锅中，开锅后转中火再煮15分钟。再取一个锅，加入清鸡汤，一边等汤烧开，一边去除猪皮底下多余的肥肉，汤烧开后将猪皮放进去，小火煮大约4小时，直到猪皮完全溶化在汤中。将汤汁放凉后，倒入搅拌机中打匀，用筛子过滤后倒入大碗中，加入鸡精后再搅拌均匀，放进冰箱中冷藏一夜，汤汁即凝固成胶冻状。

包子馅的做法：取一个大碗，放入绞肉、鸡蛋、姜、芝麻油、盐、糖、鸡精、胡椒粉和酱油，顺着一个方向搅拌约50下。

包子皮的做法：在大碗中混合两种面粉，再拿一个碗，里面放入一杯混合面粉和1/2杯水。用手和面、面和水充分融合之后，慢慢加入剩下的面粉和水，一次加一点，直到面团成形，加入猪油，揉面团，将猪肉完全揉进面团里去。将面团分成三等份，每一份搓成长条，再把每一个长条分成12个小块，撒上干粉，撒上面粉，以免粘连。

包小笼包：将一个面皮放在掌心，舀一勺肉馅放在面皮中间，用拇指和食指把面皮在肉馅上方捏合，每捏一下就顺着圆周转一下包子，最后包子顶端的褶呈螺旋形。大火蒸小笼包大约7～8分钟，配上姜丝和醋，即可上桌。

　　有一天我趁着不必去黄浦会，打电话给朋友江礼旸，邀请他同去"翡翠酒家"吃午餐。江礼旸也写美食评论，是我的同行。还不到十二点，这家装修别致、有挑高木格窗子的餐厅已经客满了。这位62岁的朋友穿着他招牌的背带裤，穿过人群朝我翩翩走来，微笑着打招呼，他一笑，肚皮也跟着晃动。他带着大大的黑色方框眼镜，有一个蒜头大鼻子和一张大嘴，以我的了解，这张大嘴能塞下海量的食物。

　　江礼旸还没坐定，随身必备的纸扇也还没有来得及打开，餐厅经理便过来问好。餐馆老板们不停地打断他用餐，不是亲自来，就是打他的手机，他的手机每隔几分钟就响一次，每次都有一顿免费大餐的承诺。他秀了一下他的新款诺基亚手机，可以手写输入，还有触控板。"才一千多块钱，你也应该买一个。"他说，瞄了一眼桌上我那只老土的手机。

　　我注意到他肩膀的背带裤带子有点儿松。他跟我解释过，之所以穿背带裤，是因为这样一来无论体重有何变化，还是可以穿同一条裤子。他身高一米八，体重最重的时候达到了94公斤，目前他的体重在73～86公斤上下浮动。自从得了糖尿病，这几年他一直在努力控制体重。和很多在过去二十年里富起来的中国人一样（他月收入近万元，稳居中产阶层），江礼旸在青少年时期营养不良，成年后却大量摄入脂肪、糖和碳水化合物，导致内分泌系统紊乱，最终患上了糖尿病。不过就算患病，他依然胃口不减，只是遵守无糖原则。

　　我刚开始写美食评论后不久，就认识了江礼旸。当时我住在上海，他和我一样，也是自由撰稿人，为好几家不同的报纸杂志写稿，其中包括上海版的《艺术家》（*Shanghai Tatler*）杂志和中文版《服饰与美容》（*Vogue*）杂志。我们因为对美食的热爱而交上了朋友。他比我年纪大，饮食知识丰富，为了表示尊敬，我管他叫"老师"。

江老师认为，和狗肉一起熏制出来的火腿更好吃（"我知道外国人不喜欢听这个"）。他点乳鸽的话，会先吃左腿，他觉得那是鸽子身上最美味的部位，因为鸽子走路的时候重心落在左腿（江老师这么认为），所以左腿肉味更浓，味道更好。他无法理解西方人为什么推崇小牛肉，"牲畜们如果不运动，肉怎么会好吃？"

在翡翠酒家，他劝我吃胖头鱼的**眼珠**。我们点了湖南名菜剁椒鱼头，那鱼头足有一份肋眼牛排那么大，下面垫着红辣椒和葱，鱼头被一开为二，左右各半，这样吃起来更方便。

中国人普遍爱吃鱼头，我吃过无数次中国宴席之后，也渐渐爱上了这美味的鱼头。只要吃的时候不去想自己吃的是什么，那软软的肉，特别是鱼鳃附近的肉那么嫩，真是人间美味。鱼头就像一块海绵，用什么做调料，就能吸收什么味道。但是，我还是无法克服对鱼眼睛的反感。

"这是最精华的部位呀！"江老师以他那一贯的毋庸置疑的语气说。他已经吃完自己的那一份，摇着折扇，靠在椅背上，等着我把鱼头吃完。

"您觉得这鱼做得怎么样？"我支支吾吾地问。

"很嫩！味道清淡，搭配均衡。"

"有什么是您不喜欢的吗？"

一位女服务员走过来收走了江老师的盘子，我那装着鱼头的盘子还留在桌子上。

"不太正宗，"他说，"不像正宗的湖南剁椒鱼头那么辣。"

可是，只要好吃，正不正宗又有什么关系呢。

"菜单上写着'剁椒鱼头'，既然要叫这个名字，就得名副其实。要改造、改良，没问题，那么就不该说这是一道湖南菜。"他顿了顿，想找个类比让我更好懂。"你不能举着克林顿的旗号，却走着小布什的路子！"和许多中国人一样，江老师对克林顿的好感是小布什无法企及的。

我终于鼓起勇气，把鱼眼睛送到了嘴边，它呆滞地瞪着我。我一口吞下去，迅速咀嚼，有一种生金枪鱼肚那种胶质的口感。我吞下胶质物，吐出一颗小小、硬硬的像珍珠一样的东西，这一定是鱼的眼珠子吧。

"看，"江老师笑着大声说，"好吃吧？下一回，你会抢着要的。"

江老师和大多数上海人一样，热爱新鲜事物。他追逐新科技，已经开始写美食博客，想把博客经营成可以赚钱的事业。他在博客上不断发文章，揭露他在菜市场、超市和餐馆发现的假冒伪劣食物，因为相关制度不健全，市场上经常有以假乱真、鱼目混珠的商品，比如说是鱼翅，其实就是鱼鳍，或者营养成分不全的婴儿食品。

江老师同样乐于尝试新奇的食物。有些中国人虽然吃起海蜇皮、臭豆腐和驴鞭都面不改色，但看到肉丸意大利面却不敢下叉子，对此我觉得很好笑。还有一些中国人在国外旅游时，就算到了法国、意大利这样的美食天堂，还是坚持每顿都要吃中国菜。不过上海不一样，这座城市比较开放，又有过殖民地历史，和外界的接触一直比较多。这种开放的心态再加上近年来经济的繁荣，给了梁子庚这样的厨师大好商机。江老师在黄浦会吃过好多次，对梁子庚颇有好感——"他真的像上海人一样烧菜！"——不过江老师也指出，黄浦会太贵了，普通市民吃不起。

又过了一段时间，我们在一家欧陆餐厅碰面，一起吃午饭。这家餐厅的墙壁刷成了柔和的灰色和蓝色，用马灯来照明，不像中式餐厅那么嘈杂。江老师带了一个叫作庄健的朋友来，这位朋友穿着正装衬衫和便裤，举手投足一板一眼的，像会计师。餐桌很宽，一份菜只有一个人的分量，这是对家庭式饭菜分量的挑战，但我们吃起来很费力，把盘子递来递去，这样每道菜每个人都能尝到。我和江老师一起吃中餐的时候，每道菜也都这样一起分享。

庄健比大部分中国人都开放，可在西餐厅吃饭，对他来说仍是新鲜事儿。他用叉子戳了戳薄薄的生牛肉片和烟熏鲑鱼片，把肉片和鱼片叉起来举在半空，像对待实验室标本一样仔细观察。不过，每一道新奇的菜，他都饶有兴致地品尝，先试探一小口，搁下手里的叉子再咀嚼。

　　庄健给了我他的名片，上面写着他是上海餐饮行业协会的副秘书长。中国各式各样的组织对于我来说是一个谜。通常，它们存在的唯一目的似乎就是往满是头衔的名片上，再塞一个上去。每个人至少都有一个头衔，不管见到谁，总要坚持跟对方交换名片。上海餐饮行业协会的宗旨是"分享信息，组织会议"，庄先生跟我解释说。他的名片并不夸张，除了副秘书长，另外一个头衔是"2006 年上海国际餐饮博览会组织委员会副总监"。

　　庄先生喜欢数字。上海有四万家餐馆，提供四十多个国家的菜色，包括巴西、土耳其、尼泊尔等等。上海最大的餐厅占地一万多平方米，共 5 层，有 108 个包间，每天的营业额将近 20 万元。

　　他提到，不仅仅是酒店，连澡堂、水疗中心、桑拿馆都经营餐饮。他的协会把外卖店也列为餐馆，有些中小学没有自己的食堂，于是由外卖公司供应饭食。最大的外卖公司一天要送 10 万份午餐。协会敦促这些公司除了注重营养，还要注意口味。"如果孩子们觉得午餐不好吃，就会去街上买羊肉串。"庄先生解释说。

　　我问他学校的午餐多少钱？

庄先生的回答有些含糊。他说，上海和中国大部分城市一样，都有"40,50问题"。他指的是"大跃进"前后出生的这一辈人，因为"文化大革命"耽误了学业（王主任就是这辈人中较为年长的），在工厂干了二三十年后又赶上下岗。"他们上有老下有小，生活比较困难，供不起孩子。所以我们把午餐价格定得比较便宜，一顿饭四块五毛钱。"

庄先生还提到，许多上海餐馆都供应中国的"五珍"——海参、鱼翅、鲍鱼、鱼肚和燕窝。我问他具体有多少家，他迟疑了，表情茫然。他也有说不出数字的时候呢。为了帮他挽回面子，我赶紧换了个问题，鱼翅仍然受欢迎吗。我始终想不通，这种无色无味的东西有什么好吃的。

"吃鱼翅会上火，对环境也不好。姚明就不吃。"他说，指的是休斯敦火箭队的篮球明星姚明最近代言的一条公益广告，提倡不吃鱼翅。中国人习惯了教条式的宣传口号，这种由明星做公益广告的形式，令人耳目一新。

庄先生又补充道："市场上很多鱼翅都是假的。"

江先生仿佛如梦初醒，抬起头附和说："跟月饼一样嘛！"

再过几周就是中秋节了，每年农历八月十五月圆之日就是中秋，当晚人们吃一种质地紧密、圆形的糕点，有甜味也有咸味的。经江老师这么一说，月饼仿佛成了中国版的沉甸甸的圣诞水果蛋糕*。"没有人为了吃月饼而买月饼。有些月饼是用劣质材料做的，或者是前一年回收的。月饼只是用来送礼的。糖分太高了。"

"我喜欢月饼。"我说。至少我自以为喜欢月饼，关于这种点心，我有美好的童年回忆。

"那好。"江老师说，打开公文包，递给我两张别人送给他的月饼券，我可以到本地一家糕饼店换两盒月饼。

庄先生说，中国对月饼有了新的规定，"不能像以前那么铺张。"根据规定，月饼盒的价格不能超过里面装的月饼的价值。

我问，政府为什么管得如此细致，甚至都管到月饼的包装了呢？

---

* 水果蛋糕是美国圣诞节的特别糕点，但是美国人并不喜欢吃这种水果蛋糕，一般都做成装饰用品。

庄先生解释说，最近几年，月饼成了行贿的媒介，开始出现 18K 金的月饼盒，还有在月饼盒里放现金，"或者房子、宝马车钥匙，"他说，"月饼成了腐败的工具。"

我曾经听过这么一个传说，七百年前元朝的时候，中国有位将军在月饼中暗藏纸条，传给部下，从而推翻了皇帝。如今，月饼的新用途实在没有那么英勇、光彩。

庄先生提到腐败，这令江老师激动起来。他大声嚷道，还说呢，就在昨天，上海市委书记就因为挪用公款被立案调查。这还是第一次官位如此高的共产党干部面临审判、坐牢。"他活该倒台，"江老师以他一贯直率的态度说，"他挪用了我们的退休金。他拿了我们的钱！"

庄先生有点儿坐立不安，赶紧继续列举各种数字。2005 年，上海餐馆平均营业收入为 300 万元左右，2006 年这一数字将提高到 400 万。"我们国家没有最好的农业技术，没有最工业化的经济，但我们有世界上最棒的几种烹饪方法。"

这顿饭将近尾声，我得看出来江老师还没吃饱，我猜是因为还没有吃淀粉类食物垫肚子。我要了一份意大利面，这是我想得到的最接近中国面食的食物。服务员端来一盘淡奶油酱汁意大利宽面，江老师开心地将盘子一扫而空。

江老师和大多数中国美食作家一样，写餐厅评论并在这家餐厅免费用餐。餐馆有时也付费请他写广告软文。餐馆不仅向他请教如何改进菜品，也会请他指导市场营销策略。在中国，有些因素是优先于新闻客观性的，比如商业利益。江老师坚持，免费用餐和写软文不影响他的写作。"如果我觉得不好吃，就不会写评论，"他说，"有时，我也会回绝餐馆的红包。"但在我的追问下，他看起来神色不安，我决定不再谈这事儿。

我不再对江老师的行为感到排斥反感，说不定也是因为在中国的这些年里，终于意识到我不能拿美国那一套道德标准来衡量这里的人和事。

我在北京了解了中国新闻从业人员的行事方式之后，遇到拿红包这类事也不再觉得大惊小怪了。不过，这或许也是因为我喜欢他这个人的缘故。他为人坦率，我很欣赏他对食物和写作那股真挚的热情。

江老师自幼就对美食有热情。他出生于1944年，家里有六个孩子，他排行老大。他的母亲靠卖菜养家，他很怀念母亲做的饭菜。"她自己发豆芽，连根全做进菜里。如今人们丢掉的东西，到她手里，都能做成无比美味的菜肴。"她用葱白来做红烧肉。她炖的鸡汤很鲜（"只有鸡肉"），秘诀在于小心掌握火候。

他的父亲靠修热水器为生。20世纪50年代，他们一家人住在上海闹市区的一排石库门房子里，过着普通中等人家的日子，刚开始食物还算充足，但到了50年代末，肉渐渐从餐桌上消失了。在"大跃进"的折腾下，上海和整个国家一样，也陷入了穷困。江老师记得，当时家里只用得起一只25瓦的灯泡，有时候他就在这幽暗的灯光下熬夜写作。高中时，他在上海一家颇有影响力的报纸《新民晚报》举办的征文比赛中获奖，报纸上刊登了他的获奖文章，他拿到四毛钱的奖金，用来买了一件运动衫，之前旧的那件已经烂得不成样子了。

他十几岁的时候，家里几乎只能吃米饭和面条。"我们太缺乏营养了，我经常觉得脑袋一团浆糊。"他们一家九口人，六个兄弟姊妹，父母和奶奶，一天只分到两枚鸡蛋。"父母把所有的鸡蛋都给我吃，他们是这样盘算的，如果我吃得好，高考就能考好。只要我去上大学，家里就能多一点儿空间，少一张嘴。"

这个计划成功了，1962年江老师考上了中国最好的大学之一——复旦大学，成为新闻系30位新生中的一位。学校位于上海北郊，他记得学校的伙食比家里强多了，"有些菜里面甚至有肉，有豆腐。我们早餐吃肥肉和稀饭。有时还能吃得上蒸鱼。"

江老师谈起他和学校教授、同学们的思想冲突时，有些不自在。当时"文化大革命"的序幕刚刚拉开。他的论文主题是他最喜欢的《红楼梦》，一部18世纪的小说。他的同学百般刁难，质问他为何不读毛主席思想，而去读这些旧文学。

"我跟他们讲'毛主席是个艺术家，不应该把他牵扯到政治里面去'。"

江老师的品位和他对"伟大舵手"的直率意见，让他吃了苦头。毕业之后，同学们都进入国营大报社工作，而他却被留校劳动了一年，后来被送到上海附近的安徽省教高中。

"我在安徽时，开始研究食物，"他说，"我找来一口炉子，找到一本食谱，里面记载了一千多年前一位御厨的烹饪技法。"江老师住的地方处于肥沃的长江三角洲，物产丰富。"我吃得到鱼、虾、蟹。我还自己灌香肠。"他发现研究食物不但能满足口腹，还能获得精神享受，而且"没有人来烦我，研究这些很安全，我非常快乐。"

1976年"文化大革命"结束，有关方面认为江老师已"改造"充分，于是他回到上海，在复旦拿到新闻学硕士学位，被分配到上海的一家大型日报——《文汇报》工作。当时各家报社和中国社会一样，开始进行改革，采用新的技巧。"我们采用倒金字塔式的新闻写作方法。"他告诉我，接着把那套方法详详细细说了一遍。我出于礼貌，没好意思跟他说，我在高中的新闻课上就学习过这些了。

江老师写过中国第一次电视和冰箱的购买热潮，也跑过纺织和服装生产这条线，但除了食物，他对其他任何东西都不那么上心，因此他转而报道起餐饮、农业和食物，说服编辑们这些也是正经的题材。他在2004年退休，之后便开始专门写美食文章。

一天上午，我带着江老师送我的券去换月饼。再过几天就是中秋节了，早在汉代就有了这个节日，中国人认定农历八月十五这一天的月亮最亮最圆。中秋节一般在公历九月份，中秋对于农民们来说，意味着秋收的开始。很多中国人仍然热衷赏月，遵循传统，一到农历八月十五这一天，要吃月饼、赏月、最好还能到山上去看月亮。

我在美国的时候，我们家不会在中秋出门赏月，但我们仍然保留了不少农历的传统。我十几岁的时候，爸爸有一阵子宣称要找回他的中国根，要开始用农历，要过农历生日，这可把全家人折腾得够呛，因为这样一来，我们再也搞不清楚他的生日到底是哪一天。月饼也非常重要，每年中秋节前，妈妈都要去中国杂货店买月饼，一个盒子里总是装了四个，饼皮是用面粉、糖和猪油做成的，上面有模子扣出来的图案和寓意吉祥的文字。暗金色的饼皮里面包了扎实的馅儿，有甜有咸，我最爱吃莲蓉馅儿的，一口咬下去，香甜柔滑，味道像茶。一个月饼的热量高达1 000 大卡，妈妈很清楚这一点，所以会把一块月饼切成八块，一个月饼能吃上好几天，我们吃完一个，她就从冰箱里的铁盒子里再拿一个出来。一盒月饼我们一家人足足要吃上两个星期。

我在去饼店的路上，发现月饼无处不在。我走出公寓电梯，迎面而来的便是一大摞月饼盒子，每一盒都是标准的正方形，盒子上镶着金边，叠得那么高，以至于挡住了抱盒子的人的眼睛。我走在上海的大街小巷，发现每一家餐馆窗户后面都堆着一箱一箱的月饼。连星巴克都在卖月饼，我走进一家星巴克买咖啡，店员问我要不要来一块卡布奇诺味的月饼配我点的咖啡。

我走到饼店附近时，看到一个男的鬼鬼祟祟地站在写着"取月饼处"的牌子前面，他指了指我手上的月饼券，问："多少钱？"他出 34 块钱买我的月饼券。饼券上的价值比他的出价高两倍多。

"对不起，不卖。"我说。我继续往饼店走，可走不了几步，就被收月饼券的黄牛拦下，这回他们出价 40 块钱，我继续往前走，边走边说我要换月饼，第四个黄牛笑了，"好吧，最后一个好价钱，两张券 84 块钱怎么样？"他穿着白色汗衫和运动裤，腋下夹着一个黑色皮包。他跟着我不放，很多中国人只要打定了主意就会穷追不舍，一直跟到了饼店门口。

"真的，"我叹了口气说，"我想留着自己吃。"

"这年头，谁还吃月饼？"他说。

"月饼不好吃吗？"我问。

"当然不好吃啦，做法和以前不一样了。"

饼店里面，月饼盒子堆积如山，一直堆到天花板。态度冷漠的收银员跟我说，没有莲蓉月饼了，我只好改换了一盒豆沙月饼，把另外一张月饼券卖给了一个双颊红彤彤的年轻女人，她告诉我，她从乡下来城里是想赚钱养家，她家里很穷困。她付给我 45 块钱，我猜她可以加 10 块钱倒卖出去，这钱可比在乡下种田好赚多了。

"月饼很难吃，是吧？"她一边给我数钱，一边问。

"你打算跟你买月饼券的人这样说吗？"我问。

她咯咯笑起来，"他们知道。月饼是用来送礼的。"

我转身离去，边走边想，我为什么不干脆把月饼券送给她算了。她需要这钱，我不需要。我身处的这个国家，"为人民服务"这句口号已经日益被"人人为己"所取代，我是不是也受此影响，才会榨出这位农民的最后一块钱呢？但是，黄牛们竞相加价，再加上在上海这个全中国最商业化的城市背景之下，卖月饼券似乎成了再合理不过的一件事情了。我在听了无数人抱怨月饼品质下降之后，再也不想破坏童年的美好回忆了。后来，我和一位朋友碰面时，听说她正为没时间去买礼物送给第二天要去拜访的亲戚而发愁，就把那盒月饼给了她。我希望，终究会有人吃掉那些月饼。

No 13

　　这一回，我在上海的生活和以前很不一样。我每周只在黄浦会工作三天，有足够的空闲时间去探索与发现这座城市。我再也不需要为了赶稿子在城里来回奔波，疯了似的寻找采访线索，做形形色色不同的选题。社交生活也安静了不少，之前在上海来往过的朋友大部分都已经搬走了，去了伦敦、首尔和纽约；我不再在酒吧待到凌晨时分。确实，没有了繁忙的工作和社交安排，上海可以是一个非常寂寞的城市。

　　有天晚上，我决定去一家价廉物美的粤菜馆吃饭。烧鹅是我最喜欢的粤菜之一，因此以前经常来这里喝粥、吃烧鹅。另外一个重要原因是，独自吃饭的话，这种随性的地方比较轻松自在。在中国，餐馆可远远不止是吃饭的地方，也是酒馆、KTV、会议中心，甚至婚礼场地。如果一边吃饭一边谈重要的生意，大家就会轮流站起来敬酒，直到有人醉倒。一群朋友晚上聚餐，经常会要一间包房，里面往往带有洗手间、电视、卡拉 OK。中国的餐馆鲜少有吧台和高脚椅，让你可以一个人安静地坐着边看书边吃饭。最小的桌子也是四人座的，如果我是独自一人用餐，我总觉得自己仿佛是在表演节目的怪人，服务员和其他客人以奇怪的眼神打量我、笑话我，这个可怜的女人既没有朋友也没有家人。

那天晚上，我占到店里所剩不多的空桌子中的一张。这家馆子使用日光灯照明，墙壁刷成白色，里面放了十二张餐桌，天花板的一头挂着一台电视机，使得这个地方看上去好像是单调乏味的医院食堂。餐厅和厨房隔着一扇玻璃窗，师傅在厨房里把烧鸭和烧鹅剁成小块儿。我刚坐下，服务员就走过来问我能否和另外一位单独用餐的人拼桌。这是位红色波波头的女士。

她坐在我对面，点了面和油鸡。我点了烧鹅，光是想想那烤得焦焦脆脆的皮，那肥美的鹅肉，还有那带有柑橘香味的蘸酱，我就已经忍不住流口水了。我们的菜送来的时候，俩人尴尬地互相看了一眼，便埋头吃起来。令我很意外的是，过了几分钟，这位陌生女士请我尝尝她的油鸡，我则坚持回请她吃我的烧鹅。我在心里说服自己，她的发型也没那么难看，我妈妈的头发不也染过那样的颜色吗。吃到一半，我们已经像老朋友一样聊开了。

她告诉我，她家在城郊，进城逛街买东西逛了一整天了。回家之前，顺便进来填填肚子。她在一家美国化学公司当会计。

"说不定你听说过我们的总公司——莫顿？"

我好像没听说过。

"是做盐的。"

我想了一下，"哦，你的意思是 Morton！对，那是一家很有名的大公司。"

她看了我一眼，"公司里的人总这么说，他们说公司的盐占美国95% 以上的市场，可我不相信。"

我对她说，她的老板没有夸张，莫顿的市场占有率的确很大，而且也想进入中国市场，只是莫顿的盐太贵了，比中国超市里卖的盐贵了一倍。

"但品质应该更好。"我说。

"中国人更在意价格，莫顿的盐品质是更好，里面加的碘少，可用的量就更大了。我自己试过，咸味比我们的盐淡。"

我们的话题始终绕着食物打转，没过多久，我决定向她请教我最近正在研究的课题——上海最好吃的小笼包在哪里。

"说实话，"她说，"在我看来，上海没有哪家卖的小笼包好吃。我老家无锡的小笼包好吃多了。"无锡离上海坐一个小时火车，已经被上海的发展所吞噬，被当成是上海的郊区。"那儿是小笼包的发源地。"

"你确定？"我问。每个人对小笼包都有不同的见解。

"确定，我们那儿做小笼包有规矩的，每只顶上的褶子必须是 16 个。另外，上海的小笼包太咸了，我们的偏甜。"她说，好像这两点足以证明一切。她告诉我，无锡的食物都偏甜。上海人做红烧肉的时候，一碗一碗加冰糖，可对于她来说，还是不够甜。

我们互相交换美食情报，争论共同知道的餐馆的优劣。吃完饭，她给了我她最喜欢的餐馆的名片，一家我从没听说过的馆子。接着，她不顾我的反对，掏出钱包，坚持要替我买单。

在上海的生活颇有些寂寞，就算在黄浦会也不容易交朋友。厨房按照不同的方言区分派系，梁子庚和耀哥等华侨之间说的是节奏单调的粤语，粤语和意大利语很像，独特而富有表现力。本地厨师之间说上海话，调子生硬，断音多，听起来像是磕了药之后讲日语。梁子庚也通过社区服务计划，雇了一些听障厨师，他们之间打着外人无法破解的手语。只有在跟圈子外的同事说话时，大家才说共同语言普通话。厨房的这些语言中，我只会说普通话，所以我始终是外人。

无所谓，反正厨房里忙个没完，跟人讲上半分钟的话都难。只有在当班前，大家去街对面的黄浦会员工食堂吃饭时，才说得上几句话。食堂跟中国的普通食堂没两样，放着长方形塑料桌，可是窗外的景色跟从黄埔会看出去一样，美得令人窒息，看得到江水和船，以及对面的摩天大楼。来黄浦会用餐的客人可是要花大价钱才看得到呢。可就是在这儿我也碰了壁。有天我坐在一群女服务员旁边，感觉自己像是新来的插班生，尽力想要融入新环境，却屡屡受挫。她们终于回想起来，我是那个实习生。带头的人说："哦，对，还记得你。"几分钟后，她端起餐盘，其他服务员尾随她而去，留我一个人呆呆地想，她们到底记得我什么？

员工食堂有专人做饭，烧出来的上海菜在我吃来是出奇的好。自助餐台上面的各种菜色搭配合理，经常变换，比如有红烧豆腐、煎鲈鱼、烤南瓜。每餐都有米饭、汤和新鲜水果。说不上豪华，却比其他餐馆的员工伙食好太多了。可黄浦会的厨师们对此却有异议，我有一次和两位厨师同桌吃饭聊天时发现了这一点。

其中一位在切配部工作的瘦瘦的年轻厨师说，小时候他妈妈在修船厂工作，经常带着他去上班，那儿的伙食"比这里好多了"。

对面是一位精壮结实的热炒师傅，他表示赞同："这年头，吃什么都是一股饲料味儿，猪肉都跟以前不是一个味道了。"

"以前猪都是个体饲养的，要养好几年才出圈，"切配厨师接着说，"现在都是工厂养猪。"

"以前的鸡都是放养的，"热炒师傅叹了口气，"它们可以自由活动，想吃什么吃什么。"

"现在都被关在笼子里，强迫进食，鸡肉远不如以前那么好吃了。"切配师傅一边呼噜噜地喝着汤一边说，"话说回来，之所以觉得以前的饭菜更香，可能还有一个原因，以前的选择没有现在这么多呀。"

两位厨师也没有就此多思考片刻，而是一吃完就立刻站起来，把餐

盘送到洗碗区，匆匆赶回去上班。我的午餐才吃了一半，但也起身，跟着他们回去了。

后来，我在厨房总算交到一个朋友。她叫小韩，芳龄十九，虽然厨房几乎是男人的天下，但小韩干起来活儿来却依然从容自在。她从一所顶尖烹饪学校毕业，一毕业就到黄浦会工作，从餐厅开业第一天起，就在这里上班。

小韩是打荷员，在整个厨房里，她所在部门的工作最叫我感到疑惑，这个部门就相当于机场的跑道，菜做好之后，得放在这个部门的台子上做最后的检查，然后才能让服务员大手一挥，高举过肩膀，轻巧地端到客人桌上。我们是"所有部门的中间人"，小韩这么跟我解释，她说在其他中国餐厅，打荷员的工作并不太重要，但在黄浦会，小韩的工作角色至关重要，她负责菜肴烹制好之后的美化工作，使得餐厅昂贵的消费看上去显得贵得有理。

小韩长得像日本漫画里面的女主角，脸盘子圆圆的，五官很细致，小小的鼻子配上一双会说话的眼睛和樱桃小嘴。她不喜欢化妆，头发总是束在脑后，绑一个马尾，这让她比实际年龄看起来还小。她和其他同事交谈时，声音低低的、粗粗的，好像变声期的男孩儿在说话。只要是在厨房里，即使是比较放松的时候，她也摆出一副男子汉气概。有一天她休假，顺道来了餐厅一下，穿着便装，头发放下来了，我惊讶地发现，她看起来很有女人味。职业厨房使得人人都变成了男人，每天早上当我换上厨师服的时候，就会注意到自己变了个模样：我的胸脯整个儿不见了。

小韩的袖口上夹着一支笔和一把刀，裤子口袋里则放了汤匙和筷子。她守在灶台前面，当热炒师傅把一碗热气腾腾的菜推到不锈钢料理台中间的时候，她就开始整理摆盘，把菜从难看的锡碗里移到亮晶晶的白磁盘、马丁尼酒杯和几何形的大碗里。她好像要把菜摆成适合出镜的造型，一个劲儿地将菜摆来摆去，还时不时从小瓶子里挤出酱汁儿来画线条，拭去盘子上的任何污点残汁。她在各个部门之间跑来跑去，确保每位师傅及时出菜，保持每一道菜的节奏。

我刚到黄浦会实习不久，有一次和小韩同桌吃饭。她话不多，但态度友善，我们吃完饭后互相交换了手机号码。我们聊起小笼包，对她而言，小笼包的美味仅次于葡式蛋挞。虽然叫"葡式蛋挞"，但其实是一种中式点心，是油酥皮包着鸡蛋和牛奶馅儿，表面烤得有点儿焦。她说，淮海路有个摊子卖的蛋挞是最好吃的。"在我吃到那家卖的蛋挞之前，我从来不知道什么是**幸福**。"她说着，咽了一口口水。接着埋头把餐盘里的饭菜吃完，回到厨房。那次之后，我们也没有机会多聊，她太忙了。

不过时间久了，慢慢我也更了解她了。她跟我说，小时候她从来没有想过自己会当厨师。"我们家没人当厨师，"她说，"我本想当医生。"

她逐渐对烹饪产生兴趣，是因为受一个好朋友的影响。这位在北京长大的好朋友跟小韩说，她喜欢吃海鲜和北京小吃，尤其喜欢一种叫作"驴打滚"的点心，那是一种糯米糕，外面裹着黄豆粉。小韩一时冲动，就对好朋友说："我可以学着做给你吃。"

"我就是这样当上了厨师，"她告诉我，"这样我就可以做东西给她吃。"

当时小韩即将初中毕业，当时她可以选择就读一般高中或者职高。在中国，一般高中考试竞争激烈，小韩可不想跟人挤，便决定念职高，读职高虽然不像上高中那么有面子，但毕业后或许更好找工作、更能赚钱。碰巧，小韩的爷爷工作的酒店集团旗下有一所上海最好的烹饪学校，她在好朋友的影响下，决定就上烹饪学校。

她和好朋友的友情并没有维持下去，但她对烹饪的兴趣却日益高涨。小韩成了烹饪能手，在学校学习两年后，她和 11 位同班同学获得了难得的机会，在黄浦会实习一年。实习期结束后，只有少数几位同学留了下来，两年半以后，小韩成了唯一一个留下来的人。"有的同学去了别的餐馆，有些人改行了。每个人都得找到适合自己发展的环境。我是那种越忙，工作表现就越好的人。"她说。

黄浦会是她唯一熟悉的地方——这里就像她的家一样，是个安全地带，她还跟父母住在一起。她也开始考虑要不要离开这里，去寻找更好的发展机会，但一想到这事儿，眼泪水就包在眼眶里了。"我知道我走的那天，一定会哭的。"她说。

有一天，我在切配部帮小韩择菜。我们一边理菜叶子，她一边问我喜不喜欢唱歌。晚上下班之后，她和同事们有时会去 KTV 唱歌。我告诉她我喜欢唱歌，但说实话，我不喜欢去 KTV，中国朋友总爱唱一些爱来爱去、严肃的情歌，屏幕下面的中文字幕跑得太快，我永远也跟不上。

"我只要在晚上两点之前回家就好。"她说回家太晚，父母会很担心。"我家有位长辈是警察，他有讲不完的故事，因为他在刑侦大队工作。"

"上海有很多凶杀案吗？"我问。

"市区治安比较好，郊区要差一些。"她说。我告诉她，这跟美国正好相反——在美国，郊区比市区安全。

"真的？好奇怪，"她说，"现在市区也不像以前那么安全了。"前一年，她在弄堂家里二楼卧室睡觉，有人从窗户爬进来，翻乱了她的东西，偷走了她的皮夹，等她醒来时，小偷已经跑了。

我们择完菜，去食堂吃饭。这一天的菜有炒大白菜、红烧萝卜和美味的梅菜扣肉。小韩认真地把餐盘里每一样菜都吃完，接下来还得干一天活儿呢，她需要力气。和大多数同事一样，她成天在厨房里跑来跑去，身材保持得很好。她刚来上班的时候，体重大约有 54 公斤，上了一个星期的班，瘦了 3.5 公斤，在餐馆工作两年多了，体重一直保持在 49 公斤左右。

"谁想减肥，就来黄浦会工作吧。"她吃光了盘里的饭菜，开着玩笑说。

我到这里工作了几周之后，腰围倒是有增无减，耀哥不断让我尝尝各种各样刚出锅的东西，我又没有意志力拒绝。我抱怨说，我都吃胖了。

小韩笑笑，不把我的抱怨当回事儿。我觉得自己好傻，其他同事有更糟的事情可抱怨，比如必须得站一整天，还要确保端出厨房的每一道菜都完美无瑕。

"你必须和好人为伍，"梁子庚告诉我，接着用普通话跟我说，"近朱者赤，近墨者黑。"

他说的是成功的厨师必须具备的条件。以前在军营里，结识有教养的战友让他"近朱者赤"，现在，他希望冯杰利登的出现，或者至少有这位名厨在楼下，也能让他沾光。冯杰利登如今是世界名厨，在全球开了 17 家以自己名字命名的餐厅，这位法国名厨飞遍全球，到处视察他的餐饮帝国。我和梁子庚聊天的时候，他总会提到让－乔治·冯杰利登的大名。"从厨师到企业家，有一段学习的过程，这是让－乔治告诉我的。"一天早上，他在办公室里说。又有一次，他宛如泄漏天大的机密一般跟我说："我越看，越觉得我不适合成为让－乔治。"

10 月的一天，这位法国名厨路过上海，决定到黄浦会吃一顿午餐。"让－乔治，重要贵宾"，一位女服务员在厨房分发写着以上标题的通知单，她好像在叫卖登了重大新闻的号外，大声喊着："两点半有八位贵宾。"厨房里本来已经忙得不可开交了，正在准备 30 人的午宴。资深的服务员汤米爆出一连串上海话，冷盘一直没做好，让他等得失去了耐心。汤米的两只眼睛长得很近，每次一看到他就让我想起豺狼。冷盘厨师弯着腰，按照自己一贯的速度不疾不徐地操作着，完全不理会汤米的叫骂。

新来的副主厨阿林今天没有来上班，令这个厨房更加忙乱。阿林今天休假去拍婚纱照，在中国，这可是得至少占掉一整天时间的大事。因此，耀哥也没有像平常那样在厨房里踱步巡视，而是亲自动手负责一个灶台。我难得见耀哥下厨烧菜，他的动作之精简，令我感到震撼。他将一个浅碗轻轻一斜，里面的食材轻松落入炒锅，再用锅铲轻叩碗底，让黏在上面的食材全部落下，接着，他好像扔飞盘一样，把浅碗扔到一堆脏碗里面。他用锅铲敲打锅子，猛火快炒锅中的食材。他举起锅，甩了几下，接着来了个180度大转身，面朝身后的料理台，他膝盖稍弯，让腰与台面同高，把锅里的菜装进干净的锡碗里，喊打荷员来。整个过程不超过一分钟。

在点心部，厨师们扫了一眼落在料理台上的通知单，上面写了梁子庚亲自为贵宾们设计的菜单，这份菜单凸显了大江南北各地的中国菜对梁氏的影响。

蟹粉姜汁蛋白

脆蛋面配陈醋生煎蟹粉鲜肉包

水晶虾饺

风干鸭肝虾仁鲜肉烧卖

海鲜卷

芝麻椰香绿豆冻

香辣鲜肉玉兔卷（咸味）

虾仁杏仁蚕形小饺（咸味）

粤式迷你煎油饼

点心部的三位师傅平时总是优哉游哉地干活，时而沾荤带素地开玩笑。可是今天，谁也没有说笑，都埋着头，专注而全速地捏着面点。师傅们匆匆把包好的玉兔卷放进蒸笼里，好像关了一笼兔子。有位厨师动手把玉兔卷排整齐，一个个白白的、软软的，面朝中央排成一圈。

点心部的负责人叶师傅长得胖胖的，鼻子很大。"虾饺好了吗？"他探头进来问。

"好了。"一位厨师回答。

"十分钟后就要上菜。"叶师傅说完，又匆匆忙忙走开了。

点心部外面黑压压站满了人，各个厨师你推我搡，不时撞到彼此。

梁子庚有一次跟我提起法国两家著名餐厅主厨的名字，说"他们工作起来就像瑞士钟表一样精确"。他解释说，在欧美国家的厨房里，厨师可以不必跟人沟通，独立工作。中国的厨房可不同，即便是最受吹捧的餐厅也不例外，随时都要准备各种各样不同的食材，随时都要上菜。在黄浦会，每个人的工作都与另外一个人有所交叉，锅铲敲击声此起彼伏，噼里啪啦，仿佛交响乐最高潮阶段的铙钹声。锡碗接二连三地被扔进待洗的脏碗箱里，人人都在大声叫嚷着。

厨师和服务员们嚷嚷着："来了，来了，来了！""去，去，去！""快，快，快！"

"轻点儿，轻点儿！"耀哥对一位厨师咆哮，这位厨师把昂贵的盘子往料理台上一扔了事。

蒸制部的主管竭尽所能用唇语对一位听障厨师说："香菜，香菜！"

长得像豺狼的服务员汤米发出一连串"涅、涅、涅"的声音，这些声音没有任何意思，只是想引起别人的注意。

穿着黑色西装制服的服务员举着盖有透明保温罩的托盘，推开厨房门，走进餐厅。女服务拿着空托盘，反方向匆匆走进厨房，准备端别的菜出去。一摞干净的白盘子送过去，一碗葱花从那一头送过来。有人以迅雷不及掩耳的速度抓起一只大闸蟹、一大块姜或者一只烧鹅。

甜点部传来阵阵香蕉糊的香味。甜点师傅每天来得最晚，下班也最晚。毕竟他们负责的是餐后才上的甜点，当厨房众人为午餐忙得不可开交的时候，只有他们能够以相对平和的节奏，在洋溢着姜汁、香草等芬芳气味的空间里工作。香气传遍厨房，直到通风系统把这香味和厨房里的热气、油烟一起抽出去。

虽然黄浦会的厨房是我在中国看到过的最干净的一个，但却常常不符合陈医生的标准，陈医生是卫生监察员，每天的工作就是在各个大楼的餐馆里面视察探测。那天下午，她大步走进我们的厨房，一手拿着老花眼镜，一手夹着装有检查表的档案袋，板着一张脸。她看起来好像中国版的美国前第一夫人南希·里根，穿着订制的白衬衫、深色裙子，留着波浪形短发。她一向呼吁厨房改革种种邋遢的陋习，别人往往报以嘲笑，和里根夫人推行的"坚决说不"（"Just Say No"）运动 * 收到的反馈一模一样。

"抽风机没有开到最大！应该开到最大！"陈医生大叫。她唠唠叨叨地抱怨着：厨师没有先冲洗一下鸡蛋，就把蛋打进甜点面糊了。不应该把已经摆盘的甜点放在水槽边。厨师去了洗手间之后没洗手！凉菜旁边为什么有一堆生鸭肉？有些厨师竟然戴着戒指！

"我已经跟他们说过不能戴戒指！"她嚷嚷道。师傅们看着她，一副看笑话的样子，继续干自己手上的活儿。她转过头来，气喘吁吁地对我说："来帮帮我！帮我跟他们说，好不好？"

"我很忙。没有时间听这些。"一位甜点师傅说，那语气仿佛是跟陈医生一起接受家庭心理咨询，而我就是那位居间调停的心理医生。厨师们管陈医生叫"阿姨"，他们也知道这是阿姨的职责所在，"可我们

---

* 1981—1989 年生活在白宫的第一夫人南希·里根（Nancy Reagan）是在全美毒品问题日趋恶化之时来到华盛顿的。她努力解决这个问题，领导了"坚决说不"（"Just Say No"）运动，鼓励年轻人克制尝试非法毒品的冲动。

要是什么都听她的，那餐厅早就关门了！"

陈医生气呼呼地走了，到楼上或者楼下另外的餐馆去了。在其他餐馆，她八成也受到一样的待遇。午宴的最后几客甜点送出去了，一半的厨师都走了，另一半留下来，好像在产房外等待的父亲，在厨房里紧张地走来走去，惴惴不安地等待着八位贵宾大驾光临。厨师仔细检查包子顶上的褶数对不对，炒锅已经刷干净了，各种食材也准备就绪。

两点半，一位女服务员走进厨房：让－乔治来了。大家立刻展开行动。

一位师傅把用大闸蟹腿儿做的肉汁儿一点一点滴在盛在蛋壳里的蒸好的蛋白上，每份蒸蛋上面都插了一支小青葱。

耀哥手机响了，他一边低着头整理蒸蛋，一边大声回答："好了，好了！"是梁子庚从餐厅打来电话问菜好了没有。他那天竟然没有亲自在厨房坐镇，对此我感到很意外。我想他大概觉得留在外面招待自己所崇拜的贵客更加重要。

厨房里，师傅将蚕形小饺子放到滚烫的油锅里炸，饺子皮有好几层，每一层薄如蝉翼。炸好之后，师傅把小饺子摆在点心篮中间，另外一位师傅拿着牙签，把黑芝麻嵌进炸饺子的两侧，充当"眼睛"。黑芝麻不怎么听话。其他师傅过来帮忙，只见四个大男人手里拿着牙签，拼命想把小小的黑芝麻嵌在小饺子上。

形状像短棍子、两头粘了芝麻的春卷也从油锅里捞了出来，有人像插花一样把它们插进鸡尾酒杯里，然后把生菜也插进去，就像礼盒里面的彩缎，最后在叶子上淋了一点儿特制的酱汁儿。

一位厨师拿着针筒把陈醋灌进正在锅里煎着的蟹粉包里。脆脆的油饼也以同样的方法在旁边煎着，饼上撒了葱花儿和肉末，煎好之后对折，切成四块，排在盘子上，堆得像个小金字塔，最后撒上海苔丝。师傅从蒸锅里取出蒸笼，打开盖子，给里面的点心刷了一层香油。每一道菜一完成，一位汗流满面的厨师赶紧给端到贵宾桌子上去。

快三点了，几位厨师把最后一道菜送了进去，剩下的十几位厨师总算松了一口气，大伙儿转而向剩菜进攻。

梁子庚在新加坡军队服役两年之后，重新回到餐饮行业，在不同的星级大酒店粤菜餐厅跳来跳去，最后跳槽到了一家五星级度假酒店——文华东方酒店。酒店将麾下的中餐厅交给他打理。

梁子庚说，五星级大酒店的中餐厅厨房一般需要三位主厨，分别是点心主厨、热炒主厨和总厨。酒店为了省钱，让他一人身兼三职，还得为酒店的冷冻食品公司工作。他不是在厨房干活儿，就是在研究食材，和食物化学家合作开发冷冻效果好的下午茶点心。

虽然工作如此繁忙，可梁子庚还是有办法找得到时间在食物上做实验。他把鹅肝加进小笼包里，在烧卖里加鱼子，还把龟苓膏拿去油炸。"龟苓膏里面有明胶，一下锅就融化了，"他说，"所以我不用明胶，改用面粉和琼脂。"

餐厅在梁子庚的领导下，成为当地数一数二的中餐馆，大堂有180个座位。"午餐时间，我们要做出600人份的饭菜。"梁子庚说。客人有时得等上两个半小时，才有座位。"在那些日子里，你简直就是一国之君，"他用第二人称说自己，"我的意思是，我简直就是——"他挠了挠头——"当年啦！"

1997年亚洲金融危机之前，亚洲的奢侈品市场非常景气，文华东方集团只要新盖酒店，就派梁子庚去指导中餐厅的开业。梁子庚坐着飞机从雅加达飞到香港、马尼拉、吉隆坡，他还不到三十岁，却到处指导已年过六十的大厨。亚洲文化中有年高德劭的传统，这样的安排时常引起紧张气氛。"我的态度不是'你错了'，而是'这样做是错误的'。不管做什么事，如果听任别人想怎么做就怎么做，事情就办不成。"他说。

梁子庚在文华东方集团工作期间也跟一些欧洲客座主厨有接触，他们帮助他培养了对西方精致美食的品位，比如他以前很不喜欢的肥鹅肝。不同的酒店主办圆桌午宴，吃外国菜，由客座主厨主持。"一天是法国菜，然后是印度菜、中国菜，"梁子庚说，"法国大厨给我们吃臭得不得了的奶酪，我心里想，昨天你让我们吃奶酪，那今天我就让你们尝尝榴莲煎饼的滋味。"

到了 2000 年，时年 29 岁的梁子庚在亚洲酒店业闯出了一番名气。他的榴莲煎饼深受吉隆坡文华东方酒店的马来西亚食客们喜爱，他获奖无数，但却觉得自己好像在原地踏步。文华东方酒店想让他转做管理方面的工作。"他们想把我送到洛桑，回来再继续做一样的破事儿，只是我就成了经理。"他说，他指的是这个瑞士以旅游管理学校而闻名的城市。

因此，当新加坡的四季酒店和他接触的时候，他决定回到第二祖国。"我又重新回到这座小岛，到一个更发达的地方。这里给我提供了另一个高度的挑战。"这个挑战不在厨房——他认为自己对食物的观念已经升华了——而在于如何和客户打交道。在文华东方，"我完全不用见客户，四季就不一样了，如果出了什么错，比如你说我做的这杯拿铁糟糕透了，那我就得出来直接听客户当面批评。"

有一天，三位客人吃过梁子庚做的菜之后来找他，他们是一批投资人，正在修缮上海外滩上的一幢历史建筑，打算把这座老建筑翻修为商场和餐厅，就是后来的外滩三号。投资人们想找一个能在精致的用餐环境中烹制地道上海菜的大厨。

三位中的一位是华裔美国律师李景汉，他也是外滩三号的联合主席。我问李先生对梁子庚的看法，他说，集团找不到能够执行他们想法的上海厨师，"这位大厨必须要有在国外五星级酒店工作的经验，还需要达到清洁、摆盘美观的标准。"外滩三号的执行官们在考虑了亚洲各国数十位大厨人选之后，最后选中了梁子庚。李先生告诉我，梁子庚中选的因素有很多，其中有一点就是他有"洁癖"——在中文里，这个词有"偏执地讲究细节"的意思。"他的每一盘菜都漂亮极了，摆盘很美观。我们看过他的厨房，干净且秩序井然。他就像一个带新兵的班长。"

梁子庚听说法国名厨"让－乔治会在楼下"，就动心了。他也得知可以按照自己的想法，自由创作菜式，而不必像在酒店工作那样得一层一层上报菜单，申请批准；他还可以随时随地炒别人的鱿鱼。

李先生又说，梁子庚"对上海菜一无所知"这不成问题。李先生说，上海的馆子已经有太多想做"怀旧上海菜"或者其他各种各样的大杂烩，梁子庚对这个城市的陌生反而是一种优势。餐厅开张前一年，梁子庚就来到了上海，他研究本地菜式，向好几位传统师傅学习，这些八九十岁的老人在一家著名的烹饪学校授课。

梁子庚来到中国内地之前，瞧不起这里的菜，很多香港人和华侨都有这样的心态。他认为"中国菜就是香港菜。其他的菜系都应该靠边站。"搬到上海"真的让我大开眼界，认识到这里的历史和文化，我才知道自己对中国菜的了解如此匮乏。来这里以前，我从来不碰酱菜，我觉得腌菜的容器好脏，可后来仔细观察后，我知道了那些容器是密封起来的，再加上发酵的作用，所以里面的菜是干净的。"

梁子庚眉飞色舞地跟我讲述他是如何赋予上海茶叶熏蛋全新的生命，这道老菜本来已经乏人问津，他在里面加了鱼子酱，"我们引起了巨大的轰动，只因为一点儿小花样，就让它起死回生了。"这道菜如今在上海到处可见，他说："这让我感觉挺好的，所谓'经常被模仿，从未被超越'。"他咯咯地笑得很大声。他也毫不掩饰餐厅开业前期等得不耐烦的焦虑心态，由于施工期延误，又赶上非典，餐厅推迟了开业时间。"餐厅本来可以早一点儿开张的。"我从他摇头的幅度看得出来，他的意思是，可以提前好一阵子。

让-乔治来吃午餐那天晚上，我回黄浦会接着干活儿，我想试试，自己能不能在厨房待上一整天还不累趴下。我看到梁子庚在蒸制部，穿着白色厨师制服。我在这儿工作几个月以来，看到这位创始大厨穿厨师制服，和在野外看到熊猫一样稀罕。然而，他就在那儿，手托着下巴，眼睛看着前面某一处，袖子挽到胳膊上。那件白色工服的尺寸太大，穿着工服的梁子庚显得和周围格格不入。

现在黄浦会开张两年多了，一切都已经走上了正轨，梁子庚开始逐渐着手新的计划。他往返于北京和上海之间，打算几个月后在北京开第二家黄浦会。他在亚洲各国上空飞来飞去，虽然他在黄浦会担任全职工作，但还会帮老东家做点儿事儿，时不时去吉隆坡或者曼谷，为文华东方设计菜单。

梁子庚在上海的时候，大部分时间都待在他的办公室里，不是在打

电话、处理电子邮件，就是在和员工开会。他偶尔会去厨房巡视一番，当他走近时，厨师们就好像神经质一般突然变得畏畏缩缩，资历浅的厨师尤其会这样。梁子庚难得发一回脾气，他骂起人来，不徐不疾，不至于失态，可语气很是冷酷无情。小韩记得有一回一位同事奉命去问梁子庚中午想吃什么，不一会儿这人慌慌张张跑回来，哀求小韩去帮他问。好吧，她说，心想这有什么大不了的。可当她走到办公室门口，隔着窗看到里面的情况，也被吓着了。

"我吓坏了，"她说，"我赶紧跑了，想找别人帮忙问。"

"为什么呢？"我问。

"他在责骂我们的一位同事，"小韩说，"我看不到他的脸，但我能看到那位厨师的脸。他脸色惨白。"

这会儿我正朝他走去，我心里和其他同事一样害怕。我算老几，只是一个实习生，居然想在他的厨房里跟他说话。

我哆哆嗦嗦地问他，让－乔治觉得午餐怎么样。

梁子庚眼睛看着别处，我觉得自己渺小得像一只苍蝇。后来，他总算回答说："那家伙开了太多餐厅了。"我还没有来得及判断出这句话是妒忌还是钦佩的语气，他就已经匆匆忙忙走到厨房另一边去了。

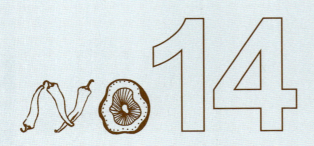

NO14

　　一天晚上，我顺道走进一家名叫"音"的餐厅，以前在上海住的时候，我常来这里。这一带绿草如茵，附近有几幢漂亮的老宅。餐厅仿佛一处质朴、精雅的家。从小玄关进来，走进宽敞的餐厅，木质地板，墙上挂着当代画作，陈设的是中式古董家具。饭菜也同装修一样简单低调，每晚都由同一位厨师烹制小份的现代上海菜和川菜。音餐厅和黄浦会一样，都是走创新上海菜的路线，只是规模小多了。

　　邓师傅做的鸡肉和鱼肉都是去骨剔刺的，他不用味精，而是用鸡汤或者骨头汤来提味。他放油少，做菜的风格一点儿也不招摇，很少采用稀罕的外来食材，降低菜的辣度，比如在豆瓣酱里面加糖，在川味担担面里面加花生酱——这些做法在传统师傅看来，简直是大逆不道。

　　我认识的一位旅游杂志编辑曾说过："最好的餐馆和最喜欢的餐馆压根儿就是两码事儿。"我认为，黄浦会和音餐厅的差别正在于此。黄浦会埋头苦干，一心想要攀上中国餐饮的顶峰，去那里用餐是为了得到一种特殊的体验，是身份地位的象征；很多人认为它是上海最好的餐厅。音餐厅则是街坊餐馆，去的都是一些常客，这里是他们最喜欢的餐馆。

　　音的日本籍老板宫中一向站在玄关迎接客人，宫中对人很客气，说起话来轻言细语的。我走进屋子里面，脱掉我的外套时，宫中对我微微额首，脸上流露出惊讶的微笑。我之前在上海住的时候，和宫中、邓师傅都挺熟的，可我已经两年多没来过了。

我坐下来用餐，邓师傅从厨房出来和我打招呼，他穿着黑色中式立领衬衫、牛仔裤，戴着一副玳瑁眼镜。他的前额布满皱纹，很瘦，皮肤的颜色像泡了很久的乌龙茶。他和宫中一样腼腆，微笑着点点头。他这种低调的作风，让我联想起在公园看到的一些上海中年人，手里提着鸟笼悠闲地散步。当我告诉他，我回上海是为了学做菜时，他眼睛一亮，一下子有了神采。"你一旦打好了基础，就可以灵活运用。"他说，"比如，我在贵州的一家餐馆打工的时候，有一次，老板拿了一只活的果子狸回来。"

"现在不是不许吃果子狸吗？"我问。这种很像浣熊的动物，据说与非典疫情有关。

"那是很久以前的事儿了。总之，我从来没有吃过果子狸，也没有做过狗肉或者猫肉，怎么办呢？这样吧，我先去掉它身上的毛，这玩意儿可凶了。"他皱起眉头，想模仿出果子狸凶猛的天性。"然后，我把它扔进一锅滚水里。扒了它的皮，加酱油和糖红烧，味道好极了。"得

出的结论就是："一件事情不能因为你从没见别人做过，就说你不会做。"
他说，如果我想练练手艺，尽管随时到厨房找他。

我真的时不时就去找他，音餐厅的厨房陈设简单，只有两个灶台，
一个大料理台和两个水槽，这里和黄浦会那种紧张而又追求细节的作风
完全不同。一天中午，邓师傅站在灶台前朝我看了一眼，隔着呼呼作响
的抽风机喊道："干脆你来给老板做顿午饭好吗？"他叫一位女服务员
给我拿来了围裙和纸做的厨师帽。宫中按老规矩，点了豆腐和白米饭。

"少放点儿辣，"邓师傅说，"他不喜欢太辣。"

梁子庚曾让我用黄浦会的灶台上炒过一次菜，有位资深大厨在旁边
指导。不过，他嘱咐那位师傅，绝对不能把我做的东西端给客人吃。

我想，不管我炒的菜有多么难吃，宫中都会原谅邓师傅的，可为老板
烧菜这件事还是让我非常紧张。邓师傅似乎没有注意到我的紧张，他教我
把切成片的豆腐扑上点儿面粉再下锅去炸，炸至外皮金黄酥脆时，捞出来，
另起油锅，下葱姜，再加入一勺豆瓣酱和一点儿辣椒酱，"下豆腐！"邓
师傅提高声音，压过轰响的抽风机，给我下达指示。豆腐在锅里嗞嗞作响，
我往锅里加了一点儿料酒，煮了两分钟之后，又加了些酱油，继续收汁。

一旦着手做菜，我的天赋仿佛自动开启了。我信心十足地把菜装进
上了釉的瓷盘，女服务员把菜端走了。我看着一盘菜从菜板到锅里，再
到餐桌上，成就感油然而生。当我在张师傅的面馆里做出来一碗刀削面
的时候，也有同样的感觉。我做出来的菜肴，有人吃，还会给评价，而
且是亲朋好友以外的人。

我走出去，碰到宫中。"豆腐好吃吗？"我问他。

这位帅哥愣了一下，问："你——是你做的？"

HOME-STYLE TOFU

家常豆腐

豆腐一块，约 340 克
中筋面粉 1/2 杯
豆瓣酱 1/4 杯
辣椒酱 1/4 杯
糖一茶匙
菜油一杯
葱末一汤匙
绍兴黄酒一汤匙
酱油 2 茶匙

将豆腐先对剖，再切成 8 毫米厚的片。取一个碗，倒入面粉，每一片豆腐都蘸上面粉后，放在盘子里铺成一层。另外再取一个小碗，加入豆瓣酱、辣椒酱和糖，搅拌均匀，放在灶台边，备用。

锅中倒入 3/4 杯菜油，大火烧热之后，豆腐一片一片下锅，一面炸得金黄之后翻一面再炸。捞出豆腐后放在干净盘子上。

锅中倒入剩下的 1/4 杯菜油，大火加热一分钟，下葱姜翻炒一分钟，再放入调好的酱料，再翻炒一分钟。放入炸过的豆腐，酒和酱油，转中火煮 3～4 分钟，关火，出锅上菜。

邓师傅用锅铲轻轻敲着铁锅，他抡起垫着湿布的锅柄，熟练地颠锅，鸽肉丁、松子和香菇丁被抛到空中，旋即落回锅里。灶台旁边整齐地排列着各种酱料和调料，就好像等着被涂抹到帆布上的颜料。

邓师傅的副主厨此刻正把做好的狮子头放进一锅滚水里，这些大肉丸要炖上一阵子了。有位助手在厨房另外一边切牛舌，另外两位则站在邓师傅对面的备料台，正等着他出菜。音餐厅给人一种一家人紧密合作的亲切感。

在音餐厅的厨房，我觉得自己不是外人。我和邓师傅相处很轻松自在，中午下班之后，我们有时会在餐厅或者露台上休息、聊聊食物，我草草记下邓师傅的一些见解：

在中国，生意人到餐厅谈生意，没有人真正在办公室谈生意。

做菜无需天赋。

我认为外国人没有兴趣吃真正的中国菜。

一天下午，我们坐在光线幽暗的餐厅里，邓师傅把红烧肉的做法从头到尾跟我讲了一遍。

"买两斤猪肉，肉要多一点，至少两斤。这就跟煮饭一样，煮太少，就是不好弄。把肉切成方块，冷水下锅，水开后煮五分钟。"他停下来抽了一口烟，"捞出肉，用冷水冲去杂质。切几片姜，用油炒，肉下锅，炒一会儿，加点儿料酒，大约三汤匙吧。开大火！"他停下来，喝了一口咖啡，接着说。

在认识邓师傅之前，我从来没有见过哪位中国厨师爱喝咖啡。厨师们都是喝茶，他们准备了大玻璃杯，不时往里面添热水。邓师傅告诉我，他是跟他的父亲养成的喝咖啡的习惯。他的父亲是一位成功的建筑师，在国外留学期间学会了喝咖啡。上海不难买到咖啡，1949 年之前，上海有一家英美合资的咖啡烘焙厂，外国人走了之后，政府接管了工厂，继续生产咖啡豆。1949 年之后，邓父的境况很不好。"生活变得很困难。"邓师傅紧张地笑笑说。不过，邓父不改喝咖啡这种小资习惯，还传给了邓师傅。邓师傅 18 岁那年当上厨师，每个月从 32 块钱的工资里面拨出 3 块多买一袋现磨咖啡豆，慢慢品味，直到下个月发工资。

最初，他被分配到一家名叫"梅龙镇"的国营餐馆工作，虽然这家馆子那时候是上海最好的餐馆之一，但当时邓师傅对当厨师不太感兴趣。"我连菜刀都不会拿。"他说。他从洗菜工做起，后来慢慢往上爬，在这里一待就是十八年，从他谈起那段日子的寥寥数语听起来，当时的生活很单调。20 世纪 70 年代，没有几个人吃得起梅龙镇这种馆子，鱼翅这类精致的大菜连见都见不到。

到了 80 年代，与国外的接触开始逐渐增多，1991 年的时候，邓师傅已经是资深厨师了，有位德国餐馆老板来梅龙镇吃饭，他喜欢邓师傅做的菜，邀请邓师傅到德国波恩他开的餐馆工作。当时，这种机会还很罕见，在德国老板的帮助下，邓师傅办好了护照和工作签证。到了波恩，他白天在厨房工作，晚上就睡在一间只有一张榻榻米、没有其他任何家具的小公寓。他在梅龙镇的工资已经拿到最高了，每月 320 元（约合 40 美元）；在德国，起薪大约就有 1 200 美元。不过，他并不怎么喜欢他所供职的餐厅。

"我到了德国之后，处处都觉得很新鲜，"邓师傅说，"到了之后，发现'怎么是这样？'"他沉吟良久，当时在德国，"中餐馆没有小笼包，厨师也不知道什么是鱼香汁儿，更不知道扬州炒饭的配料到底应该是什么。他们不知道中国菜和日本菜之间的区别。"难怪邓师傅认为，外国人没有兴趣吃真正的中国菜。

在波恩，邓师傅碰到一位上海老乡，这位朋友把他介绍给中国餐馆和厨师圈子，从那时起，邓师傅开始在德国各地不同的餐馆打工。他在德国待了三年之后，决定回国。"我喜欢欧洲，可问题在于，我没法儿留在德国。"他要回来照顾老母亲。

邓师傅回国之后，在全国各地旅行了好几个月，他在德国工作攒下的钱足够让他走遍中国各地。他在新疆培养出了对孜然和番茄的品位。他曾经在贫穷、多山的贵州省一家上海餐馆短期工作了一段时间，他就是在那儿把果子狸给红烧了。他还去了西南边陲的云南省，主管一家烟草公司办的餐厅。最后，他回到上海定居。

他回上海后不久，认识了宫中，宫中想开一家非传统的上海菜餐馆。在这家餐馆，用餐前可以先来上一杯西班牙葡萄酒，吃完饭还能再享用一杯卡布奇诺，用餐环境安静舒适。邓师傅正是宫中想要寻找的大厨——有经验却又不死守陈规。

宫中让邓师傅全权负责菜单，邓师傅糅合他儿时的上海记忆、在梅龙镇多年的经验以及在中国各地旅游的经历，创作出"邓氏特制什锦大蒜爆羊肉"这类新颖的菜式。

我也带江老师来音餐厅吃过饭。吃完午餐，江老师一边摇扇子，一边把陈设典雅的餐厅扫视了一圈。"你想尝尝真正好吃的上海菜吗？"他居高临下地说，"我带你去别的地方。"我的确碰到过很反感音餐厅的上海人，他们管这里的菜叫"假"中国菜，太简单、太家常了。另外，按照这里人均80～200元的消费标准，起码也应该有鱼头可吃吧，说不定都能上鱼翅和鲍鱼了。

我在音餐厅领悟到，对于是否"地道"的看法是相对的，我人在上海，吃着上海厨师做的上海菜，但有些人却认为这不是地道的上海菜。"地道"的上海菜到底是什么样的呢？是上海还没有变成繁华的港口，还是只有几十万人的小渔村时，人们吃的东西吗？是本帮菜，也就是从殖民地时期开始出现，混合了大江南北各地风味的菜系吗？还是梁子庚的新派菜系？大家口口声声说"地道"二字时，并没有考虑到食物也是与时俱进，无时无刻不在变化，食物反映了起源地，而起源地本身也在变化。

音餐厅像家一样的环境和氛围也让我很喜欢，这里装修简洁随意，有精选的葡萄酒，菜式简单，摆盘不装模作样。随着我对"正宗"中国菜了解越多，我不再为自己喜欢音餐厅而感到难为情。学习吃外国菜就像学外语，需要很长时间才能学得会，而且就算已经熟练了，也不表示我会永远喜欢中国吃饭和说话的方式。我待在上海的这段时间，让我认识到我在美国的童年塑造了我的味觉，一如我的性格、我的人生观和世界观。我在中国生活这些年，虽然对我产生了很大的影响，但一些最基本的东西并没有改变。无论如何，我很高兴做自己。或许我只不过就是对自己的"根"感兴趣的美国人——凶巴巴的张老师早就得出这样的结论。

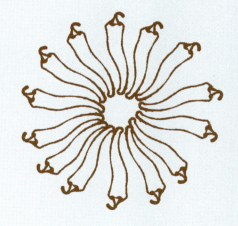

RED-BRAISED PORK

红烧肉

五花肉900克，切成一寸见方的小块

菜油 1/2 杯

葱末一汤匙

姜片4片

料酒2汤匙

老抽酱油 1/2 杯

糖 1/3 杯

水 2 1/2 杯

中等大小的汤锅中加入半锅水，五花肉块下锅，水开后再煮5分钟，打去水面的浮沫，捞出肉，用冷水冲洗干净。锅中倒入油，大火将油烧热后放入葱姜，翻炒一分钟。五花肉下锅翻炒3～4分钟，加料酒后翻炒一分钟，再加入酱油翻炒一分钟。放糖，转中火，翻炒一分钟。加水，盖上锅盖，小火炖煮2个小时。配白米饭吃。

说真的，我吃过的小笼包中，黄浦会的并不是最好的。黄浦会的包子皮儿口感轻盈而软，肉馅儿质量很高，肉汤制作很是费了一番工夫，但还是少了点儿什么，究竟少了什么，我也说不上来。梁子庚和我说过，他并不想和当地人比人家最擅长的事情："我到了北京，绝不会想去做出更好吃的烤鸭。得集中精力用不同的方式去做不同的事儿。"北京人做烤鸭没有几百年，也有几十年了。小笼包也是同样一个道理。

因此我继续寻找完美的小笼包。江老师介绍我认识了"绿波廊"餐厅的经理，这家老字号上海餐馆一天卖出上万个小笼包。绿波廊位于城区里面，原本只面向政府官员，改革开放之后，这家餐馆才开始对大众开放。绿波廊是深受政府喜爱的国营餐厅，常常接待外宾。江老师提到，克林顿也去那里用过餐。"我跟经理说，他应该把克林顿用过的筷子留下来，会很值钱的吧！"

餐厅是一幢狭窄的三层楼房，门口盖得像一座中式凉亭。倾斜的屋顶转角处尖尖的，以一定弧度向上翘伸，是明式风格，不过这幢房子顶多是十年前才修起来的。它坐落在上海最热门的观光景点"豫园"旁边，豫园是一座明代园林，虽然维修保存得并不太好，游客们仍然络绎不绝而来。园子周围一圈小店专做中外游客的生意，游客们走在迷宫一样的窄巷子里，小巷两边的小店卖一些人造玉石和丝绸制品。

我到了这里，心里充满怀疑——游客越多、越是受政府青睐的餐厅，往往菜做得越差。但我暂时没有妄下结论，因为我尊重江老师的意见。

餐厅的经理说，等午餐高峰期过了，他可以带我去后厨包几个小笼包，再蒸出来自己品尝。我们在外面一边等，经理一边追述 20 世纪 70 年代早期，流亡的柬埔寨亲王来餐厅的陈年旧事。这位亲王被迫离开柬埔寨后，逃到中国，他是毛主席的朋友，到了上海，受到盛大的接待。政府办公厅通知绿波廊，亲王要去他们那儿吃饭，但并未通知确切时间。整个餐厅对外关闭了三天，恭候亲王大驾光临。到了第三天，亲王打了一局高尔夫之后，总算来了，厨师们慌张起来。领导吩咐要做一种特别的汤，材料有鸭血和特定尺寸、形状的鸭卵巢。厨师们为了找到完美的食材，宰了两百多只鸭子。经理说，绿波廊再也没有以这么高的规格接待过贵宾了。

后厨的料理台边，十几位工人坐在高脚凳上，低着头、弯着腰、包着小笼包。这活儿看起来太枯燥了，比在饺子工厂干活儿还糟。饺子工厂用的馅儿有很多种，这里却只有一种肥腻的猪肉馅儿。我惊讶地发现做小笼包不用擀皮儿，厨师们用掌心将小面团儿压扁，然后在皮儿中央抹上肉馅儿，然后快速地折几下，一个包子就包好了。忙起来，两个师傅一天能包 3 600 个小笼包。

我包的小笼包在那天绿波廊的总产量中所占的比例微乎其微，我包完之后，有位师傅拿了一笼来给我尝，在我吃过的小笼包中，这笼包子是最难吃的了，皮儿又厚又黏牙，里面的肉馅儿吃起来像罐头肉。

过了几天，我去探访小笼包的发源地，高速路上飞驰的公交车把我带往南翔。公交车离市区越来越远，周围的景色越来越粗糙。一般的上海人习惯了方圆十里之内方便舒适的生活，早就被这个大都市宠坏了，他们一听到要去郊区，就像曼哈顿人听说要去别的区一样，只会觉得可怕。就连江老师这样最具冒险精神的美食家，也从来没有去过南翔。我问他想不想和我一起去，他说："算了，不去。"并且祝我好运。

我甚至不太确定自己是否去对了地方，我问过很多人小笼包的发源地是哪里，各种各样的答案都有。我猜测最可信的答案应该是南翔，因为上海有家小笼包老店名字就叫南翔，江老师也坚称，就是南翔没错。

覆盖着防水布的超载卡车从我所乘坐的公交车旁边驶过，我朝窗外望去，一排又一排丑陋的楼房飞驰而过。路面颠簸不平，车辆排出的尾气形成烟雾，笼罩在路面上方。

公交车驶过一片垃圾场和一座废弃的工厂，厂房后面立着高高的烟囱。"南翔到了。"司机说。还不如说"月球到了"算了，我下了车，看见有几个男的懒洋洋地坐在摩托车上，等着宰客呢，送外地人进城。大马路两边是一排卖建筑装修材料的店面，有一家鞋店架着扩音器，大声叫卖店里的仿皮帆船鞋，就是看不见小笼包店。

我叫了一辆出租车，上车就先问司机我是否来对了地方：这里就是小笼包的故乡南翔吗？他把我拉到几条街外，那条马路上的小笼包店鳞次栉比。每一家店都宣称自己是正宗的小笼包创始店。我一边数这里一共有多少家店，一边盘算着我的肚子能塞得下多少小笼包。这时，我看到一家看起来还算像样的餐馆，名叫"古漪园"，餐馆旁边还有一个小花园，这家店看上去比较靠谱。

尽管古漪园开在一座老宅子里面，内部装修看上去却像食堂：大厅通风很好，天花板很高，挂着蓝色的吊扇，放着简单朴素的桌子和板凳，女服务个个马着一张脸。古漪园的小笼包也好不到哪里去，皮儿又厚又软，肉馅儿吃起来味同嚼蜡。我吃了几口就不想再吃了。

我和这里的经理聊了聊，但还是没有搞清楚小笼包的历史。经理说有一位叫黄明贤的师傅在 1871 年发明了小笼包。但经理拿不出任何证据证明这一说法，当我追问更早以前的事情，他沉默不语，他对未来更感兴趣。有一条从上海市区到这里的地铁线正在修建之中，他希望地铁的开通可以让餐馆生意更好。小笼包已经被国家列为"非物质文化遗产"，这位经理已经在东京和澳门注册了店名，还想在香港也这样做。

"美国呢？"我问。

"美国人爱吃小笼包吗？我不确定。"他说。

又吃了一顿难吃的小笼包这件事令我非常郁闷，只好叫了一辆出租车，迅速逃回上海。

"这是什么呀？"我问司机，车里充满了烧焦的味道。

"这里是上海污染最严重的地方，"他说，"这里的房价比任何地方都低。"

装得不能再装的自行车在马路上慢慢行驶；这里的房子修得就像一个个水泥盒子；没有人行道，行人就走在路边上。这里是完全不同于外滩和法租界的另外一个世界，这下我完全明白了上海市民为什么不愿意离开他们舒适安逸的城市生活圈。

有一天，我和小韩都不用去黄浦会上班，我们就一起出去找好吃的小笼包。我们打算去四家店，正好分别坐落在城市东西南北四个角上，这四家店都宣称自家的小笼包是全上海最好的。我们首先去的一家名叫

"王家栅"，就在我以前的住处附近，我妈妈就是在这儿爱上了小笼包。这家店面装修得焕然一新，桌面是玻璃的，落地窗，完全看不出来它以前是一个又脏又挤的小吃店。最后去的一家叫"佳家"，在黄浦江码头边上。中间我们去了台商经营的"鼎泰丰"，这家店坐落在弄堂里，那一片区的石库门房子都被改建成了餐馆和酒廊。我们也挤进"南翔"汹涌的食客群中，这家店是那家曾接待柬埔寨亲王的绿波廊的姐妹店，虽然我对它持怀疑态度，但不少上海当地人都夸这家店。

我们点的是蟹粉小笼包，大闸蟹正当季，加了蟹肉的小笼包吃起来更加鲜美，口感丰富。上海人一到了秋天就为大闸蟹而疯狂，小韩说她一星期要吃上三只。街头巷尾都有小贩在兜售装在塑料桶里的大闸蟹。包括黄浦会在内的各大高档餐厅纷纷推出大闸蟹菜品。梁子庚做的是醉蟹，将大闸蟹放进甜醋和绍兴黄酒中浸泡，蟹壳里满是蟹黄，吃起来像日本生鱼片一样软嫩，味道却和鱼子酱一样丰厚有劲。小一些的馆子则供应蟹粉，也就是拆好的蟹肉。机场安检入口处，立着的告示牌上有一只大闸蟹，一条对角线画过蟹身，这个图案表示禁止携带大闸蟹登机。

在每一家店，只要小笼包一端上桌，小韩便立刻安静下来，我妈妈和江老师也是这样，无论端上来什么菜，他们都全神贯注，眼睛里只有食物。这位年轻厨师夹住小笼包，把它翻了一面，仔细端详。这家的小笼包大小不一，有的只有乒乓球那么大，有的如掌心一般大。有的皮儿湿软如海绵，有的皮儿薄得透明。小韩教我如何从细节判断小笼包的优劣，皮儿要薄，但也要皮实，肉馅的质地要细腻轻盈，如果把一勺肉馅放进一杯水里，那肉馅得像发泡奶油一样浮在水面上。小韩把包子里的肉馅儿弄出来，像专家一样仔细检查。

在此之前，小韩一直是南翔的忠实粉丝，但当我夹起一个皮已经裂开，汤也流出来的小笼包时，她终于改变了之前的看法。下午三点左右，我们来到最后一家店，也就是佳家，我们俩都觉得这家店的小笼包最好吃。软软的皮儿吸收了馅儿里的汤汁，汤汁鲜美可口，直教人吃得上瘾，包子又包得那么袖珍小巧。包子里满满都是肉馅，放足了蟹黄和蟹肉。我们一口气把 16 个包子吃了个精光。

喝茶的时候，小韩告诉我她想搬到天津去。她有个朋友在那里，这位女性朋友劝她搬到华北这个沿海城市，保证会帮她安顿下来。她在黄浦会的工作已经做腻了，她觉得天津竞争不像上海这么激烈，她可以自己摆个小摊卖小笼包。她在银行里有 16 万元的存款，在中国这可不是个小数目，她打算用这笔钱来创业。但有一个问题：她的父母不会让她离开家，更不会允许她动用存款来做有风险的事情。

我同意她父母的观点，这件事听起来可不是个好主意。不过，我也很同情小韩，我理解像她这么一个固执而自信的年轻女孩儿是何等渴望自由，哪怕犯错。

"我只要继续和父母住在一起，他们就永远当我是个孩子。"小韩叹了口气说。

我听得出她语气里的不耐烦。她所拥有的自由已远远超过她的上几代人。她和王主任、邓师傅不同，不是由国家分配去做一份哪怕自己不喜欢的工作。她也不是因为经济条件所迫来当厨师。她当初想当厨师，是为了满足年少时期对幸福的向往。不过，虽然比起长辈，她的选择面已经宽得多了，但生活依然令人窒息。小韩想要更多。

下午的阳光晒热了我们的桌子，她继续大声说着她去天津看朋友的计划。她想送那个女孩儿一把薰衣草，但机场规定很多，她担心带着花不能坐飞机。她说，所以她要坐 12 个小时的火车去。火车一路北上，她则一路捧着这把紫色的花儿，把它搁在腿上。

那晚在厨房见过梁子庚之后，再见到他是在办公室。虽然他得穿过厨房才能进办公室，我却难得见他经过厨房，他像个魔术师一样，仿佛变个戏法儿就进了办公室。

他的办公室和点心部差不多大，也同样紧靠着厨房。不过，梁子庚在这儿可不是做小笼包，而是在为他的餐饮帝国制定雄伟宏图。办公室墙壁上钉着高像素的特写照片，拍的是他精心创作的菜式。书架上有一排明星厨师的菜谱图书，办公桌上堆满了档案夹，里面装着不断快速增加的计划书。

那天早上，他正在看一张蓝色格子纸，他参加了一个日本烹饪大赛，必须做出和纸上设计图相似的菜。他拿出北京即将开张的新店的设计蓝图给我看，那里的施工费用已经超出预算了。接着，他的注意力又转向另一个计划——文华东方想请他为集团在泰国的一家中餐厅设计菜单。

梁子庚设计菜单的时候，他需要闭关独处两周，期间不和任何人说话。"我在床头放了一个记事本，有想法就记下来。"他说。可是，现在他手上有那么多计划，要找到独处的时间太难了。他还坚持监督每个员工的日常工作，他在笔记本电脑上翻找了一番，很自豪地给我展示一张电子表格，上面列出了员工一天拆解的蟹肉、蟹黄、蟹腿儿和蟹壳的重量明细。有时候他好奇心来了，就会去厨房称一称那些价格昂贵的食材。

"要是重量不符合进货记录，我就知道这其中有问题。"他说。

"重量可不是会不一样吗？要看螃蟹的大小而定。"我问。

他耸耸肩，"有一成的出入。"

这只是一个小例子，足可以显示梁子庚多疑的性格。在黄浦会实习这几个月，动摇了我对精致美食的浪漫幻想。三年前，我会认为梁子庚是艺术家，把所有时间都花在思考食材和创作新菜品上，但如今我却发现，他花在大闸蟹表格上的时间远远多于思考饮食的意义这件事情上。我太天真了：烹饪是一门生意，不是艺术。

在黄浦会的最后一晚，没有伤感的告别，一家国际咨询公司包下了整个餐厅，那晚临下班之前，人人都已经累得精疲力竭。师傅们为了给109位客人做出六道菜的套餐，忙活了整整一晚上，厨房中间那个不锈钢料理台上，排满了餐盘。我记得梁子庚对我说过——他想要黄浦会一切的一切都标准化，"就像麦当劳那样"。

起初，这番话令我非常吃惊，他做的菜和连锁快餐店卖的食物完全是两回事儿。可时间久了，我慢慢理解了，无论黄浦会看上去多么光鲜体面，不论端上桌子的菜看着看上去多么精美漂亮，吃起来有么美味，厨房里的工作状况和我在饺子工厂看到的都差不多：烹饪就是一再重复单调、枯燥、乏味的工作。

梁子庚是一位优秀的生意人，刚开始他也只是一个打工者，现在却当上了合伙人。他从不肯透露他的年薪或者黄浦会一年的利润有多少。不过，至少在我实习那段时间，餐厅几乎每晚客满，午餐高峰时刻也忙得不可开交。我在那里的最后一晚，厨师们纷纷议论，这场仅仅几个小时的晚宴便可以为餐厅挣 24 万元。

最近，梁子庚发现精致美食商业模式的缺点，他说，每一家顶级餐厅"都需要一位梁子庚"，就算他再怎么乐意，也是分身乏术，不可能同时出现在每一家连锁的顶级餐厅。这些精致高档的菜品做起来太费事了，材料成本又高。他如果想扩张，需要找到可行的模式。他告诉我，所以他打算采用星巴克的模式，在中国开连锁加盟的咖啡馆。

不过，尽管梁子庚把精力都放在生意上，还是得摆摆样子，做出在厨房里埋头苦干的样子。要销售产品，他需要舞台。他需要餐厅和媒体曝光，需要顾客把他看成艺术家而非生意人。正因为这样，有天晚上我看见他穿着厨师制服待在厨房里。我听说有一次梁子庚难得亲自下厨，结果炒出来的酱爆鸡丁却大失水准。"酱焦了，鸡丁黑漆漆的。"跟我讲这件事的人这么说。负责上菜的女服务员本想把这盘菜退回厨房，不端给客人吃，结果发现是梁子庚炒的，才就此作罢。

我问梁子庚拓展生意是否会影响到他的手艺，他眨眨眼睛说："我从来没有想过呢，名厨杜卡斯不做菜，让－乔治也很少做菜。"

再者，烹饪是一门很无情的生意。梁子庚有一回谈到上海说："我从来没有在人际关系这么复杂的地方工作过。这里的环境比香港复杂，比新加坡复杂，也比马来西亚复杂。"他改用普通话说："上海人真的很难搞。"在非洲做事可能更复杂，然而他也无从得知，他也没有在那儿工作过。

我即将结束在黄浦会的实习工作时，才明白了他的言外之意。就在我来黄浦会之前，有六位厨师剽窃了梁子庚的招牌菜，一起辞职加入了河对岸的一家餐厅，那家餐厅就是要效仿梁氏风格。这些厨师的月薪多了几百块钱。率队叛变的主谋是梁子庚十分器重的一位厨师。

河对岸这家餐馆并不是唯一抄袭梁氏菜单的馆子，除了经常被仿制的上海熏蛋，全市到处都有餐馆复制他的其他菜色。有一次，梁子庚带一位外地来的朋友到一家听说菜式新颖有趣的餐馆吃饭。他们坐下来，端上来的赫然是糯米红枣配煎鹅肝的翻版。"我得说,不难吃。"梁子庚承认。

紧接着又发生了牵涉到数位服务员的信用卡骗局。我结束实习很长一段时间之后,梁子庚才勉强跟我说了这件事的一些细节。顾客用现金买单时,服务员用自己的信用卡代为刷卡,现金则收进自己的钱包,这样就能获得银行的信用卡积分。因为黄浦会的消费很高,服务员很快就能积累很高的信用卡积分,可兑换微波炉等各种礼品。在我看来,这种做法没什么错呀,没有谁的利益在其中受到损害,梁子庚却指出,如果客人付现金,他就不用支付一定比例的信用卡手续费。"他们在占我便宜!"他抱怨说。虽然他已明令禁止,但他也承认这种事情仍有可能在瞒着他的情况下继续下去。

在梁子庚年轻的时候,当徒弟的如果想讨师傅欢心,要陪师傅打麻将,请师傅吃大餐,这样才能在厨界混出个名堂。不过,到了星级大酒店,他又受到另外一种专业环境的熏陶,一切都要纳入严格的管理和控制之中。当他开了第一家自己的餐厅时,配备的硬件已经达到发达国家水平,但他所处的环境却是在发展中国家,厨房中自然出现一些矛盾。尽管梁子庚坚持自己会对所有人一视同仁,不会偏宠某人,但还是有那么几位厨师被他视为"弟子"。尽管他让员工一周休息两天,但员工的工资还是和其他中国餐厅一样微薄。尽管他鼓励员工创意新菜式,但却要求他们凡事都要按他的规矩办。

这样一来,出现种种矛盾冲突,以及有人辞职也就不意外了。而且,在很大程度上,他也无计可施,想要去告剽窃菜单的餐馆和辞职的员工就算不是完全不可能,真正实施起来难度也很大。所以他转而将精力放在多半做了也是白做的事情上,比如在那些让人看了垂涎三尺的菜品图片上印上"梁子庚版权所有"的字样。

他也说过,有件事情是他可以掌控的,那就是员工的雇佣和解雇。餐厅刚开业的时候,厨房员工九成以上是本地人,如今厨房里只有一半本地人。他决定少请有五星级酒店工作经验的厨师,他们有点儿"太欧洲"了——习惯于安逸清闲的日子。"你给他们一点儿,他们却张口要更多。"他说。总之,他下定决心在即将开张的黄浦会北京店避免以上种种问题。

我在上海的最后一个晚上，江老师带我去吃正宗的本地菜。他曾跟我说过，没有去过"阿山饭店"，不算吃过正宗的上海菜。

阿山和我去过的任何一家上海餐馆都不一样，高大通风的店面像仓库空间，巨大的圆形木桌子摇摇晃晃，看上去餐馆自 1983 年开业以来就没有翻新过。墙壁的钉子上挂着一个个活动的木牌子，列出今日供应的菜品，每道菜的价格在 12 ～ 28 元。

餐馆的老板兼大厨就是阿山本人，我把头探进厨房张望时，他正在煎鱼头。这位师傅六十来岁，面颊红润，鼻子下有两撇花白的胡子。他走到饭锅边，得意地盛出一碗八宝饭，这是一种加了豆沙、红枣等八种材料蒸制的糯米饭。我尝了尝这道甜点，口感像浓厚的布丁，美味又经饱。

"我半夜两三点就起床煮饭了。"他说。餐馆每天晚上打烊之后，他和妻子就在店里打地铺，这里既是经营场所，也是住家的地方。"真正的上海人来这里吃饭，离开这座城市好几年的人，一回来，第一个想来的地方就是这里。"他说。

这里的菜完全不受粤菜、川菜或是北方菜的影响，就是纯粹的上海菜。黄瓜炒虾仁，阿山把鳗鱼片烧得"QQ 的"——这是一句中文俗语，指"软而有嚼劲"。他用葱炒青鱼肝，油多得仿佛鱼肝漂在水面上。这正是上海的饮食风格：油多的菜才好下饭。

江老师用"土"这个字来形容这儿的菜——简单、质朴。盛菜的盘子边缘往往有缺口。阿山没有请打荷员，他的兄弟一人身兼三职——帮工、跑堂和收银员。墙上钉了许多登有对阿山饭店评论的报纸，作者们夸赞阿山饭店低调而实在。老顾客越来越怀念经济改革之前的旧时光，当时上海的生活比较简单，那个时候的人压根儿没听说过意式生牛肉片和中西合璧的肥鹅肝创意菜。人们所追寻的"地道"菜色，说不定就是指重新回归原汁原味、最基本的东西。

江老师还带了另外一位记者一起来，他就像平时对待我一样对待那位记者，我看了觉得很好笑。江老师把青鱼肝推到那人面前，那位男士看上去和我年龄相仿，正勤奋地做着笔记。

"试试看！"江老师说。他闻言乖乖举起筷子，低下头夹起鱼肝。

"好吃吧？"这位快乐的美食家说，"软得像豆腐，吃起来却还是有肝的味道！"

第三道小菜　淮扬菜

　　我在结束了黄浦会的实习之后，去了一趟扬州。这是座怡人的小城，在上海西北方向 150 公里，是中国四大菜系之一淮扬菜的发源地。虽然我吃过好几次淮扬菜，却也只能用寥寥数语来概括这一菜系的特点：不辣也不油，鲜用外来珍奇食材。淮扬菜以精巧的刀工著称。淮扬菜厨师出了名地擅长用胡萝卜等蔬菜雕刻出动物或佛像等各种造型，还能把一块豆腐切成一堆和头发一样细的细丝。

　　我还了解到淮扬菜日益式微，乏人问津。前段时间，上海做了一次美食调查，淮扬菜仅仅排在 23 位。许多还在供应淮扬菜的馆子都是国营的，不过上海厨师仍推崇淮扬菜是当代上海烹饪的基础。包括邓师傅在内的好几个人都跟我说，要想弄明白在上海吃到的菜，就得去一趟扬州。

　　扬州这座城市就像闻名一时的淮扬菜，令人产生一种思古怀旧之情。这座城市也是中国少数摩天大楼还未泛滥成灾的城市之一，市区里随处可见带有露台和石门的矮房子，运河水道穿城而过，河边杨柳青青，园林里假山林立、花木扶疏，养有金鱼的池塘点缀在城市里。天空大多数时候是湛蓝色的，不像中国大多数城市的天空总是灰蒙蒙的。

　　扬州现在的地位虽然不算显著，但在唐朝的时候，却是世界上最大最富有的城市之一。扬州城靠近京杭大运河的南端，在铁路取代大运河成为主要的交通运输方式之前，这里曾经是盐和粮食买卖的枢纽重镇。

　　陈师傅是扬州最好的大饭店的资深厨师。他是我的扬州菜导游。陈师傅圆圆的脸，为人亲切又不摆架子，其实他能拿出手炫耀的经历多得很。我们是在 2005 年我第一次到扬州时认识的，当时他拿了一份《华盛顿邮报》的剪报给我看，我还从来没有在中国看到过这份报纸，更别说是早在 1982 年的报道。文章里说，陈师傅是中美关系正常化之后，率先访问美国的中国厨师，他跟着厨师团到华盛顿参加烹饪博览会。

现在，我带着国家烹饪证书又来到扬州。陈师傅设宴款待我和他的十几位朋友，同席的都是老练的餐馆老板和资深厨师。陈师傅向大家介绍我是"国家中级厨师"时，引起一阵笑声。我坐在陈师傅和老纪中间。老纪是一位颇有威望的餐馆老板，脸皱得像干枣。"他担任过人大代表。"陈师傅得意地说。老纪对我眉开眼笑，嘴里叽里呱啦不知道用扬州话说了些什么。当一条硕大的鲶鱼端上桌的时候，他居然径自拿起我的筷子，直接夹起鱼唇。

"鱼唇是最好吃的部位。"他说，向我献宝。

"哦，不行，"我推辞，"这么多人在，我不能吃这个。"

鱼唇从鱼脸上扒下来，放进我的盘子里，我连连道谢。我吃完鱼唇之后，他又拿起我的筷子。

"眼睛是次好的部位。"他说。

大部分菜都是以清淡细腻的调味来凸显食材的本味。小醉虾泡在酒精度数很高的料酒里；芹菜切碎焯烫后，加一点儿米醋和油。螃蟹清蒸，蘸姜醋吃。

陈师傅教我怎么吃螃蟹，他先折下螯和蟹腿，吸吮里面的肉。接着把螃蟹翻过来，像打开行李箱一样掀开蟹壳。他给我示范如何把长得很像腮的褐色蟹肺去掉，再找出褐色的胃。"不要吃蟹胃，很脏。"他说，去除了蟹胃。在座的都是"淮扬菜烹饪协会"的资深会员，包房里回荡着大家吸吮和咀嚼螃蟹的声音。

几道吃了一半的菜肴被送回后厨加料，烧成新菜端上桌。吃了一半的红烧鲶鱼重新上桌时加了豆腐进去。鳜鱼加了鸡肉变成又香又浓的汤，里面还加了面条。刚开始，我还担心剩菜回锅的卫生问题，但美味当前实在诱人，很快，顾虑就被抛到脑后。

我带了一瓶法国葡萄酒送给陈师傅。他从镶着银边的豪华包装盒中抽出酒瓶来，得意地拿给全桌人看，满脸感动。因为中国市场上有不少廉价的冒牌货，我不敢肯定这瓶酒是法国货，但我跑遍扬州城，唯一能买到的进口酒就只有这个。大家喝完白酒之后，陈师傅往每个人的杯子里倒这瓶"洋酒"，不过好几位客人设法推辞。陈师傅拿着酒瓶朝我示意，"谢谢，"他说，"非常好！"

在平安村，当地人敬酒只是碰碰杯子。但是在这大厨、老板聚集的场合，敬酒的仪式感很强，一个人右手举起小酒杯，左手食指和中指托住杯底，好像那一小杯酒有好几斤重。要站起来，碰杯，微笑，祝酒，把杯中酒一饮而尽，然后杯口朝下，证明已经喝干。勇敢的人干完一杯白酒，又紧接着干一杯洋酒。

我的敬酒词干巴巴的，"非常非常感谢大家的招待。"我说。一顿饭下来，这句话不知道重复了多少遍。我带来的葡萄酒喝起来有股皮革味，我瞥见一位客人把他的葡萄酒倒进邻座的杯子里。他用手遮住杯子，假装喝着那不存在的杯中酒。

第二天，一位叫作夏勇国的先生带我参观淮扬菜博物馆。他有个冠冕堂皇的头衔，淮扬菜烹饪协会的副秘书长，却穿得很休闲，在天气已经转凉的深秋，穿了一件红色T恤和红色短裤，辉映着头顶的红色棒球帽。

我们一边参观博物馆里的展品，夏秘书长一边说，这是中国第一座饮食文化博物馆。这个院子，曾经是当地大盐商的宅邸。

有一个展示柜里陈列着扬州菜的塑料模型，就像在世界各地日本餐厅前面都看得到的那种寿司和拉面的模型。玻璃下面有一盘扬州炒饭，上面点缀着黄色和绿色的小片儿，让人想起了蛋花和葱花。我吃过形形色色的扬州炒饭，每一家用的材料几乎都不一样。淮扬菜烹饪协会发布了一个小册子，列出了扬州炒饭的官方食谱，企图将这道菜标准化，并向海外的餐馆收取版权费。那盘模型炒饭旁边放了一份食谱，上面写着材料有：白米饭、鸡蛋、干贝、海参、葱、竹笋、火腿和鸡汤。夏秘书长说，一般情况下，如果想要了解不同材料的确切比例，就必须掏钱购买这本小册子，不过因为收版权费这招并未实现，他索性就送了我一本。"几年前，我们曾经想要注册商标，可已经晚了。"他带着遗憾的语气说。

博物馆墙上挂着一张张令人眼花缭乱的图表，上面写满密密麻麻的中文。夏秘书长和我在展示海鲜食材的图片前停下来，"海鲜是淮扬菜的核心，"他念道，"我们的海产品种类非常丰富——"他停下来，更仔细地看那张图片。

"说实话，鲥鱼基本上已经绝种了，也没有那么多凤尾鱼了，这年头旗鱼也很少见了。"

他很快向下一个展品走去。

一年前，当我还在努力学习中文的时候，在烹饪课上学会了"鲥鱼"这两个字，老师只是提到鲥鱼是中国珍稀名贵鱼类，因其味道鲜美，而成为珍品，产于长江。老师不如夏秘书坦率，因此学生并不知道这种鱼其实已经濒临灭绝。

我和陈师傅约好在扬州最有名的包子店"富春"吃早饭，我到了之后，发现陈师傅和他的朋友早已就座。"开动吧？"陈师傅问。我拿起筷子正准备夹包子，发现每一个人都举起盛有白酒的玻璃杯，手僵在半空中不动，正等着我举杯。我只好放下筷子，尽可能把杯子举得高高的。

扬州版的小笼包比上海的大一倍，馅儿里的汤也多了一倍。我们一边用吸管吸吮融化的猪皮冻，夏秘书长一边讲述淮扬菜的种种光辉事迹。

夏秘书长坚称，扬州菜依然走在中国烹饪的前列，尤其是在重视提高食材的质量方面。扬州正在推广走地鸡养殖和其他利于环保的食物生产项目，有些地方的鸭子是有机饲养的，人们很关注环境污染问题和食品安全。

"地球越来越暖。我敢说美国的月亮真比中国的圆，因为中国污染太严重了！"夏秘书长停顿了一下，接着说："几十年前，我们要是敢说这样的话，那就完了。但现在，没人能否认这一事实。"

一桌子人开始你一言我一语，说起哪些城市污染最严重。

"东京比首尔差。"

"扬州比上海好。"

"上海比北京好。"

"西安和兰州比北京差。"

淮扬菜厨师似乎比我认识的其他各地的厨师都更关注环境问题，这可能和该菜系的风格有关。淮扬菜倚重简单、新鲜的原材料。中午，我们吃到用枸杞炒的小河虾。鹅肉用料酒腌泡。黄瓜切成很薄的片，泡在酒、糖和酱油调成的汁儿里，口感清脆，我还从来没有吃到过这么美味的黄瓜。鱼肉裹上蛋白糊下油锅炸，如片片白云一般。我在上海的时候，拼命到处找好吃的小笼包，但到了扬州，我无论在哪里吃到的小笼包都是那么美味。

淮扬菜和我在上海和江老师吃的那些浓油赤酱的本帮菜完全不一样，怪不得许多人认为现代上海菜是一种拙劣的烹饪：将淮扬菜和本帮菜结合，形成种种矛盾的结合体。

我也对淮扬菜的未来感到好奇。城市人偏好重口味或者新奇的菜馆，比如麻辣的川菜，风格独特的傣家菜，或者食材高档昂贵的粤菜。淮扬菜名贵珍奇的菜色较少，味道清淡，注重简单的食材，因而并没有多少可以炒作的卖点。也许有朝一日它终将复兴，但至少从目前的情况看，这一天还有得等。

无论如何，淮扬菜烹饪协会都心怀希望。夏秘书长确定我会帮忙把淮扬菜宣传到世界各地。"我们仅仅用酱油、鸡汤、盐和葱姜等简单的调料就能做出千滋百味，"他说，"粤菜有几十种调料，却做不出那么多种多样的味道。"

夏秘书长似乎对广东人颇有微词，喝过一轮酒，每个人的杯子里又斟满白酒之后，他已是红光满面，在我旁边大放贬言："广东人很精明，懂得宣传营销他们的食物，我们比较保守，时间都花在营造简单生活的乐趣上面了。但现在我们也明白该怎么宣传我们的食物了。"他也不用再多说什么，我完全明白他的意思，只要喂饱像我这样的吃货就可以了。

他即兴念起一首打油诗：

谢谢你吃淮扬菜！

宣传扬州！宣传中国！

十一月里来扬州，

看到一个男人穿短裤，

别以为他有神经病，

那就是我！

那就是我！

YANGZHOU FRIED RICE

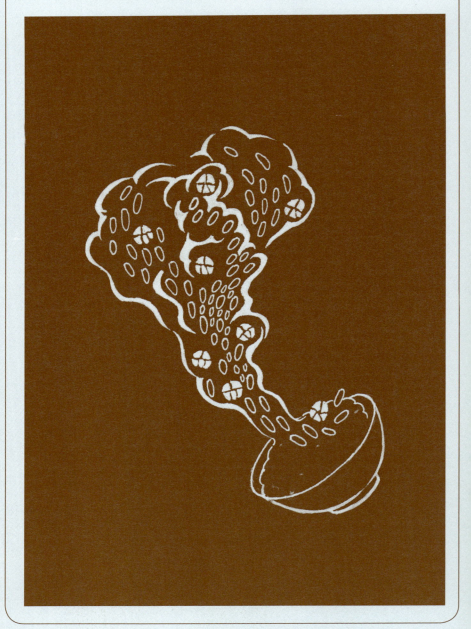

扬州炒饭

菜油 3 汤匙

鸡蛋 2 个

葱末 1/4 杯

蒜末 1 汤匙

中等大小洋葱一个，切丁

中等大小的胡萝卜一根，切丁

鸡汤 2 汤匙

料酒 2 茶匙

酱油 1 茶匙

中等大小的干贝 4 颗，用水泡发几个小时之后切碎

新鲜海参一个，切小丁（或用香菇代替，3 个较大的香菇切丁）

冬笋丁一杯（最好用新鲜冬笋，罐头制品也可以用）

冷饭 4 杯

火腿肠丁一杯

盐 1/2 茶匙

白胡椒粉 1/2 茶匙

锅中倒入一汤匙菜油，大火加热，晃晃锅子，让锅里各处都沾到油。待油温足够高，将打散的蛋汁倒入锅中，小心地晃炒锅，让蛋液均匀铺在锅上，铺成薄薄的一层，约一分钟后翻面继续加热，直到蛋液完全凝固。将煎好的蛋皮切成小片。

用干布擦拭铁锅，再加入 2 汤匙油，油热之后下葱、蒜和洋葱丁翻炒一分钟。再加入胡萝卜、料酒、芝麻油和酱油，翻炒 1～2 分钟。加入干贝、海参和冬笋，翻炒 2～3 分钟。加入冷饭、火腿肠丁、盐和白胡椒粉，翻炒 2 分钟。加入蛋皮，再翻炒一分钟即可出锅。

HUTONG COOKING

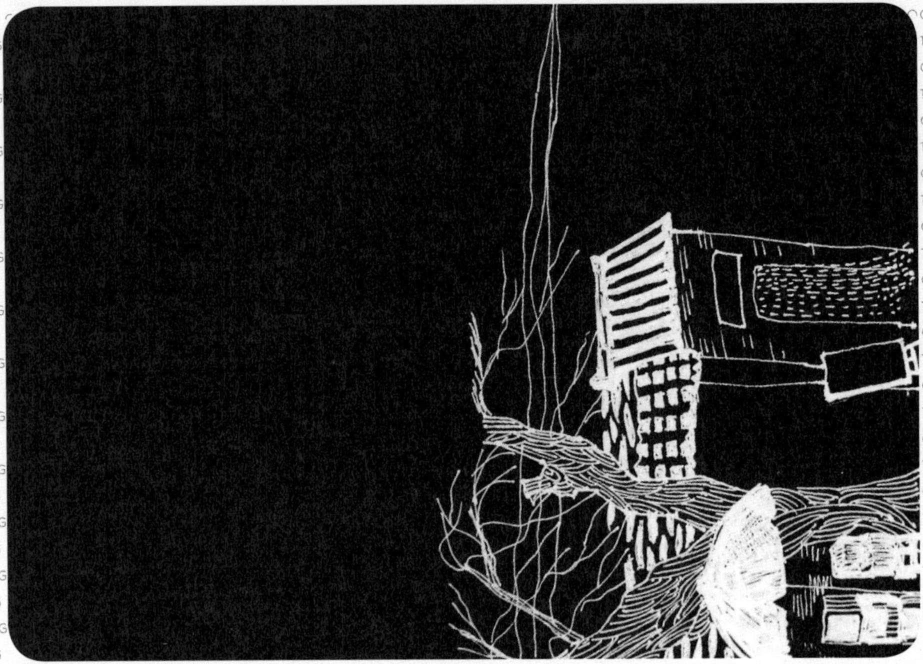

第四部分 胡同餐馆

北京急于蜕变为国际化、现代化大都市，在这个过程中，这座城市的变化很大。它的很多特色和传统正在逐渐流失。

老面馆不见了，取而代之的是供应意大利肉酱面的咖啡馆。

王主任带我去的菜市场越来越少见，沃尔玛和家乐福这样的大超市出现在城市的各个角落。

　　离开北京大半个秋天之后，我很高兴能回来。我以前从来没有把首都真正当成家，可这一次离开的旅途中，我却害了强烈的思乡病，并逐渐意识到自己思念的不是美国，而是北京。我思念的不单单是这个地方，还有这里的人：王主任、张师傅自不消说，令我意外的，还有克雷格。克雷格是我的记者同事兼好友，在我离京前不久，我们开始交往。我还尤其想念北京的食物，很高兴回到面条、饺子、辣椒和大蒜的地界。我怀念气温一下降，老北京人就在院子里堆大白菜的景象；卖烤红薯的小贩开始出现在街头，大铁桶里炭烤的红薯在秋日的空气中散发出阵阵甜香。

　　回京后不久，我在 11 月底一个寒冷的晚上去看张师傅。他在离之前的面摊几里开外的地方，与侄子合开了一家新餐馆。小馆子就开在尘土飞扬的马路边，靠近几条铁路。店面又小又简陋。晚上九点左右，我到的时候，张师傅和亲戚正在做清洁，准备打烊了。

　　"你瘦了！"我拉开滑门走进去时，张师傅说。

　　这可不是夸奖，这话的意思是，我看起来不健康——不过我知道张师傅这是在表示关心。

　　"真的？"我说，"我还以为我胖了呢。"

　　"哎呀，你不能再瘦了，"他说，"你看起来很疲惫。"

　　"我倒想要瘦点儿呢。"我说。

　　他端了一些吃的来，要喂胖我。小店的菜色比面摊丰富，有许多我没有听说过的山西特色食物。他给我端来一整屉蒸面，叫"栲栳栳"，将这形状像管子的燕麦面蘸着辣醋和香菜的调料吃，质地粗糙但柔韧的面滑下喉咙，很带劲儿。张师傅的一位朋友帮他从山西带醋过来，因为张师傅不信任在北京买到的醋。"没准儿是假货。"他说。

　　寒风穿透小吃店薄薄的墙壁吹进来，尽管我穿着羽绒服，还是冻得直打哆嗦。我不想让张师傅没面子，尽力掩盖我有多冷。我好奇的是，他花了一个多月时间，骑着自行车走遍全市，怎么找了这么个地方。

　　"说实话，这地儿不是太理想，"张师傅说，"选中这儿，是因为房租便宜。我不想借钱，也不想和别人合伙，这样已经够好了。"他的老同事老王还在想和他一起干，但张师傅认为，他是个农民工，和北京人合伙做生意肯定吃亏，法律肯定倾向对方那一边。

　　一张配着汉字的图画是店里唯一的装饰。图画是房东贴的，当时张师傅还没有租下这间店面。张师傅解释说，这是佛经的一段经文。房东原本在这里开了一家素菜馆，但素食在这一带不受欢迎，便关门了。

　　"房东是很奇怪的素食者，"张师傅说，"他连鸡蛋都不吃。他是光头，不过肯定不是和尚。他很狡猾也很精明。我盘下店面后，他清点了之前留下来的塑料杯子和盘子，把数量记在一个笔记本上。他想要我保留店里的电话，这样就可以跟我收电话费。他还警告我不许磨损店里的地板。"店里是水泥地面。

　　张师傅问起克雷格，我告诉他，虽然我大半个秋天都不在，但我们还是想办法偶尔聚聚，现在我回北京了，有更多的时间在一起。

　　"我有个问题要问你，"张师傅说，"他有中国血统吗？"

　　张师傅见过克雷格。一双蓝眼睛和浅棕色卷发的克雷格从来没有被误认为是华人。"没有，"我笑着说，"为什么这样问？"

　　"不知道，"张师傅说，"说不上来是什么让他看起来像中国人，他没有老外的架子。"

　　那倒是，克雷格在中国待了多年，完全没有一些外国人那种目中无人的德行。他的普通话说得很好，人也很谦逊，中国人很欣赏这个。

我问张师傅他的家人好吗，尤其是他儿子最近好吗。

"他挺好的，你们俩挺合得来。我跟他不算亲，我离开家太久了，他看我就像个陌生人。就只有'非典'的时候，我回山西老家待了一阵子。"疫情严重时，餐厅停业了，他因此回老家待了三个月，不过并不轻松，因为一下子断了收入，生活压力很大。

我问他是否害怕染上非典。

"我并不害怕，我是传统的中国人，相信命运。有些事情是人力不可控制的。虽然我也不会躺在床上等着染病。有些事情是命中注定，比如说认识你吧，我开第一家面馆，是命，要是我没有开那家店，两个小姑娘不会带你去店里，我也就不会认识你。有些事情是能预计得到、控制得了的，有些却不行。"

我们聊了个把钟头，我起身告辞。我知道张师傅的住处并不舒适，与其回去，还不如在店里多待一会儿。但我已经快冻僵了，就谢谢他请我吃面，挥手道别，打车回到我那暖气烧得很热的公寓。

几个月后，张师傅关了小吃店。他决定离开北京，有个朋友在离北京八个小时火车路程的小镇帮他谋了份餐厅主管的差事。那里在兴建大型高速路，工程的管理人员要吃饭，这个餐厅就提供这些人的饭食。张师傅决定，他再也不要整天忙着喂饱别人的肚子，而自己的温饱都还没解决，他需要一个稳定的饭碗。不过他也郑重宣布，有朝一日他还会再回北京的。

我花了整整一个冬季来了解克雷格，发现如果非要说有什么让他做不成中国人，那就是他对食物不感兴趣，这一点比长相不像中国人更为关键。我们开始交往后不久，他就老实交代："我恨不得谁能发明一种能替代食物的药丸。"在他看来，食物就等同于燃料，他吃东西的速度很快，宁可把时间花在其他任何事情上。他觉得吃东西压根儿就是在浪费时间。他有个很可怕的习惯，早上起来冲速溶咖啡，他觉得现磨咖啡豆，再用法式滤压壶冲泡，太麻烦了。他评判中餐馆好坏的唯一标准就是，宫保鸡丁做得好不好。我爱吃生鲔鱼、生蚝和三分熟的牛肉，他却坚持非全熟的食物不吃，还责备我是在拿自己的健康冒险。（我想他有他的道理，毕竟我们是在中国。尽管如此，我还是吃性不改。）

不过呢，我们能够互相忽视自己眼中对方的性格缺点。我们和大多数情侣一样，一起出去吃饭，很有趣的是，我们约会的地点正好涵盖了北京餐营业的一个横截面。我们首次约会的地点是在 798 一家时尚川菜馆，那里坐满了长发飘飘的画家和音乐家。另一天晚上，我们和朋友一起去了一家破破烂烂的街边小馆吃新疆菜，重口味的羊肉土豆。我们还向郊外进发，在一家由苹果园农舍改建的饭馆里吃饭。长久以来，这是头一回我完全不记得在这些馆子里吃了些什么，因为我不在乎。我陷入了爱情。

春天到了，王主任和她的丈夫从公寓楼搬出来，搬进胡同里的两间平房。这两间房位于北京市中心一座四合院的一角。传统的四合院有四间厢房，砌砖、木梁、灰瓦，厢房围着院子中间的天井，只有一扇门可供出入。四合院原本是有钱人的房子，只供一家人居住，现在却被划分为好几个小单位，好几家人住在里面，变成了大杂院。

王家这两间房的历史很曲折。王先生的父母是工人，1949 年之前就攒钱买下了这两间房，王先生在这儿出生、长大。后来，为了配合重新分配财富的运动，其中一间房被充了公，王先生的父亲过世后，他和母亲继续住在剩下那间房子里。可王先生结婚后，家里的空间不够三个人住，夫妇俩婚后第一年就只好住在王先生的办公室里。

王主任生下儿子之后，决定给北京市副市长写信。她在信里写道，她的丈夫是老师，儿子刚出生，办公室不利于养育孩子。政府能否行行好把另外一个房间还给他们？

一个星期之后，王主任收到回信，说政府正在研究此事。过了一个月，一位办事员到王先生的办公室找她，问了几个问题。又过了几个月，夫妇俩接到通知说政府会把房间还给他们。（"这年头再也不会有这种事儿了！"王主任无限追忆地说。）于是一家三口搬回那间要回的房间，一直住到 80 年代初才搬进了公寓楼，当时这可是大大的飞跃，从两间房和公用洗手间，搬进三间房，有独立厨房和抽水马桶。

王先生的母亲过世后，几位亲戚住进了四合院里的这两间房。夫妇俩这几年一直想搬回四合院，把公寓留给即将成家的儿子住。但他们太客气，不好意思请占用房间的亲戚离开。要我看，在美国绝对不会发生这样的事儿：让亲戚无限期占用我的房子，偶尔收到一箱苹果作为房租。不过，亲戚们总算找到住处，把这两间房还给了他们。王家夫妇搬回胡同，把紧邻着房间的小露台改建成第三间房，作为厕所和厨房。（胡同里的居民能拥有自己的洗手间就算很走运了，绝不会介意厕所就在厨房旁边这种事儿。）

装修工程令人精疲力竭。王家房间外有棵老枣树的树干压到了房屋的墙面，他们需要获得相关单位的许可才能砍树，要想获得许可，就得送几条昂贵的香烟。他们雇了一批民工砍树，又砌了一堵新墙。王家本打算加盖一层楼，当建筑工人开始施工时，有邻居扬言要去举报他们，按规定这里是不许盖二楼的。为了息事宁人，王家给邻居送了白酒。王主任亲自去家居大卖场挑选厕所和厨房的各种材料。她说，可不能相信转包商。装修期间，夫妻俩天天在工地监工，以免工人偷工减料。过了三个月，花了4万块钱、10条香烟、12瓶白酒之后，王家的厕所和厨房完工了，崭新的厨卫设备、家电闪闪发光。有足够多的橱柜可以储存王主任爱吃的食物。空间够宽敞，摆张圆桌也不觉得挤。

这里一点儿也不像她以前那间厨房——光秃秃的，什么都没有，还旧，王主任得蹲在菜板前干活儿。我向她道贺。"还行。"她说，不赖。她微微一笑，圆鼓鼓的两腮把眼镜往上一推。

为一个人做饭，是让这个人进入你的生活的一种亲密的方式。冬去春来，虽然我和克雷格相处得愈发融洽，我却犹豫着一直没有为他下厨做饭。我的前一段恋情在我为对方做过一次饭之后不久就结束了，我知道这不是因为我做的菜有问题，而是对方把我为他下厨这件事当成一个信号，那就是我们之间的关系正变得过于认真。我不想把同样的期待强加在与克雷格的关系上，所以只烧菜给王主任、老朋友和偶尔来北京的外地朋友。

克雷格呢，却完全没有下厨做饭就表示关系趋于认真的心结，在我面前毫无顾忌地下厨做饭、切菜、调味、炒菜，肆无忌惮。一天晚上，他邀请我去吃他的"一锅烩"。我不大清楚整个烹饪过程，因为不敢看。不管怎么说，他在只弄脏了一口锅的情况下，做出了有蔬菜、奶酪的意面。他还提议做蘑菇鸡肉，据他说做法很简单。在进口食品超市买一罐蘑菇浓汤，加点儿鸡胸肉，然后把混合好的材料放入我的小烤箱。他辩称这是正宗的美国菜，我则严正指出，这里不是美国，这种令人反胃的东西永远不许再出现在我家厨房。

我发现，每次克雷格说起要做菜，我就紧张。只要他一提起这件事儿，我就拼命转移话题，比如随口提起有家新的川菜馆、上海菜馆，甚至转角处的俄罗斯餐厅。但我感觉得到，克雷格开始起疑了。我为什么一直不下厨做菜呢？我真的上过烹饪学校、在餐厅实习过吗？无论如何，面对这个一米八个子、矢车菊一样蓝色的眼眸、迷人微笑的英俊男友，我怎能抗拒为他下厨呢。最终我还是走进了厨房，一开始我做标准的西方菜——奶油培根意面。几周后，我端给他一盘头天晚上剩下的麻婆豆腐，让他尝尝看。"真好吃！"他一边说一边把盘子里的豆腐一扫而空，"这是我吃过最棒的麻婆豆腐。"

我一下子信心大增，同意在他家为六个朋友做农历除夕夜的年夜饭。客人们说好晚上八点到，下午三点，我看着厨房里一大堆食材，慌了起来。"我们干脆出去吃算了。"我建议。肯定还有餐馆位子没有订满。

克雷格叫我放心，他会帮我，一切都会很顺利的。他开始洗洗切切，活像卡通片里的大嘴怪。我们终究还是办到了。年夜饭一共八道菜，包括我在烹饪学校学到的咕咾肉和干煸豆角，在上海学到的红烧茄子，还有我自己创作发明的生菜包肉末，最后，我们吃了饺子。就像感恩节必须吃火鸡一样，中国的除夕夜少不了饺子。唯一失败的是跟邓师傅学的烤鸭，鸭子烤过了头，出烤箱的时候，鸭肉看起来像一块木头，全熟，但克雷格也正喜欢全熟的肉。和一个完全不讲究吃的人交往，最大的好处就在这里，无论我做了什么，他通通喜欢。凌晨十二点，我们爬上克雷住处的屋顶，欣赏360度全景的绚烂烟花，五彩的光芒在夜空下闪耀；鞭炮声不绝于耳，声音之大，不亚于巴格达的炮火：这是北京市民集体打造的成果，他们想放多少鞭炮和烟花就放多少。

"THE BEST" MAPO TOFU

最好吃的麻婆豆腐

菜油 2 汤匙

牛绞肉 110 克

葱末 2 汤匙

姜末 1 茶匙

豆瓣酱 1/4 杯

酱油 2 汤匙

盐 1/4 茶匙

糖 1/2 茶匙

水 1/2 杯

花椒粉 1/2 茶匙

料酒一汤匙

豆腐一盒，切成一厘米见方的小块

锅中倒入油，大火烧热后加入牛肉末，把肉末炒散，炒变色。

加入以下调料：葱姜、豆瓣酱、酱油、料酒、盐和糖，每加一种调料，翻炒一分钟后再加下一种调料。加水，转中火煮4～5分钟。放入豆腐，转大火翻炒2～3分钟。撒上花椒粉，关火，出锅上菜。

转眼到了夏天，梁子庚的黄浦会北京店在推迟数月后终于开业了。餐厅位于寸土寸金的金融街，周围尽是玻璃墙面的摩天大楼。十年前，这里是一片胡同区，但因为被规划为首都的金融中心，这里所有的胡同都被铲平了。可能是因为有人对失去这些美丽而古老的建筑感到惋惜，所以有人利用旧砖旧瓦，在这儿盖了三座传统的四合院，梁子庚的餐厅占用了其中一座。

一个怡人的夏日夜晚，我和克雷格去那里用餐。他当年来上海看我时，我没有带他去黄浦会，因为他并不喜欢到顶级餐厅用餐，那对他来说是时间和金钱的双重浪费。"吃个饭何必花两个小时？"他在一家高档餐厅居然问出这样的问题，像个十岁的孩子非常不耐烦地坐在那里。还有一次，我们在外面吃饭的时候，他看菜单看得眼珠子都要掉出来了："什么，一瓶啤酒要 7.5 美元？！这是打劫吗？"现在，我居然能说动他跟我一起来黄浦会北京店，光凭这一点便能看出他的进步。

这个四合院餐厅有包间和酒吧间，酒吧间墙面刷成全黑，放了深色皮椅和嫩绿色天鹅绒靠垫。灯光昏暗的走廊通向负一楼，门厅里吊着大小不同的黑色鸟笼，门厅连接着里面偌大的餐室。餐室的头顶上方竟然是玻璃底的金鱼池，这让阳光可以透下来，天花板上挂着金属装饰片反射光线，整个房间金光闪闪的。这样利用地下室空间，真是太巧妙了。我也注意到一些细节，比如洗手间的蓝色马鬃壁纸和条纹亮皮座椅，都是仿效上海让－乔治餐厅的设计。我怀疑如此雷同绝非偶然。

我们坐在用蓝色丝绒帘子与大餐室分开的小包间里，里面有巴洛克风格的水晶吊灯和 Bose 音箱。打开菜单时，我暗暗发现克雷格的另一个进步：他看着餐价，并没有太激动。不过，过了一会儿，他大笑出声来。

"你看到没？"他问，指着菜单封面念道，"在极具天赋和魄力的创始大厨梁子庚的经营管理下，上海黄浦会蜚声海内外，被誉为世界最佳美食餐厅之一。黄浦会——顶级中国菜的象征。"

"是的，他是挺自负的。"我说。

"自负？"克雷格说，"这是缺乏自信吧？"

穿着黑色制服、系着黄腰带的服务员过来点餐，我点了 600 元的品尝套餐，克雷格点了炒鸡肉和茶香熏干。尽管餐厅的装修如此富丽堂皇——说不定也正是因为这样——我对菜品的水准感到担心。梁子庚也承认，他抽不出足够的时间构思菜谱。显然，他在这家餐厅的室内装潢上投入了大把的金钱和精力，我在想，这该不会成为北京又一家华而不实的时尚餐厅吧。

一个白色的长盘子端上来，盘子里盛着五颜六色的开胃小菜，每一份小菜都是一口的分量，显得很秀气。曾经被梁子庚鄙视的肥鹅肝质地柔滑，镶在细腻的豆腐卷里。酱菜在盘子里堆得高高的——这也是梁子庚来中国之前从来不碰的东西——口感无比清脆。油麦菜裹成一卷，上面淋了带辣味的芝麻酱，吃起来很爽口。土豆丝切得很细，足以展现厨师的高超刀工。一小堆白菜上面放了刺激的芥末——刺激，这是梁子庚的招牌风格。

梁子庚请厨师为克雷格准备了一份品尝套餐。我们津津有味地品尝着一道又一道美味佳肴，我头一回看到克雷格在顶级餐厅中没有不自在。他甚至似乎还挺享受的。

光是开胃菜便足以消除我对梁子庚能力的怀疑。接下来的菜水平不均。酸辣龙虾汤浪费了昂贵的海鲜。烤羊肉吃起来油腻且味道不搭，不过每道菜的摆盘都美得惊艳，几乎可以弥补味道不均衡的不足。尤其是最后几道菜，成功挽救了这一餐。美味的葱烤鳕鱼又香又嫩。梁子庚基于传统改造的老北京炸酱面端上桌时，配了五颜六色的蔬菜：粉红色的萝卜丝、胡萝卜丝、黄瓜丝和黄色的玉米粒，炸酱里面还加了一点儿花椒提香。北方风味的锅贴做工特别细致，一个个造型繁复细腻，像树叶，锅贴里面肉汁儿饱满，克雷格一口咬下去，里面的汁儿竟然喷到桌子对面。甜点更是成功——香酥的杏仁挞，配上装在陶壶里面的北方传统杏仁茶。总而言之，这是我品尝过的最精致的北方菜，就是别在乎有人会说，北方菜本来就不是以精致见长。

餐毕，梁子庚过来和我们打招呼。他穿了一件白衬衫和牛仔裤，看上去很放松，我很久没有看到他如此轻松。我称赞这里的食物很好吃。

"今年是猪年，"他一边坐下来，一边说，"我生在猪年，中国人相信，碰到你的本命年，不是大好就是大坏。"

（他这番话预测得很准，北京店开张半年后，厨师辞职投靠竞争对手的晦气事再次上演，投资人否定了他开连锁咖啡馆的构想。第二年，也就是鼠年，他的运气变好，餐厅人气日益兴旺，而且开始不断获奖。）

梁子庚说他喜欢北京，北方的厨师比上海厨师散漫，但也不那么贪婪。"比如今晚，"他说，"我说要带他们出去吃羊肉串，大家都很开心，但若是在上海，就有人会问'那打车的钱谁出？'"

我们聊了个把小时。他说起他即将去东南亚海滩度假，他想念热带地区慢一些的生活节奏。他提到他不准备在中国大陆待一辈子——总有一天，在他建立了自己的餐饮帝国之后，他会隐退到某个舒适的地方。我和克雷格起身告辞，此已经十一点过了。梁子庚送我们到门口，问门口的女服务员，厨师们在哪儿，他一整天没吃东西了，正准备带大家出去吃宵夜。

"他们都回家了。"女服务员说。

我和克雷格的关系日益亲密，夏初的时候，我搬过去和他一起住。他住在一处胡同院子里，一座三层楼公寓的其中两层。夏天时，如果太多人一起开空调，电表就会跳闸，冬天在屋子里得裹一层又一层的厚毛毯，因为有气无力的电暖气难得发热。

可是我却钟爱这个位置，公寓坐落在巷弄中间，听不见汽车声，我和克雷格黄昏时可以散步去后海。我烹饪冒险的起点——华联烹饪学校，也在附近。最棒的是，只需骑车五分钟，就能到王主任家。

"恭喜，恭喜！"我告诉王主任我和克雷格已经订婚时，她高兴地喊道。她烫卷的头发已经变直了，她减短了又粗又直的头发，好过夏天。她仍旧穿着那件蓝色旗袍，差不多一年前她参加我的饺子宴时，也是穿的这件旗袍。

不过，那天下午的碰面并不是为了庆祝我订婚，而是有正事要谈。王主任和我一起出去找地方，打算开一家烹饪学校。从我开始上烹饪学校以来，不断有亲朋好友问我，他们可以去哪儿学做菜？我们在朋友家的厨房里试了几堂课，觉得现在时机成熟了，我们可以找个合适的地方开班授课。

从我们家巷子再过去不远的地方，一位房主给我们看了一幢蛮合适的胡同公寓：两个大房间俯瞰院落，据房主说，还有一个小房间可以改造为洗手间。

第二天，我打电话给建筑承包商，他过来给装修改造报价。

"这儿装不了洗手间。"他说。

"为什么呢？"

"马桶距化粪池只能相隔数米远。"他说。他带我看了看房子的四周，指给我看最近的化粪池在哪里。化粪池上面是一个写了"污"字的井盖，那儿离我们想改成洗手间的小房间可真不近。我们只好再重新找地方。

那次之后，我每天走在胡同里，都格外注意脚下的井盖，它们表明看不见的地下有什么："信息"表示下面有电话线；"表"表示下面有仪表；"闸"电闸。这一切的一切都在提醒我，中国还有很多微妙的细节等着我去发现和学习。

一天上午，我和王主任在她家厨房做菜，我抱怨说，我们住的那一带都没有卖新鲜蔬菜水果和肉的地方。附近的便利店里面只卖方便面、饼干和饮料。

"你没有去过鼓楼附近的市场？"王主任问。我没去过，她非得立刻补救这事儿不可。我们一蒸完第一锅窝窝头，就马上骑上自行车，去那个市场。王主任骑车的姿势非常优雅，脚尖略微向前，身子坐得很正。她像一阵风似的穿过一条胡同，转到大马路上，在车水马龙间轻盈穿梭，我则远远落在后面。

我们来到一排仓库面前，这一片仓库就藏在一排餐馆后面，仓库像飞机棚一样高大且通风，里面满是摊贩和顾客。大家讨价还价，买卖肉、蔬菜水果和粮食。有一个房间堆满了大米和坚果，附近的摊贩正打量着桃子和哈密瓜。肉贩磨磨刀子，准备按顾客的要求切五花肉。这个市场比王主任带我去过的她旧家附近那个菜市场还要大一倍。我简直不敢相信，自己在这一带住了两三个月，却直到现在才知道有这么一座市场。

不过，这就是胡同生活，总有新的发现，只要我愿意保持耐心，就能更完整地看到北京传统生活的面貌。一天早上，我刚走出公寓，碰到一个女的，骑着自行车，车后面拉着一个盖着小毯子的板车。"卖菜哦！"她像唱歌一样尖着嗓子叫喊。掀开毯子，下面有花菜、番茄、黄瓜和洋葱。难怪附近的便利店不卖生鲜蔬菜。"大米！大米！面粉！"另外一位小贩推着车大声叫卖。磨刀匠每隔一天的下午四点左右，必定会骑车经过。"磨菜刀啰！磨剪刀！"他大声吆喝着，刀子碰撞着金属片，发出丁零当啷的声音。他在我们院子里停留的时间够久，我终于来得及把刀送下楼给他磨。

我很高兴自己及时发现了这些小商小贩，北京急于蜕变为国际化、现代化大都市，在这个过程中，这座城市的变化很大。它的很多特色和传统正在逐渐流失。老面馆不见了，取而代之的是供应意大利肉酱面的咖啡馆。王主任带我去的菜市场越来越少见，沃尔玛和家乐福这样的大超市出现在城市的各个角落。

在北京不断向前的同时，我却在往反方向走。别的不说，单是来到中国，在家人眼里，就已经够反常的了。他们不理解我为什么不在美国找一份稳定的工作，而是冒险回到中国工作。在中国，我在成为厨师之后，又倒退了一步，住进古老的胡同，而这些胡同正在逐渐消失。

我虽然逆向而行，却找到了内心的平静。在中国住了七年之后，我觉得很满足。我是多么幸运，有好吃的食物、好朋友、爱情，对历史也有了稍微深入的了解，令我能够诠释其中的深意。我回加州探望父母时，为他们做了一顿饭，七道菜，整个家里飘着油、辣椒和胡椒的香味。他们已经理解我搬到中国的决定，也已经认可了我对烹饪的热情。在北京，我和克雷格组建了家庭，王主任又住在我们附近。至于在我的烹饪之旅中遇到的无数中国朋友，包括张师傅、小韩、小秦和饺子师傅们，他们还在继续努力寻找自己的路。我很好奇他们最终会有怎样的际遇。

我想起王主任对我说过的一番话："酸、甜、苦、辣，我这一辈子全都尝过了。"她说自己的一生中，苦多于甜，酸多于辣，可是一切都"还行"，不赖，这让我对接下来的人生充满希望。

　　《寻味中国》的作者林留清怡是一个ABC，她出生于芝加哥，在南加州长大，从小喜欢写作，哥伦比亚大学新闻学硕士毕业之后才首次来到中国。来到这块陌生的大陆，她发现自己对美食烹饪的爱好和对写作的热爱一样大。她亦发现，和世界上其他地方不同，中国人对美食充满了热情，汉语中三句话离不开食物和吃，比如说"吃醋""吃苦"，再比如用"酸甜苦辣"形容人生百味，所以她也希望通过美食走近中国文化，寻找自己的根。

　　冒险之旅从北京的一所"既没有暖气，也没有量杯"的烹饪学校开始，到山西面摊和饺子馆做学徒工，再到上海外滩顶级餐厅的大厨。从普通的面条、饺子，到狗肉、牛鞭，亦有顶级餐厅的饕餮盛宴。从中国人的餐桌看尽中国社会的风貌百态和时代变迁，以及美食如何慰藉人们的心灵。这个"味"，不仅仅是美食佳肴的美味，更是人生的滋味，引人思考，令人回味。

　　书中没有夸张的形容词，也没有褒贬分明的形容词或描写，而是以一个个生动的故事，不动声色地写出中国普通老百姓的勤劳、善良、朴实、智慧和中国人的生活哲学。

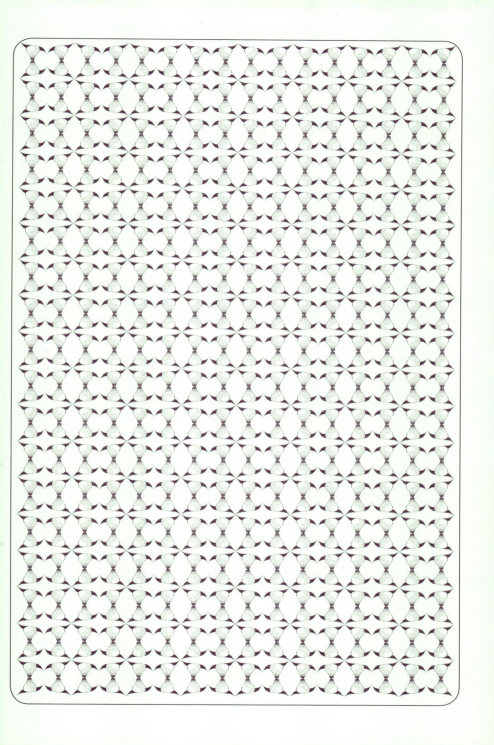

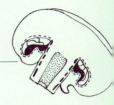

这本书读来妙趣盎然，以独特的视角呈现了中国饮食文化——这世界上最伟大的饮食文化之一。

—— 何伟，《寻路中国》作者

千万别错过林留清怡的《寻味中国》。这部作品实属难得，不但饶富趣味，也极其动人。

——《华尔街日报》

美食版《喜福会》……让人一旦翻开，就放不下来的一本书。

——《远东经济评论》

林留清怡是一位迷人的导游，带领我们漫游现代中国和它那万花筒般的烹饪文化。

——《人物》杂志

这本书就像一个包得精巧、热气腾腾的饺子……欢乐的跨文化观察，老饕的写作风格，怎能不俘获读者和出版商的芳心？书里面既有令人垂涎三尺的美食描写，也有实用的菜谱，还有读来令人捧腹的趣闻轶事。

多么美好呀，一个女孩找到了她的人生道路，甚至陷入爱河。

——《国际先驱论坛报》

今日中国繁荣的美食现场，读来令人忍不住流口水，加特美食指南(ZAGAT) 最高评分！

—— Nina and Tim Zagat

随着这幅生动的中国美食画卷的展开，中国社会的生动画卷也随之展开。

—— 张戎

最好的一本写中国饮食的书——几十年来，中国人吃什么，怎么吃，怎么做，为什么吃那么重要。

—— 美国《纽约时报》驻北京记者葛钢 (Ed Gargan)

一本幽默而又富有深刻洞察力的书，通过中国最有名的专家"烹饪"看中国。

—— Ian Johnson，曾任《华尔街日报》中国分社社长

SERVE THE PEOPLE, Copyright ⓒ 2008 by Jen Lin-Liu
Published in agreement with Sterling Lord Literistic, through The Grayhawk Agency.
版贸核渝字（2013）第199号

图书在版编目（CIP）数据

寻味中国/（美）林留清怡著；胡韵涵译. —重庆：
重庆大学出版社，2014.5
（时尚文化丛书）
书名原文：Serve the people:a stir-fried journey through China
ISBN 978-7-5624- 7773- 0

Ⅰ.①寻⋯ Ⅱ.①林⋯ ②胡⋯ Ⅲ.①散文集—美
国—现代 Ⅳ.①I712.65
中国版本图书馆CIP数据核字（2013）第241919号

寻味中国
XUNWEI ZHONGGUO
[美] 林留清怡（Jen Lin-Liu） 著
胡韵涵 译

设计指导：朱赢椿 设计执行：霍艺冉 插图：白 冰
责任编辑：王思楠 责任校对：谢 芳 责任印制：赵 晟

*

重庆大学出版社出版发行
出版人：邓晓益
社址：重庆市沙坪坝区大学城西路21号
邮编：401331
电话：（023）88617190 88617185（中小学）
传真：（023）88617186 88617166
网址：http://www.cqup.com.cn
邮箱：fxk@cqup.com.cn（营销中心）
全国新华书店经销
北京信彩瑞禾印刷厂印刷

*

开本：889×1194 1/32 印张：8.5 字数：245千 插页：32开8页
2014年6月第1版 2014年6月第1次印刷
ISBN 978-7-5624-7773-0 定价：38.00元

SERVE THE PEOPLE SERVE THE PEOPLE SERVE THE PEOPLE SERVE THE PEOPLE SERVE THE PEOPLE SE
SERVE THE PEOPLE SERVE THE PEOPLE SERVE THE PEOPLE SERVE THE PEOPLE SERVE THE PEOPLE SE
SERVE THE PEOPLE SERVE THE PEOPLE SERVE THE PEOPLE SERVE THE PEOPLE SERVE THE PEOPLE SE
SERVE THE PEOPLE SERVE THE PEOPLE SERVE THE PEOPLE SERVE THE PEOPLE SERVE THE PEOPLE SE
SERVE THE PEOPLE SERVE THE PEOPLE SERVE THE PEOPLE SERVE THE PEOPLE SERVE THE PEOPLE SE
SERVE THE PEOPLE SERVE THE PEOPLE SERVE THE PEOPLE SERVE THE PEOPLE SERVE THE PEOPLE SE
SERVE THE PEOPLE SERVE THE PEOPLE SERVE THE PEOPLE SERVE THE PEOPLE SERVE THE PEOPLE SE
SERVE THE PEOPLE SERVE THE PEOPLE SERVE THE PEOPLE SERVE THE PEOPLE SERVE THE PEOPLE SE
SERVE THE PEOPLE SERVE THE PEOPLE SERVE THE PEOPLE SERVE THE PEOPLE SERVE THE PEOPLE SE
SERVE THE PEOPLE SERVE THE PEOPLE SERVE THE PEOPLE SERVE THE PEOPLE SERVE THE PEOPLE SE
SER   RVE THE PEOPLE SERVE THE PEOPLE SERVE THE PEOPLE SERVE THE PEOPLE SE
SERVE   SERVE THE PEOPLE SERVE THE PEOPLE SERVE THE PEOPLE SERVE THE PEOPLE SE
SERVE THE PEOPLE SERVE THE PEOPLE SERVE THE PEOPLE SERVE THE PEOPLE SERVE T   PLE SE
SERVE THE PEOPLE SERVE THE PEOPLE SERVE THE PEOPLE SERVE THE PEOPLE SERVE THE   E SE
SERVE THE PEOPLE SERVE THE PEOPLE SERVE THE PEOPLE SERVE THE PEOPLE SERVE THE PEOPLE SE
SERVE THE PEOPLE SERVE THE PEOPLE SERVE THE PEOPLE SERVE THE PEOPLE SERVE THE PEOPLE SE
SERVE THE PEOPLE SERVE THE PEOPLE SERVE THE PEOPLE SERVE THE PEOPLE SERVE THE PEOPLE SE
SERVE THE PEOPLE SERVE THE PEOPLE SERVE THE PEOPLE SERVE THE PEOPLE SERVE THE PEOPLE SE
SERVE THE PEOPLE SERVE THE PEOPLE SERVE THE PEOPLE SERVE THE PEOPLE SERVE THE PEOPLE SE
SERVE THE PEOPLE SERVE THE PEOP   HE PEOPLE SERVE THE PEOPLE SERVE THE PEOPLE SE
SERVE THE PEOPLE SERVE THE PEOP   VE THE PEOPLE SERVE THE PEOPLE SERVE THE PEOPLE SE
SERVE THE PEOPLE SERVE THE PEOPLE SERVE THE PEOPLE SERVE THE PEOPLE SERVE THE PEOPLE SE
SERVE THE PEOPLE SERVE THE PEOPLE SERVE THE PEOPLE SERVE THE PEOPLE SERVE THE PEOPLE SE
SERVE THE PEOPLE SERVE THE PEOPLE SERVE THE PEOPLE SERVE THE PEOPLE SERVE THE PEOPLE SE
SERVE THE PEOPLE SERVE THE PEOPLE SERVE THE PEOPLE SERVE THE PEOPLE SERVE THE PEOPLE SE
SERVE THE PEOPLE SERVE THE PEOPLE SERVE THE PEOPLE SERVE THE PEOPLE SERVE THE PEOPLE SE
SERVE THE PEOPLE SERVE THE PEOPLE SERVE THE PEOPLE SERVE THE PEOPLE SERVE THE PEOPLE SE
SERVE THE PEOPLE SERVE THE PEOPLE SERVE THE PEOPLE SERVE THE PEOPLE SERVE THE PEOPLE SE
SERVE THE PEOPLE SERVE THE PEOPLE SERVE THE PEOPLE SERVE THE PEOPLE SERVE THE PEOPLE SE
SERVE THE PEOPLE SERVE THE PEOPLE SERVE THE PEOPLE SERVE THE PEOPLE SERVE THE PEOPLE SE
SERVE THE PEOPLE SERVE THE PEOPLE SERVE THE PEOPLE SERVE THE PEOPLE SERVE THE PEOPLE SE
SERVE THE PEOPLE SERVE THE PEOPLE SERVE THE PEOPLE SERVE THE PEOPLE SERVE THE PEOPLE SE
SERVE THE PEOPLE SERVE THE PEOPLE SERVE THE PEOPLE SERVE THE PEOPLE SERVE THE PEOPLE SE
SERVE THE PEOPLE SERVE THE PEOPLE SERVE THE PEOPLE SERVE THE PEOPLE SERVE THE PEOPLE SE
SERVE THE PEOPLE SERVE THE PEOPLE SERVE THE PEOPLE SERVE THE PEOPLE SERVE THE PEOPLE SE